MARIA DRIES

DER FLUCH VON BLAYE

atb aufbau taschenbuch

MARIA DRIES wurde in Erlangen geboren. Seit sie mit siebzehn Jahren das erste Mal an der Côte d'Azur war, damals noch mit einem alten Käfer Cabrio, kehrt sie immer wieder nach Frankreich zurück. Jedes Jahr verbringt sie dort längere Zeit, um für ihre Kriminalromane zu recherchieren, die französische Küche auszukosten und das unvergleichliche Lebensgefühl zu genießen. Sie lebt mit ihrer Familie in der Fränkischen Schweiz.

In dem malerischen Ort Blaye in der Nähe von Bordeaux wird ein Mann tot aufgefunden. Offenbar ist er nachts von einer Aussichtsplattform gestürzt, aber war es wirklich ein Unfall? Da er mit einem bekannten Politiker verwandt ist, soll Pauline Castelot mit ihrem Team aus Sonderermittlern den Fall aufklären. Rasch stellt sich heraus: Der Mann wurde in eine perfide Falle gelockt. Pauline stellt im Umfeld des Opfers Nachforschungen an. Sie findet heraus, dass der Mann zusammen mit zwei Freunden jedes Jahr zur selben Zeit nach Blaye kam – nur im letzten Jahr nicht. Was ist geschehen? Als es ein weiteres Opfer gibt, begreift Pauline, dass ihr nicht viel Zeit bleibt.

MARIA DRIES

DER FLUCH VON BLAYE

BORDEAUX
KRIMI

aufbau taschenbuch

MIX
Papier aus verantwortungsvollen Quellen
FSC www.fsc.org
FSC® C083411

ISBN 978-3-7466-3695-5

Aufbau Taschenbuch ist eine Marke
der Aufbau Verlag GmbH & Co. KG

1. Auflage 2021

Gesetzt durch Greiner & Reichel, Köln
Druck und Binden CPI books GmbH, Leck, Germany
Printed in Germany

www.aufbau-verlag.de

Für Achim

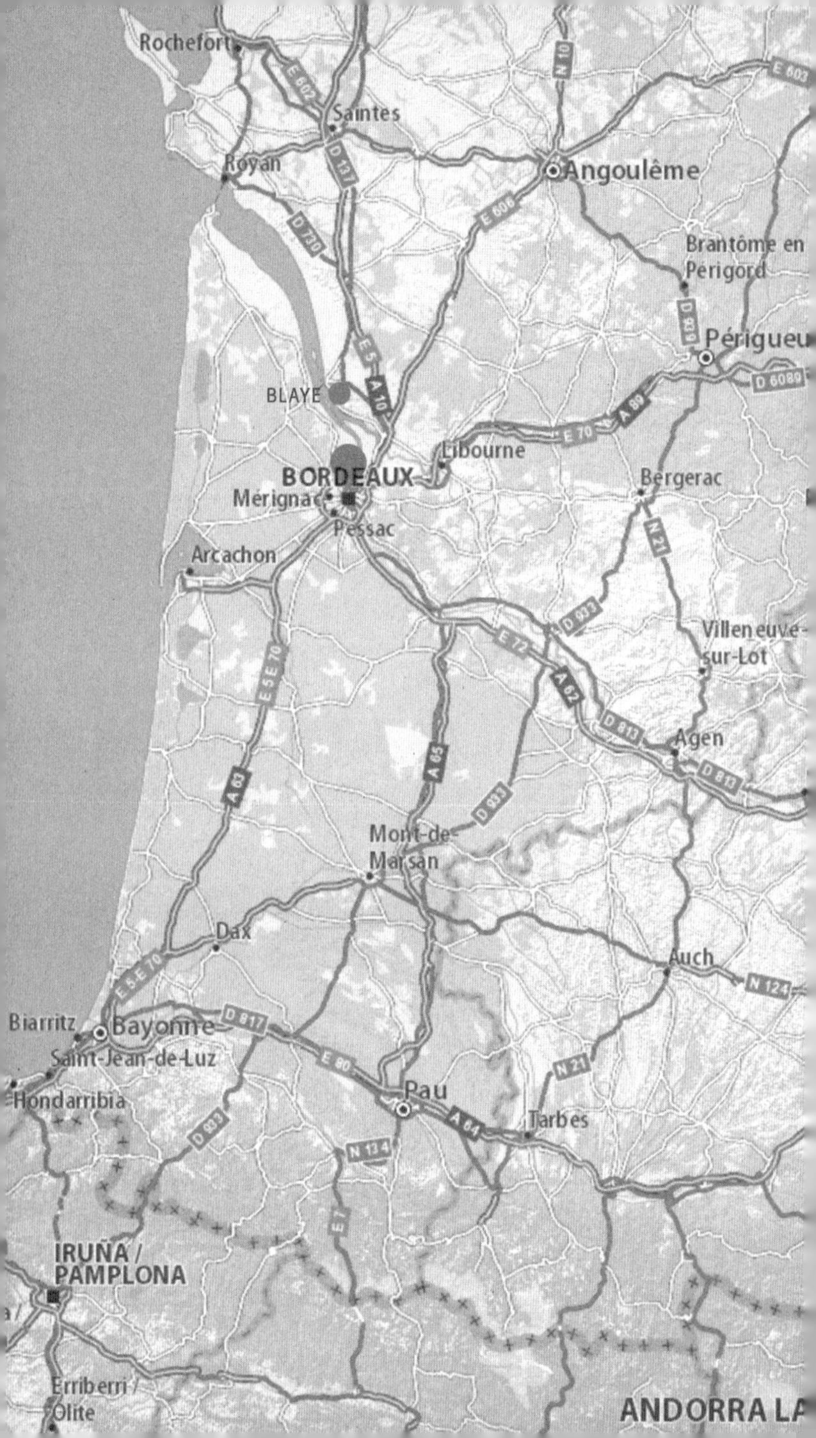
Rochefort
E 602
N 10
E 603
Saintes
D 137
Royan
Angoulême
D 730
E 606
Brantôme en Périgord
D 939
Périgueu
E 5
A 10
BLAYE
D 6089
A 89
E 70
Libourne
BORDEAUX
Mérignac
Pessac
Bergerac
N 21
Arcachon
D 933
E 72
Villeneuve-sur-Lot
A 62
E 5 E 70
D 813
Agen
A 63
A 65
Mont-de-Marsan
Dax
Auch
N 124
E 5 E 70
Biarritz
Bayonne
D 817
Saint-Jean-de-Luz
E 80
N 21
Hondarribia
Pau
Tarbes
A 64
D 933
N 134
E 7
IRUÑA / PAMPLONA
Erriberri / Olite
ANDORRA LA

D 941
Mozac
Riom
A 89
E 70
Clermont-Ferrand
D 2089
A 72
Issoire
Uzerche
D 1089
E 11
Brioude
Tulle
Brive-la-Gaillarde
A 75
N 102
Beaulieu-sur-Dordogne
Saint-Flour
Le Puy-en-Velay
Aurillac
N 122
Rocamadour
N 88
D 820
Conques-en-Rouergue
Figeac
N 102
Mende
D 840
Cahors
Rodez
N 106
Cordes-sur-Ciel
Millau
Alès
Montauban
ALBI
A 68
TOULOUSE
Castres
A 9
Pézenas
A 66
Béziers
Sète
E 15 E 80
CARCASSONNE
A 61
Narbonne
Foix
E 15
D 117
Perpignan
N 116
Canillo
Encamp

DER TROUBADOUR VON BLAYE

Während des Mittelalters errichtete die Familie Rudèl auf der Anhöhe von Blaye eine Burg, deren Ruinen man heute noch in der Zitadelle besichtigen kann. Um dieses Château rankt sich eine romantische Legende.

Geoffroy, ein Troubadour aus dem 12. Jahrhundert, wurde dort geboren. Eines Tages kehrten Pilger aus Antiochia heim und erzählten ihm von Melisande, der Gräfin von Tripolis. Daraufhin verliebte er sich unsterblich in sie, ohne sie jemals gesehen zu haben. So sehr verzehrte er sich nach ihr, dass er eines Tages mit dem Schiff nach Tripolis aufbrach. Doch er erkrankte auf der Reise schwer und starb in den Armen der geliebten Melisande.

Heinrich Heine lässt Melisande in der Ballade »Geoffroy Rudèl und Melisande von Tripoli« einen Wandteppich für die Burg in Blaye sticken, der an den tragischen Tod des Burgherren erinnert. Auf diese Weise wird es den beiden Liebenden möglich gemacht, als Gespenster jede Nacht ihre Liebe zu zelebrieren. So können sich die Liebenden sagen:

Geoffroy! Mein totes Herz
Wird erwärmt von deiner Stimme,
In den längst erloschnen Kohlen
Fühl ich wieder ein Geglimme!

Melisande! Glück und Blume!
Wenn ich dir ins Auge sehe,
Leb ich auf – gestorben ist
Nur mein Erdenleid und -wehe.

Heinrich Heine (1797–1856)
Romanzero

PROLOG

AUGUST 2017

Über dem östlichen Steilufer der Gironde erhob sich stolz die Festungsanlage von Blaye. Erschaffen wurde sie von Sébastien de Vauban, dem Festungsbaumeister des Sonnenkönigs Louis XIV. Das monumentale Bollwerk aus dem siebzehnten Jahrhundert war dem Gelände optimal angepasst und hatte die Form eines halben Sterns. Es bildete mit dem Fort Médoc am anderen Ufer und dem Fort Paté auf einer Insel im Fluss einen Verteidigungsriegel für Bordeaux.

Die Sonne tauchte die alten Mauern und die wappengeschmückten Tore in goldenes Licht, bis sie schließlich hinter dem Horizont versank. Das strudelnde Wasser des Flusses, der dem Atlantik zustrebte, wechselte die Farbe von Jadegrün zu Ultramarinblau, auf seiner Oberfläche spiegelten sich dahinziehende schneeweiße Schafswolken.

Am schmalen sichelförmigen Strand brannte ein Treibholzfeuer, dessen Flammen scharlachrot in die Höhe fackelten. Es roch nach wildem Thymian und schlammigem Flusswasser. Eine Entenfamilie schwamm in Reih und Glied auf eine kleine Insel zu, auf der dichtes Schilf wuchs. Frösche quakten um die Wette.

Um das Feuer hatten sich drei Frauen und drei Männer versammelt, die heiterer Stimmung waren und feiern wollten: Nora, Juliette, Diana, Jérémy, Pierre und Christophe. Sie saßen auf dem warmen Sand, unterhielten sich und lachten.

Als der Himmel sich nachtblau verfärbte, und die ersten Sterne Diamanten gleich funkelten, entkorkte Pierre eine Flasche Champagner und füllte die Kristallgläser, die sie mitgebracht hatten, mit der schäumenden Flüssigkeit. Daraufhin stießen sie auf ihre Freundschaft an.

Christophe griff nach seiner Gitarre und begann mit seinem sanften Bariton ein Chanson von Michel Sardou zu interpretieren, *Je vais t'aimer*. Nora stimmte mit ein, und sie sangen abwechselnd die melancholischen Verse. Der Wind trug die Melodie über das Ufer und die Felsen bis zur Zitadelle hinauf. Juliette sah verträumt ins Feuer und hing ihren Gedanken nach. Pierre versuchte, ihren Blick einzufangen. Diana und Jérémy hatten die Arme umeinander geschlungen und küssten sich leidenschaftlich.

Niemand bemerkte die Person, die hinter einem Felsen kauerte und sie beobachtete.

28. AUGUST

Das Flüsschen Saugeron und die Eisenbahngleise trennten die Zitadelle vom eigentlichen Städtchen Blaye. Die »Auberge Aquitaine« mit ihren wasserblauen Fensterläden und der rot-weiß gestreiften Markise über der Eingangstür lag im Zentrum der Ortschaft in der Nähe des Rathauses. Auf der von Platanen beschatteten Terrasse saßen die ersten elegant gekleideten Gäste und nahmen einen Aperitif. Aufmerksam beobachteten sie die Geschehnisse auf dem Rondell vor dem Hotel. Ein Taxi fuhr vor, der Fahrer stieg aus und öffnete die hintere Tür des schwarzen Citroën. Nora Delavigne stieg aus. Die junge Frau mit den aparten Gesichtszügen und den schulterlangen blonden Haaren, die mit einem Band zurückgebunden waren, war der aufstrebende Star am französischen Filmhimmel. Sie wurde von ihren

Fans geliebt und verehrt, manche sprachen bereits von einer zweiten Romy Schneider.

Vor der Auberge hatte sich eine Ansammlung von Menschen gebildet, die auf sie gewartet hatten und nun zu applaudieren und ihren Namen zu rufen begannen. »Nora! Nora!« Reporter, die für regionale und überregionale Zeitungen und Zeitschriften arbeiteten, richteten die Objektive auf sie. Sie wurde fotografiert und gefilmt. Dabei schenkte sie ihren Fans ein bezauberndes Lächeln, ihre blaugrauen Augen funkelten, dann stellte sie sich den Fragen der Journalisten.

»Wie fühlt es sich an, wieder zu Hause zu sein?«, fragte ein junger Mann mit einem Dreitagebart und einem Haarknoten.

»Wunderbar, ich freue mich, hier zu sein.«

»Sie spielen im Theater ›Le Chat Jaune‹ die Hauptrolle in dem Stück *La Mission de Bernadette*. Worum geht es, Madame Delavigne?«

»Ich spiele eine Pilgerin, die sich auf den Weg zu der Kapelle Sainte-Marie de Gironde macht, um Gott zu bitten, ihr ein Kind zu schenken.«

»Das hört sich ergreifend an.«

Sie lachte. »Das ist aufregend.«

Eine korpulente Frau, die eine Baskenmütze schief

auf dem Kopf trug und Artikel für die Boulevardpresse schrieb, meldete sich zu Wort.

»Ihr neuer Film *Un Amour au Sénégal* ist bei den Internationalen Filmfestspielen in Cannes mit der Goldenen Palme ausgezeichnet worden. Auch die ausländische Presse hat begeistert darüber berichtet. Herzlichen Glückwunsch zu Ihrem großen Erfolg! Dennoch spielen Sie hier Theater?«

»Ja, im Theater liegen meine Wurzeln, dort habe ich mit der Schauspielerei angefangen. Ich liebe es, auf der Bühne zu stehen und zu spielen. Dabei genieße ich den direkten Kontakt mit dem Publikum und die Nähe zu den Menschen. Das ist ein ganz anderes Gefühl, als vor der Kamera zu drehen, viel intimer.«

Eine platinblonde Frau mit grellrot geschminkten Lippen drängte sich vor und hielt das Mikrofon mit ausgestrecktem Arm. Nora erinnerte sich, dass sie für eine Frauenzeitschrift schrieb.

»Wie man so hört, haben Sie während der Dreharbeiten eine Liebesbeziehung mit Marc Gaspard, dem männlichen Hauptdarsteller des Films, begonnen. Können Sie das bestätigen?«

Nora reagierte professionell. »Kein Kommentar. Über mein Privatleben äußere ich mich nicht.«

Charmant lächelte sie in die Runde und hob die Hand, um weitere Fragen abzuwehren. »Entschuldigen Sie mich jetzt bitte, *Mesdames et Messieurs*. Ich möchte noch eine Kleinigkeit essen und habe dann Probe. Die Premiere findet übermorgen statt, Sie sind herzlich eingeladen.«

Mit einer anmutigen Geste schlang sie sich den Chiffonschal um den Hals und ging durch eine sich bildende Schneise auf den Hoteleingang zu. Dabei schüttelte sie Hände, tauschte Wangenküsschen, wechselte mit dem ein oder anderen ein freundliches Wort und gab Autogramme. Der Taxifahrer folgte ihr mit dem Gepäck.

Im Foyer wartete bereits der Direktor des Hauses, Monsieur Duval, auf sie, elegant gekleidet in Anzug, Krawatte und weißem Hemd. Neben ihm balancierte ein Kellner ein silbernes Tablett mit zwei Kristallflöten, in denen Champagner perlte.

Duval strahlte über das ganze Gesicht, breitete die Arme aus und ging auf sie zu.

»Herzlich willkommen in unserem Hause, liebe Nora! Wir sind alle so stolz auf Ihren Triumph in Cannes. Ich habe mir das Meisterwerk im Kino angesehen. Großartig, einfach großartig. Die französischen Filme sind eben doch die besten.«

»Die besten und die anspruchsvollsten.« Sie lachten.

Dann beugte er sich vor und küsste ihre Hand. »Fühlen Sie sich wie zu Hause, wir werden Ihnen jeden Wunsch von den Augen ablesen.«

»*Merci beaucoup*, Henri.«

Sie stießen an und tranken einen Schluck. Nora ließ ihre Blicke aufmerksam durch das Foyer wandern.

»Viel hat sich nicht verändert. Immer noch der gleiche elegante Charme, und überall Blumen.« Sie lächelte ihn an. »Kommen Sie zur Premiere?«

»Wenn es meine Zeit erlaubt, auf jeden Fall.«

»Ich werde eine Eintrittskarte für Sie besorgen und einen Platz in der ersten Reihe reservieren lassen.«

»*Formidable*.«

»Ich gehe jetzt auf mein Zimmer. Kann ich einen Salat und eine Karaffe Wasser bestellen?«

»Aber selbstverständlich, liebe Nora. Der Imbiss kommt sofort.«

Das kleine Theater, »Le Chat Jaune«, lag in der Rue Lamartine in der Altstadt. Der einstöckige Bau war zwischen einem Bistro und einem Antiquariat eingeklemmt und fliederfarben verputzt. Das Messingschild über dem Portal zeigte eine gelbe Katze. Nora betrat das Gebäude durch den Bühneneingang, begrüßte im Flur einige Kollegen, die bereits ihre Pilgerkostüme trugen, und suchte ihre Garderobe auf. Der beengte Raum wurde von einem goldgerahmten Spiegel beherrscht, den Strahler hell erleuchteten. Ringsum, hinter dem Rahmen, steckten Schnappschüsse von verschiedenen Aufführungen, bei denen sie mitgewirkt hatte. Valentin, der Maskenbildner mit dem wilden schwarzen Schopf und dem perfekt gestutzten Bart, wartete bereits auf sie. Sie begrüßten sich herzlich mit Wangenküsschen.

»Wir sind spät dran«, sagte er. »Nimm bitte Platz, Nora.«

Er zündete eine Zigarette für sie an und reichte sie ihr.

Während er ihre Haare zurückband und ihren Teint hell schminkte, plauderten sie über dies und das. Natürlich kam das Gespräch auf *Un Amour au Sénégal.*

»Ein wunderbarer Film«, schwärmte Valentin. »Ich habe ihn mir natürlich angesehen. Zweimal. Hast du dich in diesen Kerl verliebt? Wie heißt er doch gleich … Marc, nicht wahr?«

»Ja, es ist eine *amour fou*, völlig verrückt.«

»Ach, wie romantisch. Kein Wunder, der Typ sieht aus wie Robert Redford in ›Der große Gatsby‹. Du weißt, dass er verheiratet ist?«

»Ja.«

Er seufzte. »Ich warte immer noch auf die große Liebe.«

»Sie wird schon noch kommen, Valentin.«

»Wer weiß.«

Als er ihr Gesicht perfekt modelliert hatte, setzte er eine weiße Haube auf ihr hochgestecktes Haar. »Fertig, meine Schöne. Du siehst wundervoll aus.«

»Eher wie vom Leben gezeichnet.«

»Du spielst eine Pilgerin, die seit Wochen unter großen Entbehrungen unterwegs ist, damit Gott ihr ein Kind schenkt. In einer solchen Situation sieht man so aus.«

Sie lachte und erhob sich. »Du hast recht. Ich danke dir, Valentin. Reichst du mir bitte den Umhang?«

Er half ihr hinein, und sie verknotete die Kordel. »Los geht's«, verkündete sie, klopfte dreimal auf den Holztisch und verließ die Garderobe. Valentin sah ihr lächelnd nach. Würde er nicht Männer bevorzugen, würde er versuchen, sie zu verführen.

Nora kam durch den Seiteneingang direkt auf die Bühne und wurde überschwänglich vom Regisseur begrüßt. Roger war ein Mann mittleren Alters mit einer plumpen Figur.

»*Bonsoir*, Nora. Ich bin so glücklich, dass du in meinem Ensemble spielst. Die Aufführung wird ein großer Erfolg, davon bin ich fest überzeugt. Wir fangen gleich an zu proben, die anderen sind auch bereit.«

Er kletterte über eine Holztreppe in den Zuschauerraum, setzte sich in die erste Reihe und schlug das Skript auf. Nora sah sich um. Sie hatte schon des Öfteren in diesem Kleinod gespielt und liebte es. Im Saal gab es zwölf Reihen mit vierzehn Sitzen und Notsitzen im Mittelgang, der blaue Teppich war abgewetzt. An den cremefarbenen Wänden waren Lüster befestigt, die bronzefarbenes Licht verströmten. Das Bühnenbild sollte das Innere einer alten Seemannskapelle darstellen. Die Ausstattung war karg, den Mittelpunkt bildete ein Altar, auf dem in einem silbernen dreiarmigen Leuchter Kerzen flackerten. Dahinter erhob sich ein schlichtes Holzkreuz. Der Vorhang war zweigeteilt und mit Seilen gerafft.

Roger klatschte in die Hände. »Wir fangen an. Konzentriert euch. Ich hoffe, ihr habt euren Text gelernt.«

Die Pilger versammelten sich vor dem Altar, begannen inbrünstig zu beten und dankten der heiligen Marie dafür, dass sie sie auf ihrem langen Weg beschützt hatte. Die Brüder und Schwestern, die den langen Marsch nicht hatten bewältigen können und von denen einige bei der Überfahrt in maroden Nachen ertrunken waren, schlossen sie in ihre Gebete mit ein. Als sie die Zeremonie beendet hatten, drehte Nora sich um und wandte sich dem imaginären Publikum zu. Ein Lichtkegel ließ ihr blasses Gesicht und die Augen erstrahlen. Es war ein magischer Moment, der die Zuschauer in seinen Bann ziehen würde. Mit klarer, tragender Stimme begann sie von den Gefahren und Strapazen der Pilgerreise zu erzählen, die in Limoges ihren Anfang genommen hatte. Sie beschrieb Unwetter und Stürme, denen sie ausgesetzt waren, und schilderte die kargen bitterkalten Unterkünfte, in denen sie schlechtes Essen und durchgelegene Matratzen bekommen hatten. Der gefährlichste Teil ihrer Reise war die Überquerung der Gironde von Blaye zu dem Ort Lamarque gewesen, in dessen Nähe sich die Kapelle Sainte-Marie befand. Sie thronte direkt über dem Strom, der unbändig und wild dem atlantischen Ozean zustrebte. Bilderreich erzählte sie von der Überfahrt mit dem Nachen.

Roger unterbrach sie mit polternder Stimme. »Das war keine Luxuskreuzfahrt, Nora. Man muss die Angst spüren, die Todesangst, die du empfunden hast. Und den eisernen Willen, die Überquerung zu meistern, den festen Glauben, dass Gott seine schützende Hand über dich hält. Die Gefahr dieser Mission, die du auf dich genommen hast, um für ein lang ersehntes Kind zu beten. Okay?« Schnaubend ließ er sich in den purpurnen Plüschsitz zurückfallen.

Nora warf ihm einen wütenden Blick zu, biss sich jedoch auf die Lippen. Niemand sollte behaupten können, sie führe sich wie eine Diva auf.

»Okay, Roger.« Sie bemerkte den Blick von Michelle, die ihre Missgunst nicht ganz verbergen konnte, und ihr schadenfrohes Lächeln. Sie hatte die Hauptrolle der Bernadette nicht bekommen, obwohl sie Roger um den Bart gegangen war. Nora beschloss, ganz Profi, sich besser auf die Generalprobe am nächsten Tag vorzubereiten.

»Weiter«, kommandierte Roger. »Alain, du bist dran. Noch ein Patzer, und du fliegst raus. Ich bin mit meiner Geduld bald am Ende.«

Nach zwei anstrengenden Stunden beendete Roger die Theaterprobe.

»Wir machen Schluss für heute. Ihr wart gut, Leute, aber ihr könnt es noch besser. Wir sehen uns morgen Abend zur Generalprobe. *Bonne Nuit*!«

Nora suchte ihre Garderobe auf, zündete sich eine Zigarette an und begann sich abzuschminken. Dabei betrachtete sie kritisch ihr Gesicht. Es klopfte an der Tür, und Alain steckte den Kopf herein. »Ein paar von uns gehen noch was trinken, kommst du mit?«

Nora schüttelte den Kopf. »Das geht leider nicht, ich habe noch etwas vor.«

»Schade, dann bis morgen.«

»Bis morgen, Alain.«

Nachdem sie sich umgezogen hatte, knipste sie die Lichter aus und verließ das Theater.

Das Theaterfestival von Blaye fand jedes Jahr Ende August statt und erfreute sich beim internationalen Publikum größter Beliebtheit. Die Aufführungen fanden auf den Kleinkunstbühnen in der Stadt und auf der Zitadelle statt. Zur gleichen Zeit gab es auf dem weitläufigen Gelände einen Mittelaltermarkt, auf dem Ritterspiele ausgetragen wurden und Gaukler, Scharlatane und Magier ihren Geschäften nachgingen.

Das ehemalige Pulvermagazin wurde von Hunderten Kerzen erleuchtet. Auf den Bänken unter dem Gewölbe saßen die Zuschauer dicht gedrängt und beobachteten fasziniert die Geschehnisse auf der Bühne. Dort wurde eine tragische Liebesgeschichte erzählt, begleitet von den Klängen eines Cellos.

Über die Festungsanlage wölbte sich ein blauschwarzer Sternenhimmel, überall auf dem Terrain waren Fackeln in die Erde gesteckt worden, in Feuerschalen glühten Kohlen, in Eisenkörben loderten Buchenholzscheite. Die Mauern der Bastionen lagen in tiefem Schatten.

Ein Mann in einem goldenen Kostüm und einem golden geschminkten Gesicht jonglierte geschickt mit fünf Bällen. Einige Kinder sahen ihm fasziniert zu. Zwei Ritter, einen rotweißen Schild vor der Brust, fochten einen erbitterten Schwertkampf aus. Ihr Kriegsgeschrei hallte durch die Nacht. Zuschauer klatschten begeistert und feuerten sie an.

Wenige Meter entfernt wurde auf einem Tisch Mäuseroulette gespielt. Bei dem Spiel ging es darum, darauf zu setzen, ob die weiße oder die braune Maus zuerst den Weg durch das Schlupfloch finden würde, hinter dem Futter deponiert war. Die meiste Aufmerksamkeit jedoch zog der Feuerschlucker auf sich, der gewaltige gelbe Flammen ausstieß.

An einer farbenfroh gestrichenen Bretterbude wurden ungespundetes Bier, Honigwein und Kräuterschnaps ausgeschenkt. Je weiter der Abend voranschritt, desto ausgelassener waren die Gäste. Nun wollte sich niemand mehr vom Barbier rasieren oder vom Medicus mit einem Aderlass behandeln lassen, man wollte feiern. Aus Lautsprechern dröhnte mittelalterliche Musik der angesagten Band »Oiseau de Feu«.

Über einem Holzfeuer drehte sich ein Spieß mit einem Spanferkel, dessen Speck knusprig glänzte, und das einen unwiderstehlichen Duft verströmte. Auf einem zweiten Metallstab steckten fette Kapaune. Um das Feuer hatten sich Besucher versammelt, tranken Bier und warteten hungrig darauf, dass die Köstlichkeiten gar wurden. Darunter befanden sich drei Männer, die die typische Kleidung von Zimmerleuten auf der Walz trugen: einen Zylinder, weite Schlaghosen aus Cord, eine Weste mit acht Perlmuttknöpfen für acht Arbeitsstunden am Tag, ein Jackett und ein weißes Hemd. Sie lachten, scherzten und ließen sich das Bier schmecken. Dazu kippte jeder ein Wasserglas Kräuterschnaps.

Einige Meter entfernt, im Schatten einer Festungsmauer, standen zwei Hexen dicht beieinander. Sie waren in weite schillernde Kleider gehüllt und trugen schaurige Masken mit gewaltigen Hakennasen, Warzen, dicken Augenbrauen und wie zum Schrei aufgerissenen Mündern. Unter den Röcken lugten derbe Stiefel hervor. Sie sahen zum Fürchten aus. Die Gestalten unterhielten sich und brachen unvermittelt in schrilles Gelächter aus, das einem das Blut in den Adern gefrieren ließ. Dabei ließen sie die drei Männer nicht aus den Augen.

Nora war nach der Probe in bequeme Jeans, einen Pullover und Sportschuhe geschlüpft und ging jetzt mit langsamen Schritten durch das Gassengewirr der Altstadt. Sie begegnete niemandem, offenbar hatten sich alle auf dem Festungsgelände versammelt. Sie hörte nur ihre eigenen Schritte und aus der Ferne den Trubel und die Musik des mittelalterlichen Festes. Der Weg führte sie an ihrem Elternhaus in der Avenue Haussmann vorbei, und sie hielt für einen Moment inne. Durch ein Gittertor konnte sie in den

Garten sehen. Neben einem Feigenbaum plätscherte der alte Steinbrunnen. In der Luft lag der intensive Duft von Jasmin. Die Fenster im Haus waren dunkel. Sie waren bereits zu Bett gegangen.

Schließlich lief sie weiter und sah den angestrahlten Turm der Pfarrkirche von Blaye, Sainte-Romain, vor sich in den graphitschwarzen Himmel ragen. Über der Spitze ruhte die bleiche Mondsichel auf einem Wolkenkissen. Die Turmuhr schlug zwölf Mal, es war Mitternacht.

Während sie die Treppe zur Kirche hinaufstieg, die von antiken Laternen beleuchtet wurde, wanderten ihre Gedanken zu Marc. Sie hatte sich bei den Dreharbeiten zu *Un Amour au Sénégal* Hals über Kopf in ihn verliebt. Was hatte sie sich nur dabei gedacht? Vermutlich hielt er sich gerade in seiner Villa am Cap d'Antibes auf und trank ein Glas Wein mit seiner Frau. Diese Vorstellung versetzte ihr einen Stich. Alle ihre Liebschaften waren bisher unerfreulich verlaufen. Energisch schob sie den Gedanken beiseite, sie musste sich auf ihre Arbeit konzentrieren. Die Aufführung von *La Mission de Bernadette* sollte ein großer Erfolg werden.

Ein Mann mit einem Hund kam ihr entgegen. »*Bonsoir*, Madame«, grüßte er höflich.

Sie erwiderte seinen Gruß und stieg weiter zur Kirche hinauf.

Der Mann drehte sich um und starrte ihr hinterher. Das war doch Nora Delavigne gewesen, ganz sicher! Das musste er sofort seiner Frau erzählen.

Noras Handy klingelte. Sie nahm den Anruf an und hörte zu. Nach wenigen Sekunden sagte sie »*merci*« und beendete das Gespräch.

Als sie die Anhöhe erreicht hatte, strich der laue Abendwind ihr über die Wangen. Neben der Kirche befand sich der Friedhof. Laubbäume, schwarzen Scherenschnitten gleich, reihten sich entlang der Mauer. Eine knorrige Zeder überragte das Kirchdach. Sie betrat die Gottesstätte durch ein weit geöffnetes schmiedeeisernes Tor und betrachtete die mit Moos überzogenen Gedenksteine, die verwitterten Kreuze und die marmornen Mausoleen. Auf vielen Grabplatten standen Kerzen und flackerten im Wind. Sie tauchten den Friedhof in einen rötlich schimmernden, tröstlichen Lichterschein. Außer dem Flüstern der Blätter war nichts zu hören. Als eine Eule einen Schrei ausstieß, fuhr Nora erschrocken zusammen.

Ihr Weg führte sie zu einem Grab, auf dem Rosen und Lavendel wuchsen und einen süßen Duft verströmen. Auf dem Kreuz war die Porträtfotografie einer jungen Frau angebracht, die Nora ähnlich sah. Zwischen Rosen steckte ein namenloses kleineres Kreuz in der schwarzen Erde. In Gedanken versunken faltete Nora die Hände. Sie murmelte: »*Bonsoir*, meine geliebte Schwester. Ich wollte immer auf dich aufpassen, doch jetzt sind wir auf ewig getrennt. Du fehlst mir unendlich.« Sie wischte sich eine Träne aus dem Augenwinkel und starrte auf das Bild. Schließlich flüsterte sie: »Sie sind in der Stadt. Die Teufel sind zurück.«

29. AUGUST

Am nächsten Morgen stand Nora frühzeitig auf. Von ihrem Hotelfenster aus konnte sie in den Garten sehen. Der Himmel war azurblau, kein Lüftchen regte sich. Es würde ein heißer Tag werden. Ein Gärtner mähte den Rasen, sonst war niemand unterwegs. Auf der Oberfläche des Schwimmbeckens trieb ein Wasserball.

Sie bereitete sich einen Kaffee zu, setzte sich auf den Balkon und überdachte ihren Plan. Schließlich zog sie leichte Sportkleidung an, schnürte ihre Laufschuhe, verbarg ihre Haare unter einer Baseballkappe und setzte ihre Sonnenbrille auf. In ihren Rucksack packte sie Mineralwasser, eine Sonnencreme und Obst. Über die Treppe lief sie ins Erdgeschoss und spähte durch das verglaste Eingangsportal. Keine Reporter, dafür war es noch zu früh. Der Empfang war nicht besetzt.

Sie schlüpfte durch die Hintertür ins Freie und stieß beinahe mit dem Hausmeister zusammen, der einen Werkzeugkasten in der Hand hielt. Er strahlte über das ganze Gesicht. »*Bonjour*, Madame Delavigne.«

»*Bonjour*, Albert.«

»Noch ist die Luft frisch und kühl. Viel Spaß beim Laufen.«

»*Merci*, Albert.«

Mit bewundernden Blicken sah er ihr nach. Was für eine schöne Frau, und so liebenswürdig!

Zum kleinen Fischerhafen war es nicht weit. Nora setzte sich auf die Terrasse des Café de France, zog die Kappe ins Gesicht und bestellte bei der mürrischen Kellnerin einen Café au Lait und zwei Croissants. Während sie frühstückte, betrachtete sie die Gironde, die sanft dahinfloss und in der Sonne glitzerte. Ein Schlepper zog vorbei, Kinder, die auf dem Oberdeck spielten, winkten. Zufrieden stellte sie fest, dass sie bisher offenbar niemand erkannt hatte. Neben ihr saßen drei Fischer um einen Tisch, die Café au Lait tranken und sich über die Politik der Regierung aufregten. Die einfachen Leute wurden immer benachteiligt, das war sonnenklar.

Nora sprach sie an. »Entschuldigen Sie die Störung, Messieurs. Darf ich Sie etwas fragen?«

Didier, der Jüngste der Fischer, ein stämmiger Mann mit einem Vollbart, sah sie an und setzte sofort sein charmantestes Lächeln auf. »*Bien sûr*, Madame.«

»Ich möchte über die Gironde fahren und suche einen Nachen.«

»Einen Nachen?«

»Ja, einen alten Kahn.«

»Ich weiß, was ein Nachen ist, ich besitze selbst einen.«

Er vollführte eine vage Kopfbewegung. »Da vorne liegt er.«

»Ich miete ihn für einen halben Tag. Sind hundert Euro angemessen?«

Didier verschlug es die Sprache. »Das ist zu viel, Madame. Aber darum geht es nicht. Was Sie vorhaben, ist gefährlich.«

»Der Fluss sieht ruhig aus.«

»Das täuscht, Madame.«

Der zweite Fischer, dessen Hemd sich über den gewaltigen Bauch spannte, beugte sich vor und mischte sich ein. »Es gibt unberechenbare Strömungen und heimtückische Strudel, das können Sie mir glauben. Wir kennen das Gewässer wie unsere Westentasche.« Umständlich zündete er sich eine Pfeife an.

Der dritte Fischer, ein rothaariger Hüne mit einem breiten Rücken, trank sein Glas aus und ergriff das Wort. »Diese Trichtermündung ist ein Ästuar. Wissen Sie, was das bedeutet? Der Strom ist den Gezeiten ausgesetzt, bei Flut drängt das Wasser in die Mündung, und der Pegel steigt. Bei Ebbe läuft das Wasser ab, und es entsteht ein gewaltiger Sog.«

Nora gab nicht auf. »Sie sind doch auch mit Booten auf der Gironde unterwegs.«

Didier schob seine Mütze in den Nacken. »Die meisten Leute fahren mit Motorbooten, das ist kein Problem.«

»Ich bin hier schon als Kind mit dem Schlauchboot gefahren.«

»Nehmen Sie doch lieber ein Motorboot, das ist sicherer.«

»Nein, es muss ein Nachen sein, das ist wichtig.«

»Also gut, wie Sie wollen. Fünfzig Euro für den Kahn, solange Sie wollen, meinetwegen den ganzen Tag.« Er streckte ihr die Hand entgegen. »*D'accord*?«

Sie schlug ein. »*D'accord*.«

»Sagen Sie einfach im Café Bescheid, wenn Sie wieder da sind.«

Nachdem sie das Frühstück und die Miete für den

Kahn bezahlt hatte, führte Didier sie zu seinem Boot, das im Schilf schaukelte.

»Sie setzen sich auf das Brett, strecken die Beine aus, und ziehen das Ruder kräftig und gleichmäßig durch das Wasser, einmal rechts, einmal links. Okay?«

»Okay.«

»Der Fluss ist an dieser Stelle etwa drei Kilometer breit. Das ist eine ordentlich Strecke, wenn man keinen Motor hat. Trauen Sie sich das wirklich zu?«

»Ja.«

»Dennoch! Falls die Kräfte Sie verlassen, lassen Sie sich von der Strömung treiben und steuern das Ufer an. Nehmen Sie sich vor Schubverbänden in Acht, die Steuermänner können Sie nicht sehen. Beachten Sie bei der Überquerung, dass Sie leicht flussaufwärts steuern, sonst werden Sie abgetrieben, und die Strecke wird immer länger. Halten Sie auf Fort Médoc zu.«

»Alles klar, Monsieur.« Sie begann den Nachen weiter in das Wasser zu schieben.

»Eins noch, Madame. Überlassen Sie mir bitte kurz Ihr Handy, dann gebe ich meine Nummer ein, und Sie rufen mich an, falls Sie ein Problem haben sollten. Mit dem Jetskiboot bin ich in wenigen Minuten bei Ihnen.«

»Ich habe kein Handy dabei.«

Ungläubig sah er sie an. »Nein?«

»Nein. Alles muss ursprünglich sein.«

»Das verstehe ich nicht.«

»Das müssen Sie auch nicht. Stoßen Sie mich bitte an? Bis später.«

Er tat, worum sie ihn gebeten hatte, und sah zu, wie der Kahn in das tiefere Wasser glitt und sie geschickt das Ruder einsetzte. Sie kam rasch vorwärts und schaffte es, die Richtung zu halten. Didier blickte ihr noch eine Weile nach, dann zuckte er die Schultern und machte sich auf den Weg zurück zum Café zu seinen Kumpels. Dabei überlegte er, wo er dieses Gesicht schon einmal gesehen hatte.

Nora tauchte das Ruder abwechselnd rechts und links des Bootes ins moosgrüne Wasser. Sie versuchte, es gleichmäßig durchzuziehen und ihre Kräfte einzuteilen. Ihr Ziel Fort Médoc behielt sie fest im Auge. Nach einigen Hundert Metern begannen ihre Armmuskeln und die Schultern zu schmerzen, und sie legte eine kurze Pause ein. Sofort trieb das Boot mit der Strömung nach Norden ab, und sie machte entschlossen weiter. Sie fuhr in der prallen Sonne, kein

Wölkchen war weit und breit zu sehen, und sie begann zu schwitzen. Ein Schweißtropfen rann ihr ins Auge und brannte wie Feuer.

Wie in Zeitlupe näherte sie sich der Île-Paté, einer Insel ungefähr auf halber Strecke. Sie war von Bäumen, Büschen und Schilfgräsern überwuchert, und der Rundbau des Fort Paté war vom Wasser aus nicht zu sehen.

Als sie das winzige Eiland endlich erreichte, beschloss sie, eine Rast einzulegen und einige Minuten zu verschnaufen. Sie landete auf einem schmalen Sandstreifen, der vom Schatten einer Weide in flaschengrünes Licht getaucht wurde. Geschickt stieg sie aus, zog den Kahn weiter auf das Ufer und setzte sich auf einen umgefallenen Baumstamm. Durstig trank sie das Mineralwasser und aß einen Pfirsich. Dabei schlug sie immer wieder um sich, um die lästigen Bremsen, die sie penetrant umschwirrten, zu vertreiben.

Schließlich schloss sie die Augen und stellte sich Bernadettes Überfahrt vor. Die mutige Frau war zu einer unwirtlicheren Jahreszeit gereist, womöglich hatte es bei der Überfahrt geregnet, Nebel war aufgestiegen, und ein kühler Wind war durch das Flusstal gebraust und hatte an ihrer Haube gezerrt. Vielleicht hatte sie brackiges Brunnenwasser in einem Gefäß zum Trinken dabei gehabt, eventuell hartes Brot, gepökeltes Fleisch oder ein paar getrocknete Früchte für karge Mahlzeiten. Sie war bestimmt nicht alleine in dem Boot gewesen. Hatten sich die Reisenden gegenseitig Mut zugesprochen oder einander mit ihren Ängsten verrückt gemacht? Der Strom war ungestümer gewesen, sein Wasser eiskalt. Dennoch hatte die Gruppe die Gefahr auf sich genommen. Nora dachte daran, wie viele Pilger vom Treibsand in der Bucht des Mont-Saint-Michel erbarmungslos verschlungen worden waren.

Nach und nach vergaß sie ihre Umgebung, hörte das Wasser nicht mehr rauschen, die Blätter nicht mehr flüstern und die Vögel nicht mehr singen. Sie verschmolz mit Bernadette und wusste plötzlich genau, wie sie empfunden haben musste. Dieses Gefühl würde sie heute Abend bei der Generalprobe wunderbar abrufen können. Roger würde mehr als zufrieden mit ihr sein.

Gut gelaunt stand sie auf und schob den Nachen zurück ins Wasser, das jetzt pfauenblau glitzerte. Mit viel Kraft zog sie das Ruder durch und kam flott vorwärts. Sie bemerkte einen Schlepper, der zum Glück weit genug weg war.

Doch wie aus dem Nichts tauchte ein Sportboot auf und raste mit aufheulendem Motor an ihr vorbei. Der Kahn geriet heftig ins Wanken und kippte beinahe um. Verärgert sah sie dem Boot hinterher und hob die Faust. »Idiot!«, schrie sie. Das war knapp gewesen.

Nach weiteren hundert Metern bemerkte sie, dass Wasser in den Kahn eindrang. Es sickerte durch die Bohlen des Holzbodens. Die Nässe breitete sich aus, dann stieg der Wasserpegel stetig an, es drang offenbar an verschiedenen Stellen ein. Nora stellte das Rudern ein und versuchte, die undichte Stelle zu ertasten. Beunruhigt überlegte sie, wie sie das Leck verschließen könnte, und sah sich hastig nach etwas um, was sie dazu verwenden könnte. Doch sie hatte nichts bei sich. Wie erstarrt hielt sie inne und schaute zu, wie das Wasser immer höher stieg – es ging viel zu schnell. Panisch blickte sie sich um, ob jemand in der Nähe war, den sie auf sich aufmerksam machen konnte. Sie brauchte Hilfe, sofort. Doch da war niemand, um sie herum nur Wasser. Die Erkenntnis traf sie wie ein Schlag in die Magengrube: Sie würde mit dem Nachen untergehen. Immer schneller füllte sich der Kahn, bis das eindringende Wasser den oberen Rand erreichte und er zu sinken begann. Panisch kämpfte Nora sich aus dem Boot und klammerte sich an seinen Rand. Sie schauderte. Das Wasser war kalt, und die Strömung zerrte an ihren Beinen. Irgendetwas streifte sie, und sie erstarrte für einen Moment. Verzweifelt sah sie sich nach Rettung um. Weit und breit war kein Schiff zu sehen, kein Motorboot, kein Kanadier, nichts. Es war wie verhext. Der Nachen glitt ihr aus der Hand und versank endgültig in den Tiefen der Gironde. Nora paddelte mit Armen und Beinen und dachte fieberhaft nach. Bei der Île-Paté hatte sie den *point of no return* überschritten, folglich musste sie nach Fort Médoc schwimmen. Kraftvoll begann sie zu kraulen, doch die Strömung war stärker als sie. Als ein Krampf durch ihr Bein fuhr, versank sie, bis nur noch die Arme aus dem Wasser ragten, dann waren auch sie von der Flut verschluckt worden.

Das Weingut Château de Montfort, ein alter Familiensitz, lag im Weinbaugebiet Entre-deux-Mers in der Nähe der Ortschaft Romagne. Es thronte auf einem Hügel inmitten von Weinbergen. Der ockerfarbene einstöckige Bau mit dem roten Ziegeldach hatte lavendelfarbene Fensterläden, die Fassade war mit Weinlaub überwachsen. Im Osten wurde es von einem Turm mit einem Schieferdach flankiert, das in der Morgensonne glänzte. Die Zufahrt war von alten Pappeln gesäumt. Die kleinere Domaine war bekannt für ihre hervorragenden Weißweine und Champagner.

Madame le Commissaire Pauline Castelot saß auf der Terrasse unter der weiß-grün gestreiften Markise und goss Kaffee und warme Milch in eine gelbe *bol*, auf der der Leuchtturm von Cap Ferret mit seiner roten Mütze abgebildet war. Es war ein Geschenk ihrer Tochter Sarah. Sie genoss den ersten Schluck und ließ den Blick über die Weinstöcke, die Waldparzellen, die Wiesen bis zum dunstigen Horizont wandern, wo sich die Silberküste bis zur spanischen Grenze und den Ausläufern der Pyrenäen erstreckte.

Ihr Lebensgefährte Dominic de Montfort, der Besitzer des Weingutes, hatte beim Bäcker Baguette geholt und trat auf die Terrasse. Beim Anblick von Pauline, die ihre dunkelblonden Haare zu einem Knoten hochgesteckt hatte und ein blaues Sommerkleid trug, das mit der Farbe ihrer Augen harmonierte, überzog ein Lächeln sein Gesicht. »Du siehst wunderschön aus, *ma chérie*.«

Sie erwiderte sein Lächeln. Seit vier Jahren wohnten Sarah und sie bei ihm, und sie hatte diese Entscheidung nie betreut. Sie liebte den großen kräftigen Mann mit den schwarzen Locken, der wie immer, wenn er in den Weinbergen arbeiten wollte, Jeans, ein schwarzes T-Shirt und Lederstiefel trug. So kurz vor der Lese gab es viel zu tun, und er hatte einen kranken Rebstock entdeckt. Jetzt machte er sich Sorgen, dass er andere Pflanzen angesteckt haben könnte.

Er setzte sich zu ihr an den wuchtigen Holztisch und begann das Baguette aufzuschneiden. »*Pains aux raisins* waren aus«, berichtete er. »Schade. Dafür gibt es *pains au chocolat*. Wo ist eigentlich Sarah?«

»Keine Ahnung, in einer halben Stunde fährt ihr Schulbus.«

Am Dienstag hatte nach den Sommerferien die Schule wieder begonnen. In diesem Moment stürmte das neunjährige Mädchen auf die Terrasse und ließ sich auf einen Stuhl fallen. Sie grinste über das ganze sommersprossige Gesicht, die blauen Augen leuchteten, und der geflochtene Zopf wippte.

»Ich habe noch schnell mit Lise telefoniert«, erzählte sie. »Wir schreiben heute eine Probe in Naturkunde, und ich hatte vergessen, welchen Stoff ich lernen soll.«

Ihre Mutter hob die Augenbrauen und sah sie mit ernster Miene an. »Weißt du es jetzt?«

»*Bien sûr*, Lise schreibt alles in ihr Aufgabenheft.«

»Ja?«

»Heimische Waldpilze.«

»Also gut, wir haben noch eine halbe Stunde. Hol bitte dein Schulbuch. Ab sofort werde ich jeden Abend deine Hausaufgaben kontrollieren und dich abfragen.«

Sarah sah sie entsetzt an. »Aber *Maman*! Ich bin doch kein Kleinkind mehr. Nächstes Jahr komme ich ins Gymnasium.«

»Wenn du so weitermachst, bin ich mir da nicht so sicher. Denk nur an die letzte Matheprobe.«

»Papa hat gesagt, dass er in meinem Alter auch andere Interessen als die Schule hatte, und schließlich ist doch etwas aus ihm geworden.«

Eingeschnappt lief das Mädchen ins Haus, um das Buch zu holen.

Pauline rollte die Augen. Sarahs Vater war ihr geschiedener Mann Marcel Castelot, der Polizeipräfekt des Départements Gironde, dem die Sondereinheit, die sie leitete, direkt unterstellt war. Sie hatten sich auf ihren Wunsch hin vor sechs Jahren getrennt und teilten sich das Sorgerecht für ihre Tochter. Sie nahm sich fest vor, regelmäßiger mit Sarah zu lernen und überhaupt mehr Zeit mit ihr zu verbringen. In ihrem

Job war das meist schwierig, aber zurzeit hatten sie und ihr Team keinen brisanten Fall. Also musste es doch möglich sein. Dominic hatte ihr vorgeschlagen, sie könne auf dem Weingut mitarbeiten, um häufiger mit ihrer Tochter zusammen zu sein. Aber Pauline liebte die Polizeiarbeit, die Ermittlungen, den Nervenkitzel und den Triumph, wenn sie den Täter überführt hatten.

Als Sarah zurückkam, ging sie den Stoff mit ihr durch und fragte sie ab. Dabei bestrich das Mädchen eine Scheibe Baguette mit Nutella und verschlang sie hungrig. Als es Zeit war, packten sie ihre Sachen zusammen und verabschiedeten sich von Dominic. Er umarmte Pauline und ihre Tochter, und jede bekam einen Kuss.

»Heute Abend koche ich«, versprach er.

»Was gibt es?«, wollte Sarah wissen.

»Das wird eine Überraschung.«

»Bitte Hühnchen mit Pommes frites!«

»Mal sehen. Beeilt euch, sonst ist der Bus weg.«

Nachdem Pauline ihre Tochter an der Bushaltestelle abgesetzt hatte, fuhr sie ein Stück auf der Landstraße und dann weiter auf der Stadtautobahn von Bordeaux ins Zentrum. Das Hauptquartier ihrer Sonderermittlungsgruppe lag im Stadtteil Saint-Pierre in der Rue Mérignac 5. In diesem Teil der Altstadt, auf der Place Saint-Pierre, hatte sich in früheren Zeiten die Einfahrt zum Innenhafen befunden. Dort brachten sich die mit Waren beladenen Schiffe in Sicherheit, bevor sie weiter in die verschiedenen Provinzen fuhren. Auf dem Schlamm des ehemaligen Hafens war zu Beginn des Mittelalters die erste Kirche erbaut worden.

Das Quartier war in einem zweistöckigen, altrosafarbenen Gebäude untergebracht, flankiert von einer Weinhandlung und einem Wohnhaus. Einen Steinwurf entfernt beschrieb die Garonne einen Bogen und strömte in Richtung Norden, um sich mit der Dordogne zum Gironde-Trichter zu vereinen, die bei Royan in den Atlantik floss.

Pauline Castelot hatte nach dem *baccalauréat* in Montpellier Rechtswissenschaft und Psychologie studiert und mit Auszeichnung abgeschlossen. Danach hatte sie sich für den Polizeidienst entschieden. Seit einigen Monaten leitete sie eine Sonderermittlungseinheit, die zum Einsatz kam, wenn die örtliche Polizei oder die *police judiciaire* bei ihren Ermittlungen feststeckten und ein öffentliches Interesse an einer raschen Aufklärung bestand. Das vierköpfige Team war direkt dem Polizeipräfekten unterstellt und nur ihm gegenüber weisungsgebunden. Wenn sie keinen aktuellen Einsatz hatten, beschäftigten sie sich mit der Aufklärung von Altfällen, sogenannten Cold Cases. Ihr Zuständigkeitsbereich erstreckte sich über ganz Südwestfrankreich.

Pauline fand einen Parkplatz in der Nähe des Gebäudes, betrat es durch das Eichenportal und ging über die Marmortreppe in den zweiten Stock.

Die Sekretärin der Gruppe, Michelle Chollet, saß an ihrem Schreibtisch und tippte konzentriert auf der Tastatur ihres Computers. Dabei fiel ihr eine blonde Strähne in die Stirn. Ihr neuer Freund hatte sich gewünscht, dass sie, wie einst France Gall, eine weizenblonde Kurzhaarfrisur trug. Sie stand ihr gut, fand Pauline. Auf dem Oberarm prangte ein neues Tattoo, zwei bläulich schimmernde Schlangen bildeten einen Kreis. Sie hatte ihrer Chefin die Bedeutung der Darstellung erklärt, Pauline hatte sie jedoch schon wieder vergessen. Auf den ersten Blick schien Michelle aufgrund ihrer farbenfrohen auffälligen Erscheinung nicht so recht in den Polizeidienst zu passen, sie hatte sich jedoch im Laufe der Monate als unentbehrlich erwiesen und arbeitete effektiv und zuverlässig für das Team. Außerdem strahlte sie eine unwiderstehliche Warmherzigkeit aus und hatte für jede noch so schwierige Lebenslage einen aufmunternden Tipp.

Als sie Schritte hörte, sah sie auf und begrüßte ihre Chefin herzlich. »*Bonjour*, Pauline!«

»*Bonjour*. Sind die Kollegen schon da?«

»Ja, sie sind kurz vor dir eingetroffen und warten im Besprechungsraum. Kaffee und Gebäck stehen bereit.«

»Wunderbar! *Merci*. War sonst noch etwas?«

Michelle setzte eine neutrale Miene auf. »Der Präfekt Monsieur Castelot hat versucht, dich zu erreichen. Er will es später noch einmal versuchen.«

»Hat er gesagt, worum es geht?«

»Nein.«

»Er wird sich schon wieder melden.«

Pauline betrat den Besprechungsraum, wünschte ihrem Team einen guten Morgen und setzte sich zu ihnen an den Tisch.

Monsieur le Commissaire Frédéric Rocard schenkte ihr eine Tasse Kaffee ein. Ein Lächeln erschien auf seinem schmalen, blassen Gesicht.

»*Bonjour,* Pauline. Ich habe inzwischen die kompletten Unterlagen im ungeklärten Fall der toten Comtesse Ernestine de Bazas-Bourg zusammengetragen.

Michelle hat für jeden von uns eine Mappe zusammengestellt.«

»Sehr gut, Frédéric«, sagte Pauline. »Kannst du uns eine erste Übersicht geben, was damals passiert ist?«

»Selbstverständlich. Vor zwölf Jahren gab es in der Nähe von Fort Médoc ein Feuerdrama. In einem ausgebrannten Haus wurde die verkohlte Leiche einer Frau gefunden. Sie war durch einen gezielten Kopfschuss gestorben. Bei der Frau handelte es sich um die sechsundsiebzigjährige Comtesse Ernestine de Bazas-Bourg. In den siebziger Jahren war sie eine berühmte Showgröße und ist als Sängerin unter dem Künstlernamen Suzette Barco beispielsweise mit Charles Aznavour und Juliette Gréco zusammen aufgetreten.« Er trank einen Schluck Wasser und fuhr fort. »Am nächsten Tag entdeckte der Suchtrupp eines Hubschraubers in einem Waldstück einen ausgebrannten Peugeot. Darin befand sich eine männliche Leiche. Der fünfunddreißigjährige Mitbewohner der Comtesse, ein Gebrauchtwagenhändler namens André Delacroix, wurde kurz darauf als vermisst gemeldet. Die Polizei nahm damals an, dass der Mann erst die Comtesse und dann sich selbst getötet hatte. Allerdings stellte sich bei den Untersuchungen heraus, dass es sich bei der Leiche im Peugeot nicht um Delacroix handelte. Die Identität der verbrannten Person wurde nie geklärt, und der Fall nach einigen Jahren als ungelöst im Archiv abgelegt.«

»Das ist eine sehr interessante Geschichte«, meinte Mélanie Leroy. Ihre veilchenblauen Augen funkelten vor Begeisterung. Nachdenklich rückte sie den Reif, den sie sich auf ihre schwarzen kinnlangen Haare gesteckt hatte, zurecht. Die Kommissarin liebte ihren Beruf und war sehr ehrgeizig. Das war auch der Grund, warum sie häufig Streit mit ihrem Freund Claude Lasserre hatte, einem Staatsanwalt am Geschworenengericht von Bordeaux.

»Ist André Delacroix wieder aufgetaucht?«, wollte sie wissen.

Frédéric schüttelte den Kopf. »Nein, man hat nie wieder etwas von ihm gehört.«

»Dubios.«

»Das kann man wohl sagen.«

Das jüngste Mitglied des Teams, der zweiunddreißigjährige Kommissar Louis Pierrot, der eine auffällige Ähnlichkeit mit Steve McQueen aufwies, meldete sich zu Wort. »Gab es Zeugen?«

»Offenbar nicht«, gab sein Kollege Auskunft. »Das Haus ist gegen zwei Uhr in der Nacht abgebrannt, Anwohner haben die Feuerwehr alarmiert.«

»Gibt es Fotos?«

»Ja.« Frédéric nahm einen Stapel Hochglanzfotografien aus der Mappe und reihte sie auf dem Tisch auf. »Seht her, so sah es dort aus.«

Auf den Bildern war das abgebrannte Haus aus verschiedenen Perspektiven zu sehen. Das Erdgeschoss war gemauert, der erste Stock und das Dach bestanden aus Holzbohlen. Der Dachstuhl war ausgebrannt, das Glas der Fenster im ersten Stock zerborsten. Die grau verputzte Fassade war rußgeschwärzt.

»Das ist ein sehr einfaches Haus für eine berühmte Künstlerin«, merkte Mélanie an.

Louis stimmte ihr zu. »Ja, da hast du recht. Wir müssen dazu noch mal Recherchen durchführen.«

Pauline wandte sich an Frédéric. »Steht das Haus noch?«

»Ja, erstaunlicherweise.«

»Gut, dann schlage ich vor, dass wir beide das Gebäude besichtigen. Mélanie und Louis sichten die Unterlagen und prüfen, welche Spuren es gibt, und wo wir einhaken können.«

Sie lächelte in die Runde. »Alles klar?«

Die Kollegen nickten. »Alles klar.«

Pauline und Frédéric nahmen einen Dienstwagen und machten sich auf den Weg nach Fort Médoc. Pauline setzte sich ans Steuer und fuhr auf die vierspurige Straße nahe der Uferpromenade. Dort gab sie Gas, überholte ständig und drückte ungeduldig auf die Hupe, wenn ein Autofahrer nicht sofort auf die rechte Spur wechselte.

Frédéric grinste. »Das verkohlte Haus steht seit zwölf Jahren dort. Ich glaube, so eilig haben wir es nicht.«

Pauline hupte erneut und wandte ihm kurz das Gesicht zu, ging aber nicht auf seinen Kommentar ein. »Gibt es neue Informationen zu Emma?«, fragte sie besorgt.

Sein Gesicht wurde noch blasser, Falten zeichneten sich im grellen Sonnenlicht ab. »Nein, nichts.«

Seine Tochter Emma war kurz vor ihrem achtzehnten Geburtstag verschwunden. Dieser Schicksalsschlag lag jetzt ungefähr acht Monate zurück. Seitdem stürzte Frédéric sich regelrecht in die Arbeit, um sich abzulenken. Aber in jeder freien Minute suchte er nach seiner Tochter. Sie war offiziell als vermisst gemeldet worden.

»Es tut mir so leid, Frédéric.«

»Ich weiß.«

»Kann ich irgendetwas für dich tun?«

»Mir fällt nichts ein, ich habe schon alles versucht. Aber ich gebe nicht auf. Ich werde Emma finden, und wenn ich jeden Stein umdrehen muss.«

»Natürlich wirst du sie finden. Irgendwo muss sie ja sein.«

»So ist es.«

Pauline schlug ihm nicht vor, sich für einige Zeit freizunehmen. Das hatte sie schon mehrfach versucht, und er würde nur wieder unwirsch reagieren und ablehnen.

Nora Delavigne sank. Sie riss die Augen auf und hatte Probleme, sich unter Wasser zurechtzufinden. Das Flusswasser war trüb, Partikel schwebten umher, und es wurde immer dunkler um sie herum. Sie versuchte, sich zu orientieren, und entdeckte etwas Helligkeit über ihrem Kopf. Ihre Lungen schmerzten und forderten Sauerstoff. Sie biss die Zähne zusammen, versuchte, den Schmerz in ihrem Bein zu ignorieren, und machte Schwimmbewegungen mit den Armen und dem anderen Bein. Sie wollte nicht sterben. Die Helligkeit kam näher, immer näher, dann durchstieß ihr Kopf die Wasseroberfläche. Gierig sog sie die Luft ein und sah sich um. Sie entdeckte ein Motorboot, das sich ihr näherte, und begann mit den Armen zu rudern und um Hilfe zu schreien. Der Mann am Steuer wurde auf sie aufmerksam, fuhr auf sie zu und hielt das Boot zwei Meter von ihr entfernt an. Eine Frau griff nach dem Rettungsring und warf ihn ihr zu.

»Packen Sie den Ring!«, forderte sie Nora mit energischer Stimme auf. »Haben Sie keine Angst, wir holen Sie an Bord.«

Nora hielt den Ring fest, und es gelang ihr hineinzuschlüpfen. Der Mann und die Frau zogen sie zum Boot und halfen ihr die Leiter hinauf. Als Nora die festen Planken unter den Füßen spürte, ließ sie sich auf das Deck sinken und lehnte sich stöhnend an die Reling. Mit den Händen fuhr sie über ihr Gesicht, dann wandte sie den Blick nach oben. Der Mann und die Frau sahen sie besorgt an. »Sollen wir die Seenotrettung rufen?«, fragte er. »Brauchen Sie einen Arzt?«

Sie schüttelte den Kopf. »Nein, das ist nicht nötig. Mir geht es gut. Sie sind genau im richtigen Moment gekommen, ich wäre sonst ertrunken.«

Die Frau sah sie ernst an. »Warum schwimmen Sie in der Gironde? Wissen Sie nicht, wie gefährlich das ist? Jedes Jahr ertrinken hier Menschen.«

»Ich bin nicht geschwommen, ich war mit einem Nachen unterwegs.«

»Einem Nachen?«

»Ja, ein Kahn aus Holz. Er hatte ein Leck und ist untergegangen.«

Die Frau und der Mann tauschten einen irritierten Blick. Dann übernahm die Frau, die sich als Liane vorstellte, das Kommando. »Kommen Sie, wir gehen in die Schlupfkabine, und ich gebe Ihnen ein paar von meinen Sachen. Sie brauchen trockene Kleidung, sonst erkälten Sie sich noch.« Sie wandte sich an ihren Mann. »Und du, *mon chéri*, ankerst bei der Île-Paté und machst uns einen Drink. Den können wir auf den Schreck hin vertragen.«

Als sie wenig später zusammen an Deck saßen, stießen sie mit Pastis an. In den Gläsern klirrte das Eis.

»Danke, dass Sie mich gerettet haben«, sagte Nora.

»Keine Ursache«, antwortete der Mann, der Charles hieß. »Auf dem Wasser hilft man einander. Wir sind froh, dass Sie wohlauf sind.« Nachdenklich betrachtete er ihr makelloses Profil und die nassen Haare, die sie zurückgekämmt hatte. »Sie sind Nora Delavigne, nicht wahr?«

Sie nickte.

»Darf ich fragen, was Sie in einem Nachen auf der Gironde wollten?«

»Ich habe mich auf einen Auftritt vorbereitet, bei dem eine Flussüberquerung eine wichtige Rolle spielt. Ich trete während des Theaterfestivals im ›Le Chat Jaune‹ in einem Stück auf, das *La Mission de Bernadette* heißt. Heute Abend ist Generalprobe.«

»Sie arbeiten immer mit vollem Einsatz, was?«, fragte ihr Retter.

»Immer.«

Sie lachten.

»Ich möchte Ihnen gerne eine Freude bereiten«, meinte Nora. »Möchten Sie Karten für die Premiere morgen?«

Liane strahlte. »Was für eine wunderbare Idee! Wir wollen ein paar Tage in der Marina von Blaye ankern und uns die Gegend ansehen. Ein Theaterbesuch wäre die Krönung.«

»Ich werde veranlassen, dass Sie Karten bekommen.«

»*Merci beaucoup*.«

»Ich habe jedoch eine Bitte.«

»Schon erfüllt«, erwiderte Charles mit einem charmanten Lächeln.

»Ich muss zurück zum Fischerhafen von Blaye. Könnten Sie mich hinbringen?«

»Selbstverständlich«, versicherte Liane. »Sie wollen sich sicherlich ausruhen, damit Sie bei der Probe wieder fit sind.«

»Genau, und ich brauche dringend ein Bad.« Sie schnupperte an ihren Händen. »Ich rieche nach Fisch und Schlamm. Aber zuerst muss ich dem Fischer Didier beibringen, dass sein Kahn auf dem Grund der Gironde liegt.«

Das nette Paar brachte sie zurück, und nachdem Nora einem Selfie zu dritt zugestimmt hatte, verabschiedeten Sie sich.

Charles sah ihr lange nach. Liane zog die Stirn kraus. »Sie ist eine wirklich schöne Frau.«

Charles lächelte sie an. »Nicht so schön wie du.«

Die vier Kommissare trafen sich zum Mittagessen in ihrem Lieblingsrestaurant Le Lion d'Or auf der Place du Parlement. Den Platz rund um den Brunnen in Alt-Bordeaux säumten gut besuchte Bars, Cafés und Restaurants, wo einst der königliche Markt stattgefunden hatte. Schon mittags wurden Muschelberge auf triefendem Tang angehäuft, Poller und Ketten hielten den Platz autofrei, in den Schneisen gaben die Städter unbekümmert Gas und hupten.

Die Sitzplätze vor dem Lokal wurden von einer cremefarbenen Markise beschattet. Auf den blauen Tischdecken standen Glasvasen mit bunten Löwenmäulchen.

Dem Team wurde von einem Kellner, der ein weißes Hemd, eine schwarze Fliege und eine weinrote Weste trug, mit unnachahmlichem Charme ein freier Tisch zugewiesen. Kurz darauf brachte er die Speisekarte, erkundigte sich nach den Getränkewünschen und machte sie auf das Tagesgericht aufmerksam, das auf einer schwarzen Schiefertafel geschrieben stand:

Kräftige Kartoffelsuppe

~

Marinierte Sardellenfilets

~

Tarte au Chocolat

~

Weinempfehlung: Entre-deux-Mers

Bon appétit!

Sie entschieden sich für das Tagesgericht und bestellten eine Karaffe Wasser. Während sie die Suppe genossen, berichtete Pauline von der Begehung des ausgebrannten Hauses in der Nähe von Fort Médoc.

»Frédéric und ich sind durch die Hintertür in das Haus gelangt, sie war nicht abgeschlossen. Alle Räume sind verkohlt, und es riecht immer noch nach Rauch, als hätte das Feuer erst gestern gewütet.«

»Das Haus ist nach wie vor voll möbliert«, erzählte Frédéric. »Manche Möbel sind angekokelt. Teenager scheinen dort Partys zu feiern, im ehemaligen Salon stehen überquellende Aschenbecher und leere Bier- und Schnapsflaschen. Die Wände sind mit Graffiti angesprüht. Man sieht immer noch den Umriss aus Kreide, wo die getötete alte Dame gefunden wurde. Ein schauerlicher Ort!«

Pauline fuhr fort: »Wir haben uns einen ersten Überblick verschafft. Da die Tatwaffe damals nicht gefunden wurde, wollen wir in der Nähe der beiden Tatorte nach ihr suchen lassen.«

Louis nickte. »Das ist eine gute Idee. Mélanie und ich sind die Unterlagen durchgegangen. Bei den damaligen Ermittlungen wurden zwei unterschiedliche Teilabdrücke von Daumen gefunden, die nicht von den Bewohnern stammten. Sie befanden sich am Knauf der Eingangstür und am Treppengeländer. Wir haben sie ins System eingegeben, vielleicht haben wir mehr Glück als die Kollegen vor zwölf Jahren und landen einen Treffer.«

Pauline war zufrieden. »Sehr gut!«

Nach dem Mokka gingen sie zur Wache zurück.

Diana von Sternberg stand im Erfrischungsraum einer Raststätte in der Nähe von Périgueux und wusch sich die Hände. Die Psychotherapeutin betrachtete sich stirnrunzelnd im Spiegel. Sie zog ein Kosmetiktuch aus dem Spender und korrigierte den verwischten Lidstrich, der die schräg stehenden grünen Augen betonen sollte. Der erdbeerrote Lippenstift betonte ihren vollen Mund. Nachdem sie sich die Nase gepudert hatte, fuhr sie mit dem Kamm durch die kinnlangen dunklen Haare. Obwohl man ihr ansah, dass sie in ihrem Hotel in Chalon-sur-Saône schlecht geschlafen hatte, war sie mit ihrem Aussehen durchaus zufrieden.

Sie verließ den Raum, um im Bistro der Raststätte einen Kaffee zu trinken und ein Schinken-Käse-Baguette zu essen. Anschließend wollte sie nach Blaye durchfahren. Sie rechnete je nach Verkehrslage mit ein bis zwei Stunden und würde im Laufe des Abends dort eintreffen. Diana von Sternberg hatte eine psychotherapeutische Praxis in der Altstadt von Nürnberg in der Nähe der Sebalduskirche und besuchte jedes Jahr, wenn es ihre Zeit zuließ, das Theaterfestival von Blaye.

Sie stieg in ihr silbergraues Mercedes-Cabriolet, ließ das Verdeck zurückfahren, setzte ihre Sonnenbrille auf und schlang sich ein Tuch um den Kopf. Die Sonne brannte gnadenlos vom azurblauen wolkenlosen Himmel, und die Temperaturen waren im Laufe des Tages auf zweiunddreißig Grad gestiegen.

Aufmerksam ließ sie ihren Blick über den Parkplatz schweifen. Während ihrer Anreise war ihr einige Male ein dunkelblauer Kleinwagen aufgefallen. War es immer derselbe gewesen? Folgte er ihr? Entschieden schüttelte sie den Kopf. Sie wurde langsam so paranoid wie einige ihrer Patienten. Es wurde höchste Zeit, dass sie sich eine Auszeit gönnte und es sich gut gehen ließ. Sie hatte in den letzten Monaten zu viel gearbeitet. Ihre Praxis hatte sich einen guten Ruf erworben, und auf ihrer Warteliste standen immer mehr Menschen, die eine Therapie bei ihr machen wollten.

Schließlich verließ sie den Parkplatz und fuhr auf den Zubringer der Autobahn. Ein kurzer Blick in den Rückspiegel zeigte ihr, dass ein Wohnmobil mit einem deutschen Kennzeichen hinter ihr fuhr. Ein bärtiger Mann mittleren Alters saß am Steuer, auf dem Beifahrersitz eine Frau, die einen kleinen Jungen auf dem Schoß hatte. Die beiden alberten herum und lachten. Harmlose Touristen.

Gegen neunzehn Uhr traf sie in Blaye ein. Da die Stellplätze in der Nähe der Auberge Aquitaine alle besetzt waren, parkte sie ganz hinten auf der dritten Parkebene der Festungsanlage. Den Mittelaltermarkt und die Theateraufführungen besuchten jeden Tag Tausende von Menschen. Sie schaltete den Motor aus, schloss die Augen und atmete tief durch. Es war geschafft, jetzt konnte die Erholung beginnen. Sie bemerkte nicht, dass ein blauer Kleinwagen auf den Parkplatz neben ihr fuhr.

Als jemand die Beifahrertür ihres Cabrios aufriss, fuhr sie erschrocken zusammen. Ein Mann ließ sich neben ihr auf den Sitz fallen und zog die Tür zu. Empört wandte Diana sich ihm zu und wurde blass, als sie ihn erkannte.

»Was machst du hier, Erich?«

Der junge Mann mit den sanften blauen Augen, den dunkelblonden Locken und den weichen Gesichtszügen lächelte sie an. Dabei sah man die Lücke zwischen den Schneidezähnen.

»Ich will Urlaub mit dir machen.«

»Du bist mir die ganze Strecke über nachgefahren?«

»Ja, das war gar nicht so einfach. Du hast manchmal ein Tempo vorgelegt, da bin ich kaum noch hinterhergekommen.«

Sie stöhnte. Erich war ein Patient von ihr, der an einer Psychose litt. In seinen dunkelsten Krankheitsphasen war er fest davon überzeugt, seine Mutter wolle ihn umbringen. Er war seit fast einem Jahr regelmäßig einmal in der Woche zu ihr zur Therapie gekommen und machte allmählich kleinere Fortschritte. Doch vor vier Wochen war ihr ein verhängnisvoller Fehler unterlaufen.

Sie war mit ihrem Freund Sascha in einem angesagten Restaurant in Nürnberg verabredet gewesen, um ihren Geburtstag zu feiern. Schon während der Vorspeise gerieten sie in einen heftigen Streit. Es ging um eine Woche Urlaub, den sie im Herbst zusammen verbringen wollten. Sascha erwärmte sich für eine Kreuzfahrt, die in Venedig beginnen und auf das östliche Mittelmeer führen würde. Auf dem Luxusdampfer gebe es sogar eine Achterbahn, schwärmte er. Diana reagierte abwehrend. Ein schwimmendes

Riesenressort mit Animationsprogramm? Niemals. Sie schenkte ihm seinen Lieblingswein nach und versuchte, ihn mit bildreichen Schilderungen für eine Wanderwoche auf La Gomera zu begeistern. Ruhe, Abgeschiedenheit, unberührte Natur, Lorbeerwälder, Drachenbaumwanderwege und erfrischende Abkühlung im Atlantik. Unvermittelt wurde er wütend und warf ihr vor, immer ihren Willen durchsetzen zu wollen, angesagte Events zu verweigern, und schleuderte ihr an den Kopf, sie sei im Grunde eine pseudo-intellektuelle, pseudo-individualistische Psychozicke. Dann sprang er auf und verließ das Lokal. Diana war in eine Disco gegangen, um ihren Frust zu bekämpfen, und hatte dort weitergetrunken und getanzt. Auf einmal hatte Erich vor ihr gestanden, und sie hatte ihn mit zu sich nach Hause genommen. Ein Super-GAU im Verhältnis zwischen Therapeutin und Patient.

Diana sah ihn streng an. »Ich will den Urlaub nicht mit dir verbringen. Du bist nicht mein Freund, du bist mein Patient. Ich hätte dich nicht mit zu mir nehmen dürfen, das war ein schwerwiegender Fehler. Pass auf: Ich will, dass du sofort nach Nürnberg zurückfährst. Wenn ich wieder zu Hause bin, reden wir. Und jetzt raus!«

»Diana, bitte!« Seine Wangen färbten sich zornesrot, seine Augen irrten nervös hin und her. Als eine Horde lachender Menschen vorbeiging, begann er zu hyperventilieren. »Es wird mir zu voll … ich bekomme keine Luft mehr. Ich muss hier weg!«

Plötzlich zog er ein Springmesser aus der Hosentasche und ließ es aufschnappen. Das Geräusch klang bösartig. Unvermittelt drückte er die Spitze der Waffe gegen ihren Brustkorb. Diana erstarrte. »Bitte steck das Messer weg, Erich. Du tust mir weh.«

Er bewegte es keinen Millimeter. »Ich will woanders hin. Irgendwohin, wo es still ist.«

Sie versuchte trotz ihrer aufkeimenden Panik, die Situation einzuschätzen, und kam zu dem Schluss, dass sie ihm besser nicht mehr widersprechen sollte.

»Gut, wie du willst«, sagte sie mit sanfter Stimme. »Nördlich von Blaye befindet sich ein schöner Aussichtspunkt. Es ist nicht weit. Dort ist bestimmt kein Mensch, alle sind auf dem Fest.«

»Okay.«

Sie drehte den Schlüssel im Zündschloss und fuhr los. Dabei versuchte sie, das Zittern ihrer Hände zu unterdrücken. Er durfte auf keinen Fall merken, dass sie Angst vor ihm hatte. Sie verließen das Festtagsgelände, und sie nahm die Straße, die aus dem Städtchen führte. Nachdem sie durch einen Buchenwald gefahren waren und eine kleine Kirche passiert hatten, bog sie zum Aussichtspunkt ab und parkte den Wagen kurz vor dem Steilufer. Eine Weile schwiegen sie. Weit unter ihnen floss die Gironde als goldenes Band im Abendlicht. Die Wolken am Horizont wurden von der Sonne rosa und orange gefärbt. Ein Frachter glitt träge durch das Wasser, gefolgt von einer Möwenschar.

Mit ruhiger Miene sah sie ihn an. »Hier sind wir also, so, wie du es wolltest. Was machen wir jetzt, Erich?«

Er schien wieder zu sich zu kommen und starrte mit entsetztem Blick auf das Messer, das er immer noch gegen ihre Brust drückte. Hastig klappte er es ein und ließ es in seiner Hosentasche verschwinden. Dann zündete er sich mit fahrigen Bewegungen eine Zigarette an. »Entschuldige bitte, Diana. Ich habe überreagiert und die Nerven verloren. Bist du böse auf mich?«

»Ich bin nicht böse, Erich, du hast mich nur erschreckt.«

»Das wollte ich nicht.«

»Ich weiß.«

Er sah sie treuherzig an. »Ist alles wieder gut?«

»Ja.«

»Du willst den Urlaub nicht mit mir verbringen?«

»Erich, ich brauche einfach mal Ruhe, eine Pause, weiter nichts.«

»Ja, das verstehe ich. Wenn du zurückkommst, sind wir dann ein Paar?«

»Ich habe es dir schon erklärt: Du bist mein Patient, dann kannst du nicht gleichzeitig mein Freund sein.«

»Es war so schön mit dir in der Disco, und bei dir zu Hause war es noch viel schöner.«

»Ja, das war es.«

»Ich will, dass es so bleibt.«

Fieberhaft dachte sie darüber nach, welche Lösung sie ihm anbieten konnte. Sie durfte ihn keinesfalls frustrieren. »Ich könnte einen anderen Therapeuten für dich suchen, vielleicht ist das eine Möglichkeit.«

Er lächelte sie an. »Eigentlich brauche ich keine Therapie mehr. Ich bin gesund.«

»Wir werden sehen, Erich.«

»Wirst du dich hier mit anderen Männern treffen und sie mit auf dein Zimmer nehmen?«

»Nein, selbstverständlich nicht. Ich will mir Theaterstücke ansehen.«

Er nickte zufrieden. »Ich glaube dir. Fahren wir zurück. Dann gehe ich und lasse dich in Ruhe.«

»In Ordnung.«

»Bekomme ich einen Abschiedskuss, einen richtigen?«

Sie zögerte, beugte sich dann widerwillig zu ihm und küsste ihn auf den Mund. Er klammerte sich wie ein Ertrinkender an sie. Dann ließ er sie los.

»Wir haben eine Abmachung, daran werde ich mich halten.«

Diana fuhr zurück zum Festtagsgelände. Er stieg aus und beugte sich noch einmal zu ihr herunter. »Ich liebe dich, Diana. Ich wünsche dir einen schönen Urlaub. Ich werde in Nürnberg auf dich warten.«

Dann stieg er in sein Auto und fuhr los.

Diana griff mit zittrigen Fingern nach einem Taschentuch und wischte sich den Schweiß von der Stirn. Verdammt, da hatte sie ein Schlamassel verursacht. Wenn Kollegen davon erführen, wäre sie beruflich erledigt. Es gelang ihr nach einer Weile, die Probleme vorerst zu verscheuchen und sich auf ihren Urlaub zu freuen. Nach ihrer Rückkehr würde sich eine Lösung finden. Sie hoffte nur, dass Erich tatsächlich abgereist war.

Sie fuhr zum Hotel und fand einen Parkplatz in der Gasse dahinter. Am Empfangstresen wurde sie von einer Angestellten herzlich begrüßt.

»*Bonsoir*, Madame von Sternberg. Wir haben uns schon Sorgen um Sie gemacht. Sind Sie in einen Stau geraten?«

»Gewissermaßen, aber zum Glück bin ich jetzt da.«

»Soll ich für Sie einen Tisch auf der Terrasse reservieren?«

»Nein, vielen Dank. Ich bin von der Anreise total erledigt und möchte auf meinem Zimmer essen.«

»Selbstverständlich, Madame. Welche Wünsche haben Sie?«

»Ich möchte einen Flusskrebscocktail und eine Flasche Champagner, am liebsten Bollinger, und zum Dessert Erdbeeren mit Sahne.«

»Sehr gerne. Ich wünsche Ihnen einen schönen Aufenthalt, Madame von Sternberg.«

»*Merci*.«

Die Auberge La Citadelle, ein altes sandfarbenes Fachwerkhaus, lag im Herzen der Festungsanlage ganz in der Nähe des verfallenen Garnisonsdorfes hoch über der Gironde. Im Erdgeschoss befand sich das schlicht eingerichtete Bistro, das typische regionale Gerichte anbot und jedes Jahr in der Hochsaison von Touristen beinahe überrannt wurde. Auf dem Kopfsteinpflaster davor standen einfache Tische und Stühle aus Holz unter roten Sonnenschirmen. Die Dunkelheit war inzwischen hereingebrochen, und die Kerzen auf den Tischen flackerten im lauen Wind. Nostalgische Straßenlaternen säumten die enge Gasse und warfen messingfarbene Lichtkegel auf die holprigen Steine, über die Menschentrauben spazierten, die sich lautstark unterhielten und lachten. Ihr Ziel war das Festgelände des Mittelaltermarktes bei der Bastion des Pères, wo um zweiundzwanzig Uhr das Konzert der Mittelalterband Troubadour Geoffroy beginnen sollte. Die Rufe und das Pfeifen der Fans hörte man schon von Weitem. Die Band hatte sich auf Mittelalterrock spezialisiert und konnte eine begeisterte Menschenansammlung richtig aufheizen. Die ersten Riffs dröhnten.

Im ersten und zweiten Stock des Hotels waren Fremdenzimmer untergebracht, die ausgebucht waren. Der Komfort der Zimmer entsprach nicht ganz dem Standard der Auberge Aquitaine, aber sie waren zweckmäßig eingerichtet, sauber, und die Räume auf der Flussseite verfügten sogar über einen schmalen Balkon.

Christophe du Plessis, ein stämmiger Mann mit breiten Schultern und dichtem Haar auf der Brust, trat aus der Dusche. Um seine Hüften hatte er ein Badetuch gewickelt, die kurz geschnittenen rotgoldenen Haare rubbelte er mit einem Handtuch trocken. Er hatte ein kantiges Gesicht mit einer breiten Stirn, das von türkisgrünen Augen dominiert wurde. Er schlüpfte in Jeans, T-Shirt und Sportschuhe, steckte sein Portemonnaie ein und lief über die Treppe ins Erdgeschoss. Dort setzte er sich an einen freien Tisch neben der Musikbox, bestellte ein Bier und wartete auf seine Freunde. Dabei sah er zwei hübschen Blondinen in bunten Sommerkleidern und schicken Sandalen beim Dartspielen zu. Sie waren gar nicht schlecht, und er dachte kurz darüber nach, ob er die beiden zu einem Spiel herausfordern sollte. Vielleicht ergäbe sich dabei ja etwas. Doch er verwarf den Gedanken, seine Freunde und er wollten auf das Fest. Dort würde es genug attraktive Frauen geben, mit denen er flirten konnte.

Jérémy Martelli stand in seinem Zimmer und knöpfte sich mit einer Hand das Hemd zu, mit der anderen hielt er ein Handy ans Ohr und sprach mit seiner

Freundin Christine. Dabei runzelte er die Stirn und verdrehte genervt die blauen Augen. Sie war immer noch sauer auf ihn, weil er sie auf seine Reise nicht mitgenommen hatte, und redete ungehalten auf ihn ein. Er erkannte an der Tonlage, dass sie bald zu kreischen beginnen würde. Das hasste er. Sie wollte einfach nicht begreifen, dass eine Motorradtour eine reine Männersache war, und dass er seine Freiheit brauchte. Als sie ihn nicht zu Wort kommen ließ, drückte er sie einfach weg. Sie konnten morgen früh weitersprechen. Im Grunde hatte er genug von ihren Vorwürfen und den wiederkehrenden Eifersuchtsszenen. Jetzt wollte er mit seinen Freunden auf das Konzert. Nachdem er sich die kinnlangen blonden Haare gekämmt und ein herbes Aftershave auf seinen Hals gesprüht hatte, machte er sich auf den Weg in den Schankraum des Bistros.

Pierre Fernand stand auf dem Balkon im zweiten Stock und rauchte eine Zigarette. Dabei genoss er den Blick auf den dunkel schimmernden Fluss und den buttergelben Mond, den das Wasser reflektierte. Er war von kleiner Statur, schmal und litt unter seiner beginnenden Glatze. Als Ausgleich dafür ließ er sich einen Bart wachsen. Er drückte die Zigarette aus und beschloss, für das Konzert seine schwarze Baskenmütze aufzusetzen. Er fand, sie verlieh ihm ein intellektuelles Aussehen, das bei den Frauen sicherlich gut ankommen würde. Nach einem Blick auf die Armbanduhr eilte er zu seinen Freunden.

Die drei Männer bestellten eine Runde Bier und für jeden einen Cognac. Als sie ausgetrunken hatten, verließen sie die Auberge La Citadelle und schlossen sich den Menschen an, die zum Konzert strömten. Jérémy hatte seinen Charme spielen lassen und die beiden Blondinen überredet, sie zu begleiten. Als sie den Festplatz erreichten, stimmte die Band ihren ersten Song an: *Melisande.* Der Sound aus den Boxen war gewaltig. Die Fans begannen zu tanzen, mitzusingen und zu jubeln. Nach wenigen Minuten herrschte eine ausgelassene Stimmung. Feuerwerkskörper jagten in den nachtschwarzen Himmel, knallten und explodierten zu einem blau-weiß-roten Sternenregen.

Die drei Männer und ihre Begleiterinnen tanzten im Kreis, aneinander vorbei, drehten sich, warfen die Arme in die Höhe und amüsierten sich großartig. Jérémy drückte der Blondine, die Gemma hieß, einen Kuss auf den Mund und wirbelte mit ihr herum. Als die Band eine kurze Pause machte, drängte sich Christophe durch die Menge und kaufte an einem Stand zwei Flaschen Rotwein. Dazu ließ er sich fünf Becher geben. Sie suchten sich einen ruhigeren Platz am Rand des Festivalgeländes und setzten sich auf eine niedrige Mauer, um sich ein wenig auszuruhen. Auf Pierres Stirn standen Schweißtropfen. Christophe schenkte die Becher voll und verteilte sie, dann stießen sie auf den schönen Abend und ihre Reise an. Gemma und ihre Freundin Nicole erzählten, dass sie in Nantes studierten und sich dort eine Zweizimmerwohnung teilten. Sie hatten vergangenes Jahr zum ersten Mal das Fest besucht und waren so begeistert gewesen, dass sie wiedergekommen waren. Sie wohnten ebenfalls in der Auberge La Citadelle.

»Was hat euch hierher verschlagen?«, wollte Nicole wissen und drehte ihre Haare zu einem Knoten zusammen.

»Wir haben vor vielen Jahren die Zitadelle kennen- und lieben gelernt«, erzählte Pierre. »Seitdem kommen wir immer wieder. Sie lässt uns nicht mehr los.«

Die junge Frau nickte. »Ich verstehe, was du meinst, dieses Bollwerk hat eine mystische Ausstrahlung.«

»Wir sind mit unseren Motorrädern unterwegs«, berichtete Jérémy. »Vielleicht fahren wir noch auf die Île d'Oléron. Beim Leuchtturm gibt es einen wunderschönen Angelplatz. Kommt doch mit! Gegen zwei schöne Sozias haben wir nichts einzuwenden.«

Gemma lachte. »Mal sehen.«

Die Band spielte die ersten Klänge ihres Megahits *Antiochia*, und sie stürzten sich wieder ins Getümmel, um weiterzutanzen.

Nachdem der letzte Song verklungen war, zerstreute sich die Menge, und Grüppchen bildeten sich. Diesmal spendierte Pierre die nächste Runde Rotwein und für jeden einen Kräuterschnaps. Sie unterhielten sich und lachten.

Es war schon nach zwei Uhr, als sie sich auf den Weg zu ihrem Hotel machten. Jérémy und Gemma hatten die Arme umeinander gelegt und küssten sich immer wieder. Die Küsse wurden leidenschaftlicher. Gemma schwankte leicht. Nicole und Pierre hielten einander an den Händen und folgten ihnen. Christophe blieb ohne Damenbegleitung und ärgerte sich darüber. Immer war es so, und er konnte sich keinen Reim darauf machen, was die Ursache dafür war. Er vermutete, dass Frauen keine Männer mit roten Haaren mochten.

»Ich komme gleich nach«, rief er den anderen zu. Er lief zurück zur Getränkebude und bestellte noch einen Kräuterschnaps. Als er ihn kippen wollte, um seinen Frust wegzuspülen, sprach ihn eine helle, sanfte Stimme an. »Alleine trinken ist doch langweilig.«

Er drehte sich um und stellte fest, dass zwei Hexen neben ihm standen. Die Stimme fuhr lockend fort. »Nehmen wir doch eine Flasche mit und steigen auf die Tour de l'Aiguillette, die Aussicht auf den Fluss unter dem Sternenhimmel ist überwältigend. Wir trinken einen Absacker und stoßen auf den tollen Abend an.«

Christophe verliebte sich auf der Stelle in diese samtweiche Stimme und erklärte sich mit dem Vorschlag einverstanden. In ihm keimte Hoffnung auf, doch noch eine Gefährtin für die Nacht zu finden.

Sie verließen das Festgelände, überquerten eine steinerne Brücke und stiegen schließlich über einen Pfad zwischen Ginsterbüschen und Flechten auf den Felsvorsprung. Die sanfte Stimme redete weiter, und es fiel ihm nicht auf, dass die gruselige Märchengestalt offenbar Schwierigkeiten beim Laufen hatte und dass die andere Hexe beharrlich schwieg. Sie ließen sich auf Gesteinsbrocken nieder und tranken abwechselnd aus der Flasche. Der Schnaps brannte wie

Feuer in Christophes Magen. Die Hexe mit der verführerischen Stimme stand auf und stellte sich an den Rand des Vorsprungs. »Wie heißt du?«, fragte sie ihn.

»Christophe«, antwortete er.

»Komm zu mir, Christophe, ich möchte diesen Blick mit dir genießen.« Sie stand mit dem Rücken zu ihm und lockte ihn mit den Fingern der rechten Hand.

Lächelnd stand er auf und machte zwei Schritte auf sie zu. Plötzlich stolperte er, taumelte und kippte nach vorne. Dann stürzte er mit einem gellenden Schrei den felsigen Steilhang hinunter.

30. AUGUST

Der Fischer Didier schwang sich beim ersten Tageslicht aus dem Bett, trat ans offene Fenster und sah hinaus. Die Gladiolen in seinem Garten blühten in kräftigen Farben. Zikaden klackerten im Feigenbaum. Ein weiterer heißer Tag kündigte sich an. Er setzte Kaffee auf und ging ins Badezimmer. Nachdem er seine Arbeitskleidung angezogen hatte, setzte er sich an den Küchentisch und tunkte missmutig ein Croissant in den *café au lait*. Er lebte alleine in der kleinen Wohnung in der Nähe des Fischereihafens. Élodie hatte ihn vor einem Jahr verlassen. Das einfache Leben als Frau eines Fischers hatte ihr nicht gefallen. Außerdem war sie nicht schwanger geworden, obwohl ihr Kinderwunsch übermächtig geworden war. Sie hatte ihm die Schuld gegeben und war zurück zu ihrer Familie in die Auvergne gegangen.

Trübsinnig starrte er auf den Küchentisch. Er fühlte sich sehr einsam und überlegte, ob er in der regionalen Tageszeitung eine Partnerschaftsannonce aufgeben sollte. Doch er traute sich nicht. Wer würde ihn schon wollen?

Seine Gedanken wanderten zu der schönen Frau, der er gestern den Nachen vermietet hatte. Sie war plötzlich am späten Vormittag im Café aufgetaucht und hatte ihm erzählt, dass sie gekentert und der Kahn untergegangen sei. Er war erleichtert gewesen, dass nichts Schlimmeres passiert war. Erstaunlicherweise war sie nicht böse auf ihn gewesen und weigerte sich, die fünfzig Euro für die Miete zurückzunehmen. Er machte sich schwere Vorwürfe, weil er das alte Boot nicht kontrolliert hatte. Um ein Haar wäre sie wegen seiner Fahrlässigkeit ertrunken.

Er nahm den letzten Schluck von seinem Kaffee und erhob sich. Nachdem er die *bol* ausgespült hatte, machte er sich auf den Weg zum Fischereihafen.

Er lief über den Steg, winkte einem Kollegen zu und ging an Bord der *Élodie II*. In der Steuerkabine startete er den Motor und tuckerte durch einen schmalen schilfgesäumten Kanal auf den Fluss hinaus. Es war Flut, und starke Strömungen bewegten sich strudelnd nach Süden auf Bordeaux zu. Der Wasserpegel stieg stetig. Er fuhr in nördlicher Richtung am Ufer entlang, vorbei an Sandbänken, Felsformationen und Nadelgehölz. Auf dem Plateau oberhalb des Trichters erhob sich stolz die Zitadelle, über der sich ein hoher lichtblauer Himmel wölbte. Er hörte nur den Motor und den starken Wind, der die Strömung begleitete, während er sich seinem Ziel näherte. Einige Kilometer flussabwärts kannte er eine Stelle, wo es reichlich Fische gab: Welse, Zander, Karpfen und Meeräschen. Die Restaurants warteten jeden Tag auf den frischen Fang für ihre Gäste. Es war ein gutes Geschäft.

Er passierte gerade die Tour de l'Aiguillette, als sein Blick auf den Uferstreifen fiel, der im morgendlichen Schatten lag. Zwischen durcheinandergewürfelten bleigrauen Gesteinsbrocken und knorrigen Seekiefern, die sich in Felsspalten festkrallten, bemerkte er etwas. Etwas, das dort nicht hingehörte. Ein ungutes Gefühl beschlich ihn, und er beschloss nachzusehen. Sein Fernglas lag zu Hause auf der Kommode. Beunruhigt steuerte er das Ufer an und ankerte im flachen moosgrünen Wasser. Dann watete er auf den Sandstreifen, und sein Herz begann zu rasen. Zwischen zwei Felsen lag ein Mann, sein Körper war unnatürlich verdreht. Er hatte rote Haare, und sein Gesicht war blutüberströmt. Auf seinem hellen T-Shirt hatte sich Blut wie eine Blumenblüte ausgebreitet. Türkisblaue Augen starrten ihn an. Der Mann war zweifellos tot.

Didier schnappte entsetzt nach Luft und überlegte, was hier passiert sein könnte. Ein tragischer Unfall? Ein Betrunkener, der gestern Abend während der Festivitäten das Gleichgewicht verloren hatte und abgestürzt war?

Vor zwei Jahren war auf dem Mittelaltermarkt schon einmal ein ähnliches Unglück geschehen. Eine junge Frau wollte zum Toilettenwagen, verlief sich auf dem weitläufigen Gelände und stürzte zwölf Meter in die Tiefe. In einem Felsspalt blieb sie stecken und wurde von der Bergwacht gerettet. Ein aufmerksamer junger Mann hatte ihren Sturz beobachtet und Hilfe geholt. Wie durch ein Wunder hatte sie überlebt und nur eine Platzwunde am Kopf und eine leichte Gehirnerschütterung davongetragen. In ihrem Blut wurde ein Alkoholgehalt von eins Komma zwei Promille nachgewiesen. Sie hatte einen Schutzengel gehabt.

Erschüttert fuhr Didier sich mit beiden Händen durch den Haarschopf und tastete an den Hosentaschen nach seinem Handy. Es war nicht da. Also ging er zurück auf sein Boot und rief über Funk die Gendarmerie. Sie wiesen ihn an, nichts anzufassen und auf sie zu warten, sie würden sich sofort auf den Weg machen. Nach dem Gespräch sank er auf die Bank und merkte, dass ihm übel wurde.

Knapp zwanzig Minuten später näherte sich ein Polizeiboot. Ein Mann in Zivil steuerte das Schiff, zwei Gendarmen, ein Mann und eine Frau, standen nebeneinander an der Reling. Didier erhob sich und winkte ihnen zu. Sie grüßten zurück, und er watete erneut an Land. Der Steg des Polizeibootes wurde ausgeklappt, und die Gendarmen betraten den Uferstreifen. Sie stellten sich vor und erkundigten sich nach seinem Namen. Dann fragte die Frau: »Wo ist der Mann?«

Didier wies auf eine Felsengruppe. »Dort drüben.«

Sie gingen ein paar Schritte und blieben neben einem zerklüfteten Felsbrocken stehen. Mit steinernen Mienen blickten die Polizisten auf den Mann. Die Gendarmin zog sich Handschuhe an, ging in die Hocke und fühlte den Puls seitlich am Hals. Sie blickte zu ihrem Kollegen hoch und sprach aus, was bereits jedem klar gewesen war: »Er ist tot.«

Daraufhin zog sie das Portemonnaie aus der Hosentasche des toten Mannes und las die Daten auf dem Personalausweis. »Der Mann heißt Christophe du Plessis und ist am dritten Mai 1976 in Limoges geboren.« Sie stand auf und wischte sich den Sand von den Hosenbeinen. Angespannt blickte sie die Felswand hinauf. »So wie es aussieht, ist er abgestürzt. Es könnte sich um einen Unfall handeln.«

»Vermutlich«, erwiderte der Gendarm. »Die Stadtverwaltung sollte endlich dafür sorgen, dass die Abbruchkante gesichert wird.«

Sie nickte und wandte sich ihrem Kollegen zu. »Die Todesursache ist unklar. Wir müssen die *police judiciaire* informieren.«

Der Gendarm griff nach seinem Handy. Nachdem seine Kollegin Didiers Personalien aufgenommen hatte, durfte er gehen.

Die Sonderermittlungsgruppe hatte sich um neun Uhr in ihrem Hauptquartier versammelt und die Unterlagen des Falles *Comtesse Ernestine de Bazas-Bourg* auf dem Tisch ausgebreitet. Michelle betrat den Besprechungsraum und stellte ein Tablett mit Gebäck und Kaffee auf den Tisch.

»Es gibt Mohnschnecken, sie sind noch warm.«

Pauline lächelte ihr zu. »*Merci*, Michelle.«

»*De rien*.« Sie ging hinaus und schloss leise die Tür.

Louis ergriff das Wort. »Wie ihr wisst, hat die Spurensicherung gestern Nachmittag begonnen, die Gegend um das ausgebrannte Haus und das Fahrzeug zu durchsuchen. Bisher haben sie nichts gefunden.«

»Der Täter oder die Täterin könnte die Waffe mitgenommen haben«, warf Mélanie ein.

Pauline nickte. »Ja, aber wir dürfen nichts unversucht lassen. Was ist mit den Fingerabdrücken, gibt es neue Erkenntnisse?«

Frédéric griff nach einem Computerausdruck. »Wir haben die Ergebnisse vom Labor. Der Abdruck auf dem Türknauf ist nicht im System. Die Spur auf dem Treppengeländer führt zu einem Kleinganoven namens Guy Briand, der zum Zeitpunkt des Brandes wegen eines Betrugsdelikts im Gefängnis in Lyon einsaß.«

»Warum haben das die Kollegen damals nicht herausgefunden?«

»Eine Panne?«

Pauline schüttelte ungläubig den Kopf. »Wir müssen ihn aufspüren und mit ihm reden.«

Es klopfte an der Tür, und Michelle steckte den Kopf herein. »Entschuldigt die Störung, der Präfekt ist da und möchte mit euch sprechen.«

Schon drängte sich Marcel Castelot an ihr vorbei und betrat mit energischen Schritten das Besprechungszimmer. Er trug seine schwarze Uniform mit den goldenen Schulterklappen, der Bandschnalle und der goldverzierten schwarzen Mütze. Auf seine weißen Handschuhe hatte er verzichtet. Sein Gesichtsausdruck war entschlossen.

»*Bonjour* Kollegen, *excusez-moi*, dass ich so hereinplatze, es ist wichtig.«

Unaufgefordert nahm er am Tisch Platz. Pauline musste ein Schmunzeln unterdrücken. Genau so war er: durchsetzungsfähig, geradeheraus, immer seine Ziele im Blick. Deshalb hatte sie sich damals in ihn verliebt. Doch irgendwann hatte sie das Gefühl gehabt, dass sein Dienst immer an erster Stelle stehen würde und sie die zweite Geige spielte. Im Laufe der Zeit hatten sie sich einfach auseinandergelebt. Die repräsentativen Pflichten, die er wahrnehmen musste, waren ihr ein Gräuel gewesen. Ständig benötigte sie entsprechende Kleidung und Friseurtermine. Dabei fühlte sie sich in Jeans und Sweatshirt viel wohler und war glücklich, wenn sie mit Sarah im Garten arbeiten oder sich um ihr Pferd kümmern konnte.

Sie wischte die Erinnerungen beiseite und konzentrierte sich darauf, was ihr Exmann ihnen so Dringendes zu sagen hatte. Er nahm einen Schluck Kaffee, den Louis ihm eingeschenkt hatte.

»Heute Morgen wurde unterhalb der Zitadelle von Blaye am Fuß des Steilhanges die Leiche eines Mannes gefunden. Es handelt sich um Christophe du Plessis, der vermutlich abgestürzt ist. Es könnte ein Unfall gewesen sein, aber auch Fremdverschulden ist nicht auszuschließen. Wir wissen es noch nicht. Bei der Leiche wurde sein Pass gefunden. Die *police judiciaire* hat die Daten durch den Computer gejagt und Folgendes herausgefunden: Seine Schwester Claire ist mit einem Staatssekretär des Innenministeriums verheiratet, mit Raphaël Le Maître, einem hohen Tier in der französischen Regierung.«

Frédéric stieß einen Pfiff aus. »Das ist doch der, der häufig mit politischen Stellungnahmen an die Öffentlichkeit tritt und sich auch nicht scheut, unpopuläre Maßnahmen zu fordern, oder? Was die Migration betrifft, gilt er als Hardliner. Er vertritt eine

Null-Toleranz-Politik und hat sich damit nicht nur Freunde gemacht. Von den Befürwortern einer bunten Gesellschaft wird er scharf angegriffen.«

Der Präfekt nickte. »Genau der. Kurz gesagt, ich will, dass ihr die Ermittlungen in diesem Fall aufnehmt. Die *police judiciaire* ist raus. Es wird nicht mehr lange dauern, und der Innenminister ruft mich an, hundertprozentig. Und ich will ihm ein hoch kompetentes Team präsentieren, nämlich euch: das Sonderermittlungsteam Saint-Pierre.«

Pauline sah Mélanie an, dass sie begeistert war. Die veilchenblauen Augen strahlten. Kurz tauschte sie einen Blick mit Louis.

Castelot fuhr fort: »Womöglich war es ein Unfall, dann ist die Sache schnell geklärt. Auf der Festung fand ein Fest statt, vielleicht hatte er zu viel Alkohol getrunken, das Gleichgewicht verloren und ist abgestürzt. Vielleicht aber auch nicht. Wir werden sehen.«

Er legte eine Mappe auf den Tisch. »Darin befinden sich weitere Informationen über den Toten.«

Pauline sah ihn an. »Was ist mit dem Cold Case, an dem wir gerade arbeiten?«

»Der ruht ab sofort.«

»Okay.« Sie ärgerte sich über seinen Befehlston.

Er hätte sie in die Entscheidung mit einbeziehen sollen.

»Am besten, ihr fahrt sofort hin. Die Gendarmen warten vor Ort auf euch. Ewig kann die Leiche da nicht liegen, heute wird es wieder heiß. Wir dürfen keine Zeit verlieren.«

Er erhob sich und sah sie der Reihe nach eindringlich an, sein Blick blieb besonders lange auf Pauline haften. »Ich verlasse mich auf euch. Wenn ich helfen kann, sagt Bescheid. Viel Erfolg.«

Pauline begleitete ihn zum Ausgang. Er lächelte sie an. »Du wirst immer schöner. Was hast du mit deinen Haaren gemacht, sind das Strähnchen?«

»Marcel!«

»Ja, ich höre schon auf. Aber man wird seiner Exfrau doch ein Kompliment machen dürfen.«

Rasch wechselte er das Thema. »Wie geht es meinem Engelchen?«

»Deinem Engelchen geht es gut, nur für die Schule könnte sie sich ein wenig mehr engagieren.«

Er winkte ab. »Das wird schon. Sarah ist ein hochintelligentes Mädchen. Das hat sie von mir.«

Pauline grinste und schüttelte den Kopf. »Was du nicht sagst.«

»Das war ein Scherz. Aber es stimmt, wir haben

ein tolles Mädchen. Pass auf, ich möchte am Wochenende mit ihr nach Lacanau-Océan fahren. Sie hat sich gewünscht, dass wir auf einem Campingplatz im Zelt übernachten. Nur wir zwei. Wir grillen Würstchen, spielen Volleyball, und sie kann an einem Wellenreiterkurs teilnehmen. Sie ist schon richtig gut.«

»Das Meer dort ist ein brodelndes Ungeheuer. Sie muss eine Schwimmweste tragen.«

Er sah sie perplex an. »Kein Mensch trägt beim Wellenreiten eine Schwimmweste, das weißt du genau.« Er streichelte zärtlich über ihre Wange. »Ich werde unsere Tochter keine Sekunde aus den Augen lassen, das verspreche ich dir.«

Pauline sah ihn einen Moment nachdenklich an. »Also gut, ich will keine Spielverderberin sein.«

»*Merci*, Pauline, das wird ein tolles Wochenende.« Er gab ihr ein Wangenküsschen. »Ich muss los. *Salut*!«

Mit einem zivilen Dienstfahrzeug machten sich die Kommissare auf den Weg nach Blaye. Mélanie hatte das Steuer übernommen. Sie überquerte auf einer der Stadtbrücken die Garonne, fuhr auf die Autobahn und verließ sie nach etwa fünfzehn Kilometern bei Saint-Antoine. Die *route nationale* verlief durch eine hügelige Landschaft mit Weiden, auf denen schwarzweiß gefleckte Kühe grasten. Dazwischen ersteckten sich Äcker und Weinberge. Verstreut lagen Dörfer, deren Kirchtürme die Rebstöcke überragten. Feine Wolkenschleier zogen über den pastellblauen Himmel. Die letzten Kilometer fuhren sie parallel zum Fluss auf der Landstraße und erreichten schließlich das Städtchen Blaye.

Sie hatten mit der örtlichen Gendarmerie vereinbart, dass ein Polizeiboot sie am Fischereihafen abholen würde. Der Steuermann wartete bereits auf sie und brachte sie zu dem Uferstreifen, auf dem der Fischer Didier den Toten entdeckt hatte. Sie verließen das Schiff über den Steg und wurden von zwei Kollegen in Empfang genommen. Die Gendarmin ergriff das Wort.

»Kommen Sie bitte mit, der Leichnam liegt zwischen den Felsen.«

Die Kommissare folgten ihnen und standen kurz darauf vor dem toten Mann, der mit einer Plane zugedeckt war, um ihn vor der Sonne und neugierigen Blicken zu schützen. Auf ein Kopfnicken von seiner Chefin hin zog Pierrot Handschuhe über und nahm vorsichtig die Abdeckung weg. Aufmerksam betrachteten sie ihn: die erstarrten Gesichtszüge, die trüben Augen, die Kleidung, das Blut, die Körperhaltung.

Rocard hob behutsam den Kopf der Leiche und betrachtete ihn konzentriert. »Er hat eine tiefe Wunde am Hinterkopf. So wie es aussieht, ist er auf einen Stein gefallen und hat sich tödlich verletzt. Der Sand unter seinem Kopf ist mit Blut vollgesogen.«

Castelot richtete den Blick auf den Steilhang. »Ist er herabgestürzt?«

»Das könnte sein. So einen Sturz auf diese Felsen würde niemand überleben. Dabei stellt sich die Frage, ob es ein Unglück war oder ob jemand ihn gestoßen hat?«

Vorsichtig bettete er den Kopf wieder auf den Untergrund und spann seine Gedanken weiter.

»Es wäre jedoch auch möglich, dass jemand ihn am Ufer mit einem schweren Gegenstand niedergeschlagen hat. In diesem Fall wäre das hier auch der Tatort. Womöglich hat ein Kampf stattgefunden. Die Spurensicherung muss das Gelände gründlich durchforsten.«

Leroy stimmte zu und wandte sich dann an den Gendarmen. »Dort oben, direkt über uns, diese

Felsnase in der Festungsmauer, die aussieht wie ein Turm – hat die einen Namen?«

»*Oui, Madame le Commissaire*, das ist die Tour de l'Aiguillette.«

»Wenn der Mann von dort oben heruntergefallen wäre, wäre er doch genau hier aufgeprallt, oder? Was meinen Sie, Kollege?«

Der Gendarm schien um einige Zentimeter zu wachsen, und auf seinem Gesicht erschien ein stolzes Lächeln. Die attraktive Kommissarin aus der Stadt fragte ihn nach seiner Meinung. »Exakt, *Madame le Commissaire*.«

»Wie kommen wir da hinauf? Gibt es einen Weg?«

Er deutete auf einen halsbrecherischen Trampelpfad, der sich durch Felsen, Dornengestrüpp und jadegrüner Macchia in die Höhe schlängelte und zwischen drei Zinnen verschwand.

»Der Weg dort führt hinauf, der Aufstieg ist jedoch sehr mühsam. Sie brauchen mindestens eine gute halbe Stunde und festes Schuhwerk. Einfacher ist es für Sie und Ihre Kollegen, sich mit dem Boot zum Fischerhafen zurückbringen zu lassen und mit Ihrem Wagen zur Zitadelle zu fahren. Sie können Ihr Fahrzeug auf dem Parkplatz der Festungsanlage abstellen und dem ausgeschilderten Weg zu der Tour de l'Aiguillette folgen.«

Die Kommissare beratschlagten sich kurz und entschieden sich, dem Rat des Gendarmen zu folgen. Castelot wandte sich an die beiden Polizisten. »Wir fahren mit dem Schiff zurück. Bleiben Sie bitte vor Ort, bis die Spurensicherung und der Bestatter eintreffen. Der Leichnam muss zum Hafen transportiert werden und dann weiter in die Rechtsmedizin.«

Nachdem die Kommissare ihren Renault auf der obersten Parkebene abgestellt hatten, folgten sie der Beschreibung zur Tour l'Aiguillette. Ihr Weg führte sie über das Gelände, auf dem der Mittelaltermarkt stattfand. Inzwischen war es Mittag geworden, und Hunderte von Besuchern waren unterwegs. Vor den Buden hatten sich Schlangen gebildet, der Duft von gegrilltem Fleisch lag in der Luft, die Sonne brannte vom Himmel. Stimmengewirr und Gelächter hallten über den Festplatz. Aus Lautsprechern erklang mittelalterliche Musik. Kinder sprangen auf einer Hüpfburg herum und johlten vor Vergnügen. Etwas abseits auf einer steinernen Naturbühne wurde ein Theaterstück aufgeführt. Ein Mann, bekleidet mit einem weißen Nachthemd, einer Zipfelmütze und Fellpantoffeln, beklagte lautstark sein Leid. Frédéric tippte auf das Stück *Le malade imaginaire* von Molière. Mélanie entdeckte vor einem Holzhäuschen ein selbstgemaltes Schild, auf dem ein Aderlass mit Blutegeln gegen verschiedenste Leiden angepriesen wurde. Sie schauderte.

Sie gingen an Mauern, Bastionen, Wällen und Toren vorbei und überquerten schließlich eine Brücke, unter der sich ein ausgetrockneter Wassergraben befand, auf dessen Grund sich eine Möwenschar niedergelassen hatte. Nach weiteren hundert Metern erreichten sie den Turm. Im Gänsemarsch folgten sie dem von Büschen gesäumten Pfad und stiegen auf den Felsvorsprung der Tour de l'Aiguillette. Die kleine ovale Plattform war menschenleer. Louis ging zum Rand des Aussichtsplatzes, beugte sich vor und spähte nach unten. Dort am Fuß des Steilhangs entdeckte er die Gendarmen, die auf Steinen neben dem Toten saßen und zusahen, wie die Spurensicherung ihre Arbeit machte.

»Hier geht es fast senkrecht hinunter«, informierte er die Kollegen. »Das sind mindestens dreißig Meter. Gestein, Kanten, Spalten, Felsnadelspitzen.«

Mélanie stellte sich neben ihn und warf einen Blick in die Tiefe. »Das ist nur etwas für Schwindelfreie.«

Louis stimmte ihr zu. »Wenn man zu viel Alkohol getrunken hat und nicht mehr sicher auf den Füßen steht, ist das ein gefährlicher Ort. Man verliert das Gleichgewicht und stürzt in den Tod.«

Für einen Augenblick konnten sie sich dem überwältigenden Ausblick nicht entziehen: die imposante Mauer des Bollwerks, zwei grün überwachsene Sternenzacken, ein Aquädukt, dahinter der gewaltige pfauenblaue Strom, der in der Sonne glitzerte, auf der anderen Uferseite Weingärten, so weit das Auge reichte, sowie mittelalterlich anmutende Dörfer mit roten Ziegeldächern.

Dann traten sie von der Abbruchkante zurück. Währenddessen schritt Pauline langsam und konzentriert die äußere Plattform ab und sah sich jede Wurzel, jeden Stein, jeden Erdklumpen genau an. Bei einem Baumstumpf blieb sie stehen und ging in die Hocke. Sie berührte das Holz. »Es ist ganz weich«, sagte sie.

»Seht mal, da gibt es eine leichte Einkerbung. Rings herum, etwa zehn Zentimeter über dem Boden.«

Frédéric kniete sich neben sie und betrachtete den runden Stumpf. »Du hast recht.«

»Welche Holzart ist das?«

»Nach der Maserung zu urteilen, könnte es eine Lärche sein.«

Er sah sich um und entdeckte in einer Entfernung von gut einem Meter einen ockergelben Sandsteinbrocken, der einem Miniaturhinkelstein ähnelte. Er hatte in etwa die Höhe des Baumstumpfes und einen Durchmesser von dreißig Zentimetern. Schnell erhob er sich, um ihn genauer in Augenschein zu nehmen.

»Auf der Oberfläche sind leichte Abriebe auf derselben Höhe. Wenn man die Stellen verbinden würde, dann würde ein Kreis entstehen.«

Mélanie und Louis tauschten einen überraschten Blick und kamen rasch näher.

»Lass mal sehen«, sagte Louis. »Tatsächlich.«

»Worauf willst du hinaus, Frédéric?«, fragte Pauline, doch sie ahnte es bereits.

»Hier war ein Drahtseil gespannt«, bestätigte er ihre Vermutung. »Der Verdacht liegt nahe, dass Christophe du Plessis darübergestolpert und in die Tiefe gestürzt ist.«

Sie sahen sich an. »Dann war es Mord«, meinte Mélanie. »Heimtückischer Mord.«

»Die Frage ist, für wen der Draht bestimmt war?«, antwortete Louis. »War es eine tödliche Falle für ihn oder für eine andere Person?«

»Und falls es für du Plessis bestimmt war, wie hat der Täter es geschafft, ihn an den Abgrund zu locken?«

Nachdem Pauline die Kollegen der Spurensicherung über ihre Entdeckung informiert und darum gebeten hatte, den Felsvorsprung so schnell wie möglich abzusperren und zu sichern, gingen sie zurück zum Festplatz. Sie fanden einen freien Tisch etwas abseits des Trubels und setzten sich, um ihr weiteres Vorgehen zu besprechen. Eine Silberpappel spendete wohltuenden Schatten, durch ihr Laubwerk tanzten Lichtreflexe. Als Mélanie und Louis von einem der Stände Wasser und Kaffee geholt hatten, zog Pauline die Infomappe über Christophe du Plessis, die sie von Marcel bekommen hatte, aus ihrer Umhängetasche und begann darin zu blättern. »Der Tote wohnte in Solignac, das ist eine kleine Ortschaft südlich von Limoges. Er ist mit Samira du Plessis, geborene Massour, verheiratet. Die beiden haben zwei Kinder: Jean-François, acht Jahre alt, und Yasemin, fünf Jahre alt.«

Sie blickte auf. »Louis und ich fahren hin und überbringen ihr die Nachricht vom Tod ihres Mannes. Sie soll es nicht aus der Zeitung erfahren. Es wird nicht mehr lange dauern, und die Presse wird sich auf den Todesfall stürzen.«

»Wie gehen wir weiter vor?«, fragte Mélanie.

Pauline überlegte. »Wenn er vorhatte, das Fest zu besuchen, hat er möglicherweise ein Zimmer in einem Hotel gemietet. Limoges ist schließlich nicht gleich um die Ecke. Frédéric und du erkundigt euch danach. War er alleine hier oder mit Freunden? Was wollte er hier? Hat er jemandem etwas erzählt, das uns vielleicht weiterhelfen kann? Wir brauchen so viele Informationen wie möglich über ihn, damit wir die Geschehnisse des gestrigen Tages rekonstruieren können.«

Die beiden hatten keine Einwände. Pauline trank ihren Kaffee aus und erhob sich.

»Louis und ich nehmen den Dienstwagen. Ihr könnt euch später von der Gendarmerie nach Bordeaux zurückbringen lassen. Wir bleiben in Kontakt. Wenn es Neuigkeiten gibt, telefonieren wir.«

Pauline und ihr Kollege gingen zielstrebig über das Festungsgelände in Richtung Parkplatz. Mélanie suchte auf ihrem Smartphone einen Orientierungsplan für das kleine Dorf, das zwischen den Festungsmauern entstanden war, und deutete auf ein zweistöckiges gelbes Haus mit Sprossenfenster, das über einen Torbogen verfügte. »Wir müssen da durch, dann kommen wir auf die Hauptgasse. Dort befindet sich das Tourismusbüro.«

Frédéric sammelte die Pappbecher ein und warf sie in eine Abfalltonne. »Na dann los.«

Nach wenigen Metern tat sich neben der Kopfsteinpflastergasse ein Platz auf, in dessen Mitte ein Springbrunnen unter einem Kastanienbaum plätscherte. Das Tourismusbüro war in einem alten Haus untergebracht, das zwischen Felsen eingeklemmt war. Über die grauen Steine und die Mauerrisse rankte sich Weinlaub. Das Bogenfenster im Untergeschoss war himmelblau lackiert und vergittert. In einem Topf auf dem Sims stand eine Geranie mit rubinroten Blüten. Eine gewundene Treppe führte zur Eingangspforte aus schwerem Eichenholz, die einladend offen stand. Der Raum verfügte über eine Gewölbedecke, integrierte Strahler verbreiteten ein sanftes honigfarbenes Licht. Zwischen den Regalen mit Reiseführern, Bildbänden und Büchern über die Geschichte der Zitadelle hingen farbenfrohe Plakate, die für kommende Veranstaltungen warben. Aus Lautsprechern erklang leise klassische Musik.

Hinter dem Tresen stand eine ältere Dame in einem altrosa Twinset, die ihr Haar zu einem strengen Knoten frisiert hatte. Gerade erklärte sie einem Rucksackpärchen den Stadtplan und die Aufführungsorte der Theaterstücke. Die beiden jungen Leute waren offenbar aus Deutschland und bemühten sich um ein gutes Französisch. Nachdem sie sich bedankt hatten, wandte sich die Frau den Kommissaren zu. Mit einem Lächeln fragte sie: »Was kann ich für Sie tun?«

Mélanie erklärte ihr Anliegen. »Wir möchten gerne wissen, welche Unterkünfte es hier im Ort gibt.«

»Oje, da werden Sie sich schwertun, jetzt in der Hochsaison ein freies Zimmer zu finden. Wir haben hier nur zwei Hotels: die Herberge Chez Suzette zwei Häuser weiter die Gasse hoch, und die Auberge La Citadelle gegenüber der Pâtisserie.«

Sie bedankten sich und wandten sich zum Gehen.

»Ein Tipp noch!«, rief die Frau ihnen hinterher. »Nördlich der Festung gibt es einen Campingplatz mit Homemobilen, vielleicht finden Sie dort eine Übernachtungsmöglichkeit.«

»*Merci beaucoup*«, sagte Mélanie.

Als sie die Pension Chez Suzette betraten, war der Empfangsbereich verwaist. Ein Telefon klingelte ununterbrochen. Auf einem Sessel schlief eine zusammengerollte Glückskatze. Frédéric drückte ein paarmal auf den Klingelknopf, und kurz darauf erschien eine junge Frau, die sich die Hände an ihrer Schürze abtrocknete. Auf ihrem Namensschild an der Bluse stand *Suzette*. Mélanie stellte sich vor und hielt ihren Dienstausweis hoch.

»*Bonjour*, Madame. Wir brauchen eine Auskunft von Ihnen.«

Die Frau sah sie erschrocken aus großen Augen an, dann fasste sie sich wieder. »Selbstverständlich, was möchten Sie wissen?«

»Hat ein Christophe du Plessis ein Zimmer bei Ihnen gemietet?«

»Wir haben nur acht Zimmer, deshalb kenne ich normalerweise die Namen unserer Gäste. Du Plessis sagt mir nichts. Aber gestern hat mein Bruder am Empfang ausgeholfen. Einen Moment bitte, ich sehe nach.« Sie griff nach dem Gästebuch und fuhr mit dem Finger die Zeilen entlang. »Nein, tatsächlich. Hier hat kein Mann mit diesem Namen eingecheckt. Tut mir leid.«

Bedauernd schüttelte sie den Kopf.

Nachdem sie sich bedankt hatten, verließen sie die Pension.

Einträchtig schweigend folgten sie weiter dem Weg und hielten sich im Schatten. Es war noch heißer geworden. Dabei sahen sie sich interessiert um. Mélanie fühlte sich in dem malerischen Dorf ins Mittelalter zurückversetzt. Die Tische der Bistros und Cafés waren fast alle besetzt, die Gäste genossen das späte Mittagessen und unterhielten sich lebhaft und gutgelaunt. Die Weinflaschen steckten in Eiskübeln. In einem Restaurant hing von einem Balken ein großer Käfig, in dem zwei smaragdgrüne Papageien auf Stangen saßen und das Treiben um sie herum neugierig beobachteten.

Der Eingang der Auberge La Citadelle wurde von zwei blühenden Oleandersträuchern flankiert. Durch den senfgelb gefliesten Flur gelangten sie in den Gastraum. Nur ein Tisch war besetzt. In der Dartscheibe steckten mehrere Pfeile mitten im rot markierten Ziel. Auf einem Barhocker saß ein alter Mann mit einer Baskenmütze, trank ein Glas Rotwein und rauchte eine Gitanes. Dahinter stand der Wirt, ein beleibter Mann mittleren Alters mit einem schwarzgrau melierten Haarkranz, der mithilfe eines Geschirrtuches ein Bierglas polierte. Als er die Gäste bemerkte, begrüßte er sie. »*Bonjour*, Madame et Monsieur.« Seine Stimme dröhnte durch den Raum.

Mélanie zeigte ihren Dienstausweis. »*Bonjour*, Monsieur, wir suchen den Besitzer dieses Hotels.«

Er starrte auf den Ausweis. »Die Polizei?«

Sie nickte ungeduldig. »Ja, wir wollen mit dem Besitzer sprechen.«

»Das bin ich.«

»Wie ist Ihr Name?«

»Paul Benoît, Madame le Commissaire. Was kann ich für Sie tun?«

»Haben Sie ein Zimmer an einen Mann namens Christophe du Plessis vermietet?«

»Ja, ein netter junger Mann. Ich habe ihn heute Morgen noch nicht gesehen. Wahrscheinlich schläft er noch. Die Partys auf dem Festgelände dauern bis zum Morgengrauen.« Er lachte.

Der Mann mit der Baskenmütze drehte sich um und sah die Polizisten an.

»Der Fischer Jean-Luc hat erzählt, dass heute Morgen am Ufer der Gironde ein toter Mann gefunden wurde. Sind Sie deshalb hier?«

Frédéric nickte. Es gab keinen Grund mehr, Informationen zurückzuhalten. Inzwischen wusste vermutlich das halbe Dorf Bescheid, und bald würden die ersten Reporter hier auftauchen und Fragen stellen. »Christophe du Plessis ist tot. Allem Anschein nach ist er abgestürzt.«

Die beiden Männer sahen ihn entsetzt an.

»Das ist ja eine furchtbare Geschichte«, sagte der Wirt leise.

Der alte Mann seufzte mitfühlend. »Was ist denn passiert?«, wollte er wissen. »Hat er zu viel getrunken und das Gleichgewicht verloren? Seien Sie versichert, das war nicht der erste Unfall auf dem Festungshügel. Ich frage mich schon lange, wann die Gemeinde endlich Schritte einleiten wird, um so etwas in Zukunft zu verhindern.«

Mélanie fiel ihm ins Wort. »Wir haben die Ermittlungen aufgenommen und dürfen über die genauen Umstände keine Auskunft geben.«

Ein anderer Mann erhob sich von einem Tisch und kam eilig auf sie zu. Sein markantes Gesicht mit auffällig meerblauen Augen wirkte besorgt. Er stellte sich als Jérémy Martelli vor und fragte: »Entschuldigen Sie bitte, habe ich gerade den Namen Christophe du Plessis gehört?«

Mélanie musterte ihn interessiert. »Weshalb wollen Sie das wissen?«

»Er ist ein sehr guter Freund von mir. Wir sind

zusammen unterwegs und wohnen hier, ebenso wie Pierre Fernand, der Dritte im Bunde. Christophe ist wie vom Erdboden verschluckt. Erst dachten wir, er schläft noch, aber er ist nicht in seinem Zimmer, und sein Bett wirkt unberührt. Danach haben wir das Festungsgelände abgesucht, ihn aber nicht gefunden. Wir sind in großer Sorge.«

Er starrte die Kommissarin an und wartete verunsichert auf eine Antwort.

Mélanie räusperte sich. »Es tut mir sehr leid, Monsieur Martelli, Ihr Freund ist tot. Ein Fischer hat ihn heute früh unterhalb der Zitadelle gefunden. Mein Kollege und ich ermitteln, Näheres kann ich Ihnen noch nicht sagen.«

»*Mon Dieu*! Christophe ist tot?«

Sie wies auf den Tisch, von dem er gerade aufgestanden war.

»Wir müssen mit Ihnen und den anderen reden, kommen Sie bitte.«

Frédéric wandte sich an den Wirt. »Wir werden eine Befragung durchführen und wollen nicht gestört werden. Gibt es hier einen Raum, der dafür infrage kommt?«

»*Bien sûr*, Monsieur le Commissaire. Gehen Sie durch die Tür neben dem Dartbrett, dort befindet sich ein Nebenzimmer. Niemand wird Sie dort stören, dafür sorge ich.«

»*Merci*, Monsieur Benoît.«

»Das ist das Mindeste, was ich tun kann.« Er fuhr sich durch den Haarkranz. »Der arme Kerl. Es tut mir so leid.«

Als sie sich im Nebenzimmer um den Tisch versammelt hatten, zückte Mélanie Notizbuch und Stift und begann die Personalien der anwesenden Personen aufzunehmen. Dann wandte sie sich zunächst an die beiden jungen Frauen, die mit Jérémy am Tisch gesessen hatten. »Gehören Sie auch zu der Gruppe?«

Gemma schüttelte den Kopf. »Nein, wir haben uns erst gestern Abend hier kennengelernt. Christophe war so nett. Ich kann es nicht glauben, was mit ihm passiert ist.«

Ihre Augen wurden feucht, und sie schluckte schwer. Nicole legte den Arm um sie und ergriff das Wort: »Wir haben zusammen das Konzert besucht und hatten viel Spaß. Ich bin fassungslos, dass es so endete.« Traurig starrte sie auf den Tisch.

»Wann haben Sie Christophe zuletzt gesehen?«, wollte Frédéric wissen.

»Das Konzert war gegen Mitternacht zu Ende. Wir haben noch etwas getrunken und uns unterhalten. Gegen zwei Uhr gingen wir zum Hotel zurück.«

»War Christophe auch dabei?«

»Nein, er sagte, er komme gleich nach. Dann ging er zu einem Stand, wahrscheinlich wollte er noch etwas trinken. Dabei hatte er schon genug, wir alle hatten genug.«

»Wissen Sie, aus welchem Grund er nicht mitkommen wollte?«

Sie zuckte mit den Schultern. »Ich weiß es nicht, er hat nichts zu uns gesagt. Wir hätten ihn nicht alleine lassen sollen, ich mache mir solche Vorwürfe.«

Gemma hatte sich ein wenig beruhigt und klinkte sich wieder in das Gespräch ein. »Ich ging zusammen mit Jérémy, Nicole mit Pierre. Ich hatte den Eindruck, dass Christophe sauer war und sich wie das fünfte Rad am Wagen gefühlt hat. Vielleicht hoffte er, dass er doch noch eine Frau kennenlernen würde.«

»Ist Ihnen etwas aufgefallen, das Ihnen merkwürdig erschien?«

Die beiden Frauen tauschten einen Blick. »Warum fragen Sie das?«, wollte Gemma wissen. »Es war doch ein Unfall, oder nicht?«

»Wir stehen am Anfang unserer Ermittlungen und

versuchen, den gestrigen Abend zu rekonstruieren. Dabei kann jedes Detail wichtig sein.«

»Also mir ist nichts aufgefallen.«

»Mir auch nicht«, bemerkte Nicole.

»Wie lange bleiben Sie noch hier?«, erkundigte sich Mélanie.

»Wir wollten noch zwei Tage bleiben, aber jetzt überlege ich, ob wir nicht lieber abreisen sollten?«

Gemma stimmte ihr zu. »Das halte ich für sinnvoll, vielleicht heute noch. Nach dem schrecklichen Unfall will ich nur weg von hier.«

»Waren Sie die ganze Nacht mit Jérémy zusammen?«

»Ja, wir sind erst spät aufgewacht und haben mit Nicole und Pierre gegessen, nachdem wir Christophe gesucht hatten.«

Die Kommissarin sah Nicole an. »Und Sie?«

»Ich habe bei Pierre geschlafen.«

»Gut, das war es vorläufig, wenn wir noch Fragen haben, melden wir uns.« Sie reichte beiden eine Visitenkarte. »Rufen Sie uns an, wenn Ihnen noch etwas einfällt, auch wenn es Ihnen unwesentlich erscheint. Sie können jetzt gehen.«

Die beiden Studentinnen verabschiedeten sich und verließen mit gesenkten Köpfen den Raum.

Jetzt galt die ganze Aufmerksamkeit der Kommissare den beiden Männern.

»Wann sind Sie angereist?«, fragte Frédéric.

Pierre sah völlig mitgenommen aus und überließ Jérémy das Wort. »Vorgestern am späten Vormittag sind wir angekommen. Wir haben unsere Zimmer bezogen und anschließend den Mittelaltermarkt besucht. Das hat Tradition, wir machen das immer so.«

»Wie meinen Sie das?«

»Wir kommen seit fünfzehn Jahren hierher, um das Theaterfestival und den Mittelaltermarkt zu besuchen. Das ist die erste Station auf unserer Motorradtour, anschließend fahren wir auf die Île d'Oléron zum Angeln. Nur letztes Jahr hat es leider nicht geklappt.«

»Seit fünfzehn Jahren schon! Hat das einen bestimmten Grund?«

Pierre hatte seine Sprache wiedergefunden. »Wir sind gelernte Zimmerleute und Mitglieder einer Zunft. In Frankreich nennt man uns *compagnons*. Vor fünfzehn Jahren waren wir Zimmerleute auf Wanderschaft. Ein Jahr lang haben wir kostenlos in dieser Pension gewohnt, zusammen studiert und in der Festungsanlage gearbeitet. Es war eine wunderbare Zeit. Wir waren jung, frei und unabhängig, die Welt stand uns offen.« Er lächelte wehmütig. »Zumindest glaubten wir das damals. Wenn man jung ist, denkt man, man kann von Luft und Liebe leben. Und jetzt haben wir Christophe verloren.« Er verstummte und strich gedankenverloren über seinen kahlen Kopf.

Jérémy erzählte weiter: »Wir haben damals zusammen mit ansässigen Handwerkern das Fachwerk und die Dachstühle kulturhistorischer Gebäude restauriert, andere Holzarbeiten durchgeführt, gemauert, verputzt, Platten verlegt, wir haben eigentlich alles gemacht und unheimlich viel dabei gelernt. Deshalb zieht es uns jedes Jahr hierher.«

Mélanie nickte und zeigte ein kleines Lächeln. Sie konnte sich gut vorstellen, dass das eine tolle Zeit gewesen sein musste.

»Dann kennen Sie hier viele Leute?«

»Oh, ja, wir treffen uns immer auf dem Fest.«

»Ist Ihnen gestern Abend etwas aufgefallen, das Ihre Aufmerksamkeit erregt hat? Ist etwas geschehen, das Ihnen seltsam vorkam, ungewöhnlich, anders als sonst?«

»Nein.«

Sie richtete ihren Blick auf Pierre. »Und Ihnen?«

»Überhaupt nichts. Wir hätten nur Christophe nicht alleine lassen dürfen.«

»Machen Sie sich nicht so viele Vorwürfe, er war ein erwachsener Mann«, versuchte Mélanie zu trösten und vergaß dabei für einen Moment ihre Rolle als Kommissarin.

»Trotzdem.«

»Welche Pläne haben Sie jetzt?«

»Wir wollten noch ein paar Tage hierbleiben, alte Freunde besuchen, feiern. Aber jetzt sollten wir besser nach Hause fahren und uns um Samira kümmern. Das ist Christophes Frau. Die beiden haben zwei Kinder. Das wird ein schrecklicher Schlag für sie sein.«

Frédéric schaltete sich ein. »Kollegen kümmern sich um die Familie. Uns wäre es lieber, wenn Sie noch einige Tage bleiben könnten, falls Fragen auftauchen sollten oder eine Ortsbegehung erforderlich ist.«

Die beiden Männer wechselten einen raschen Blick. »Einverstanden«, meinte Pierre.

»Sagen Sie uns Bescheid, wenn es Neuigkeiten gibt?«, bat Jérémy. »Christophe war wie ein Bruder für uns.«

»Selbstverständlich, wir halten Sie auf dem Laufenden.«

»Wo ist er jetzt?«

»In der Gerichtsmedizin von Bordeaux. Die genauen Todesumstände müssen geklärt werden.«

»Ja, ich verstehe.«

»Wir haben im Moment keine Fragen mehr. Danke für Ihre Auskünfte, wir bleiben in Kontakt.« Er legte zwei weitere Visitenkarten auf den Tisch. »Rufen Sie uns jederzeit an. Mein aufrichtiges Beileid.«

Als die Kommissare das Nebenzimmer verlassen hatten, sahen die Männer sich an.

»Und was jetzt?«, fragte Pierre.

»Lass uns einen Spaziergang machen und die Gebäude aufsuchen, die wir mit Christophe restauriert haben.«

»Gute Idee.«

Louis hatte das Steuer übernommen und fuhr über die Autobahn nach Solignac. Die Strecke war zwar länger, aber wesentlich schneller als der Weg über die *route nationale*, die durch Städtchen und Dörfer führte. Nach gut zwei Stunden erreichten sie die Ausfahrt und bezahlten an der Mautstation die fällige Gebühr.

Der Ort lag am Nordufer der Briance, etwa dreizehn Kilometer südlich von Limoges. Sie fuhren über eine mittelalterliche Brücke aus dem 13. Jahrhundert, die in früheren Zeiten von Jakobspilgern benutzt worden war. Von dort aus hatte man einen schönen Blick auf das Dorf, die Abteikirche Saint-Pierre et Saint-Paul und die mehrflügelige Klosteranlage, die heute ein Altersheim beherbergte. Die Pfeiler der flussaufwärts gewandten Seite waren angespitzt, um bei Hochwasser Baumstämme besser ableiten zu können.

Das Haus von Christophe du Plessis und seiner Familie stand am Ortsrand. Dahinter erstreckten sich Wiesen, Felder und ein Pappelwäldchen. Das einstöckige hellgelb verputzte Gebäude verfügte über himmelblaue Fensterläden und ein flaches Ziegeldach. Daneben befand sich auf einem großen Areal ein moderner Zimmereibetrieb mit einer Maschinenhalle, einer Abbundhalle und einem Lagerplatz zum Stapeln und Trocknen von Schnittholz. Auf dem Dach gab es ein großes Schild, auf dem in schwarzen Großbuchstaben *Charpenterie Alphons du Plessis* stand.

Louis parkte den Wagen direkt vor dem gelben Haus neben einem Renault, und sie stiegen aus. Zur Eingangstür führte ein gepflasterter Weg, der von weiß blühenden Rosenstöcken und Lavendel flankiert war. Auf ihr Klingeln hin öffnete niemand.

Er und Pauline tauschten einen kurzen Blick, und Louis drückte erneut auf den Knopf. Nichts rührte sich.

Plötzlich erklang hinter dem Haus fröhliches Kinderlachen. Sie folgten einem Weg und gelangten in den Garten. Auf einer gemähten Rasenfläche zwischen Laubbäumen stand ein aufblasbares Schwimmbecken, in dem zwei Kinder planschten und sich gegenseitig mit Wasser bespritzten. Auf der Terrasse saß eine Frau in einem geblümten Sommerkleid in einem Gartenstuhl und blätterte in einer Zeitschrift. Ihre schwarzen Haare reichten bis zur Schulter, die Haut war leicht gebräunt. Sie hob den Kopf und warf einen Blick auf die spielenden Kinder.

»Jean-François! Hör sofort auf, Yasemin zu bespritzen, sie bekommt gleich keine Luft mehr.«

Der kleine Junge drehte sich um und strahlte sie an. Seine großen dunklen Augen glänzten. »*Oui*, Maman.«

Er griff nach einem Schiffchen und ließ es durch das Wasser pflügen, dabei ahmte er Motorengeräusche nach. Seine kleine Schwester sah fasziniert zu.

Castelot sprach die Frau an. »Entschuldigen Sie bitte, dass wir hier einfach so eindringen. Wir haben an der Tür geklingelt.«

Die Frau zuckte zusammen, wandte sich ihnen zu und sah sie überrascht an. »Kann ich Ihnen helfen?«

»Wir sind von der Kriminalpolizei und möchten mit Samira du Plessis sprechen.«

»Polizei? Kommen Sie doch bitte mit auf die Terrasse.«

Sie gingen über einige Stufen auf den Außensitz, Pauline zeigte ihren Dienstausweis und stellte sich vor. Die Frau warf nur einen kurzen Blick darauf.

»Ich bin Samira du Plessis.« Sie deutete auf eine Sitzgruppe. »Nehmen Sie doch bitte Platz.« Ihr schönes Gesicht zeigte Besorgnis. »Es ist doch nichts passiert?«

Die Kommissare vergewisserten sich, dass die beiden Kinder weiter in ihr Spiel vertieft waren, dann wandte sich Pauline der Frau zu. Dabei fiel ihr auf, dass Madame du Plessis einen Bluterguss an der Schläfe hatte, der sich bis zum Auge erstreckte und sich rotviolett verfärbt hatte. Die Stelle war geschwollen. Sie gab sich einen Ruck. Jemandem mitzuteilen, dass ein Familienmitglied verstorben war, war die schwerste Aufgabe in ihrem Beruf. Meist war sie es, die die schlimme Nachricht überbringen musste, Louis konnte es einfach nicht.

»Es tut uns sehr leid, Madame du Plessis, wir müssen Ihnen leider mitteilen, dass Ihr Mann tot ist.«

Ungläubig starrte die Frau sie an. »Christophe ist tot?«

Sie knetete die Hände und schüttelte den Kopf. »Das kann doch nicht sein. Wir haben gestern Vormittag telefoniert, da ging es ihm gut. Was ist passiert?«

»Er wurde unterhalb der Zitadelle von Blaye am Ufer der Gironde gefunden. Wir gehen davon aus, dass er letzte Nacht abgestürzt ist.«

»Abgestürzt?«

»Er hat ein Fest auf dem Festungsgelände besucht. Nach dem jetzigen Stand der Ermittlungen befand er sich auf einer Felsnase und ist in die Tiefe gefallen.«

»Das ist ja schrecklich …«

»Oui, Madame. Mein aufrichtiges Beileid.«

»Das war doch bestimmt ein Unfall! Weshalb ermittelt dann die Kriminalpolizei?«

»Wir können ein Fremdverschulden nicht ausschließen.«

Ihre goldbraunen Augen wurden noch größer. »Fremdverschulden? Sie meinen, jemand hat meinen Mann getötet?«

»Das könnte sein.«

»*Mon Dieu*! Das kann ich mir überhaupt nicht vorstellen, er war überall sehr beliebt.«

»Sind Sie in der Verfassung, uns einige Fragen zu beantworten, oder sollen wir später wiederkommen?«

Sie strich sich gedankenverloren eine Strähne aus der Stirn. »Es geht schon, fragen Sie.«

»Wussten Sie, dass Ihr Mann sich dort aufhielt?«, wollte Pierrot wissen.

»Ja, er fährt jedes Jahr Ende August mit seinen beiden Freunden Jérémy und Pierre nach Blaye. Nur vergangenes Jahr sind sie nicht dorthin gefahren, warum, weiß ich nicht. In jungen Jahren waren sie als Zimmerleute auf der Walz, haben dort ein Jahr gearbeitet und sich sehr wohlgefühlt. Die Restaurierung der Zitadelle muss eine wahre Herausforderung gewesen sein. Das hat mein Mann mir erzählt, damals kannte ich ihn noch nicht. Wir haben uns vor acht Jahren kennengelernt und geheiratet, als ich mit Jean-François schwanger war.« Sie sah nach ihren Kindern, die mit einem Wasserball spielten und vor Freude hin und wieder aufkreischten.

»Hat er Ihnen gegenüber etwas darüber erwähnt, dass er dort Ärger hatte? Probleme? Feinde? Ist irgendetwas vorgefallen? Hat ihn etwas belastet?«

Sie überlegte kurz und schüttelte schließlich den

Kopf. »Nein, nicht das ich wüsste, er hat sich immer sehr auf diese Auszeit gefreut. Der Ablauf war immer gleich, erst Feiern auf der Festung, dann Angeln auf der Île d'Oléron.« Sie schob den Träger ihres Kleides zurecht. »Wissen Sie, Christophe hat das ganze Jahr über hart gearbeitet.«

»Als Zimmermann?«

»Ja. Er hat vor drei Jahren den Zimmereibetrieb von seinem Vater Alphonse übernommen.«

»Hat sich sein Vater zur Ruhe gesetzt?«

Sie lächelte schief. »Na ja, sozusagen. Er hat beschlossen, Christophes Mutter Mireille zu verlassen und mit seiner Geliebten zusammenzuleben. Er wollte nicht mehr Tag und Nacht schuften und Verantwortung tragen, sondern sein Leben an der Seite einer jüngeren Frau genießen. Ich glaube, zurzeit sind die beiden auf einem Kreuzfahrtschiff in der Karibik unterwegs.«

»Die Freunde Ihres Mannes, Jérémy und Pierre, wissen Sie, wie sie mit Nachnamen heißen?«, wollte Pauline wissen.

»Ja, Jérémy Martelli und Pierre Fernand.«

»Kennen Sie die beiden Männer auch persönlich?«

»Aber ja, sie wohnen auch hier im Dorf. Jérémy wohnt gleich neben der Kirche und lebt mit Christine zusammen. Sie sind nicht verheiratet. Pierre bewohnt ein altes Bauernhaus ein Stück außerhalb von Solignac und ist Single. Wir grillen manchmal zusammen oder fahren nach Limoges, um ins Kino oder ins Theater zu gehen.«

»Arbeiten sie auch als Zimmerleute?«

»Jérémy, ja. Er arbeitet als Zimmerermeister in Christophes Betrieb.«

»Und Pierre Fernand?«

»Er hat auch jahrelang dort als Zimmermann gearbeitet. Doch dann bekam er gesundheitliche Probleme. Er hatte Rückenschmerzen, die immer schlimmer wurden, bis er schließlich einen Bandscheibenvorfall erlitt. Nach einer längeren Rehabilitationsphase entschloss er sich umzuschulen. Er absolvierte eine Ausbildung zum Kaufmann und ist seitdem Verwaltungschef in der Firma von Christophe.«

»Gehört dieses Haus Ihnen und Ihrem Mann?«, fragte Castelot.

»Es gehört meinem Mann, sein Vater hat es ihm geschenkt, als er ihm die Firma übergab. Seit Alphonse Mireille verlassen hat, wohnt sie hier bei uns. Sie hat das Obergeschoss bezogen. Christophe wollte seine Mutter in seiner Nähe haben, da sie die Trennung nicht gut verkraftet hat und seitdem unter Depressionen und Angstzuständen leidet. Im Moment ist sie nicht zu Hause, sie ist einkaufen. Es wird ein schwerer Schock für sie sein, wenn sie erfährt, dass ihr Sohn tot ist.«

»Hatten die beiden ein gutes Verhältnis?«

»Oh ja, es war sehr gut.«

»Verstehen Sie sich gut mit Ihrer Schwiegermutter?«

Samira du Plessis runzelte die Stirn. »Nun, wie soll ich das Verhältnis beschreiben? Es ist unterkühlt, obwohl ich mir sehr viel Mühe gebe, freundlich zu ihr zu sein und sie zu unterstützen. Meine Schwiegermutter würde es nie zugeben, aber ich bin mir sicher, dass ihr eine französische Schwiegertochter lieber gewesen wäre. Ich habe algerische Wurzeln.«

Pauline nickte. »Ich verstehe.«

Auf einmal wurden die Kinder auf die Besucher aufmerksam und winkten ihnen zu, um sich gleich darauf wieder in ihr Spiel zu vertiefen. Pierrot beobachtete für einen Moment lächelnd ihr geschäftiges Treiben. Er liebte Kinder.

Unvermittelt schlug Madame du Plessis die Hand vor den Mund. »*Excusez-moi*! Ich habe Ihnen gar nichts angeboten, wie unhöflich von mir. Ich werde rasch einen schönen starken Mokka für Sie zubereiten. Heute Morgen habe ich Honig-Mandel-Kekse gebacken, ein Rezept meiner Großmutter, sie werden Ihnen schmecken.«

Die Kommissare lehnten dankend ab.

»Machen Sie sich keine Mühe«, bat Castelot. »Eine Frage habe ich noch, Madame du Plessis. Hat Ihr Mann irgendetwas über die Aufenthalte auf der Festung erzählt? Ich meine nicht die üblichen Geschehnisse, sondern etwas Besonderes?«

Die Frau überlegte kurz. »Eine Sache fällt mir ein. Vor ein paar Jahren hat er Nora Delavigne kennengelernt. Sie wissen schon, die berühmte Schauspielerin.«

Pierrot nickte. Er hatte den Film *Un Amour au Sénégal* im Kino gesehen und war begeistert gewesen.

Samira du Plessis fuhr fort: »Christophe hat viel von der Begegnung erzählt und war sehr stolz darauf, sie zu kennen. Irgendwie ist mir das in Erinnerung geblieben, aber vielleicht ist es auch nicht von Bedeutung. Mehr kann ich Ihnen wirklich nicht sagen.«

Castelot bedankte sich bei ihr und stand auf. »Im Moment haben wir keine Fragen mehr, *merci beaucoup*, dass Sie mit uns gesprochen haben. Ich gebe Ihnen meine Visitenkarte, Sie können mich jederzeit anrufen.«

»Wo ist mein Mann jetzt?«

»Im Rechtsmedizinischen Institut in Bordeaux.«

»Muss ich ihn identifizieren?«

»Nein, das ist nicht erforderlich, er hatte seine Papiere bei sich.«

»Kann ich ihn noch einmal sehen, um mich von ihm zu verabschieden?«

»Selbstverständlich, ich werde einen Termin für Sie vereinbaren.«

»Das ist sehr freundlich von Ihnen. Wann kann ich ihn beerdigen?«

»Es wird noch eine Weile dauern, bis sein Leichnam freigegeben ist. Sie bekommen Bescheid, wenn die Untersuchungen abgeschlossen sind.«

»Merci, Madame le Commissaire.«

»Gibt es jemanden, der sich um Sie kümmern kann? Eine Nachbarin? Eine Freundin?«

»Ich rufe meinen Bruder Hamid an, er wird mir beistehen und sich um die Kinder kümmern.«

»Das ist eine gute Idee, Sie sollten in dieser Situation nicht alleine sein.« Pauline sah die Frau besorgt an. Sie stand offenbar unter Schock. »Wir können gerne warten, bis er hier ist.«

»Das brauchen Sie nicht. Mir ist es lieber, wenn ich eine Weile für mich bin.«

Pauline zögerte und sah sie mit ernster Miene an. »Was ist mit Ihrem Auge passiert?«

Die Frau erwiderte den Blick ausdruckslos. »Ich bin die Treppe hinuntergefallen.«

»Okay. *Au revoir*, Madame du Plessis.«

»Ich begleite Sie noch zu Ihrem Wagen.«

Als die Kommissare abgefahren waren, zündete sich die Frau mit zitternden Händen eine Zigarette an und sah Ihnen lange nach. Ihr Gesichtsausdruck war unergründlich. Erst das zänkische Geschrei der Kinder riss sie aus ihren Gedanken.

Mélanie und Frédéric beschlossen, nach der Befragung eine Kleinigkeit zu essen, und entschieden sich für das Restaurant mit dem Papageienkäfig. Der Kellner führte sie zu einem freien Tisch unter der grün-weiß gestreiften Markise und brachte die Speisekarten. Sie entschieden sich für Moules marinières, Miesmuscheln in Weißweinsauce, dazu eine Karaffe Wasser. Während sie auf das Essen warteten, betrachteten sie das geschäftige Treiben um sie herum sowie die Besucher, die durch die Gasse schlenderten. Nachdem der Kellner das Essen serviert hatte, fischte Mélanie eine Muschel aus dem schwarzen gusseisernen Topf, entfernte behutsam die leere Muschelschale, tauchte die andere Hälfte in den Weinsud und schob sie sich genüsslich in den Mund. »Köstlich«, meinte sie. »Die Sauce schmeckt ein wenig nach Knoblauch, perfekt abgerundet durch die fein gehackte Petersilie.«

Frédéric griff nach einer Scheibe von dem knusprigen Baguette. Mélanie ließ die vorausgegangene Befragung Revue passieren.

»Drei Männer und zwei Frauen besuchen gemeinsam ein Konzert. Anschließend bilden sich zwei Pärchen, die sich auf den Weg zurück zum Hotel machen. Christophe du Plessis bleibt auf dem Fest.«

Frédéric spann den Faden weiter. »Er will sich den anderen nicht anschließen, sondern geht auf eine Bude zu, eventuell um noch etwas zu trinken.«

Die Kommissarin tunkte ein Stück Brot in den Sud und biss herzhaft hinein. »Aber was passiert dann? Er steigt auf die Tour de l'Aiguillette, stolpert über den gespannten Draht und stürzt in die Tiefe.«

Sie sahen sich an. »Das passt doch hinten und vorne nicht zusammen«, stellte Frédéric stirnrunzelnd fest.

»Da fehlt etwas«, stimmte Mélanie ihm zu.

»Wir müssen die fehlenden Puzzleteilchen finden.«

»Suchen wir die Imbissbude, an der er sich noch was zu trinken geholt hat.«

Nachdem sie einen Mokka getrunken und bezahlt hatten, folgten sie dem Hauptweg und durchschritten bald darauf das gewaltige wappengeschmückte Tor, das südlich der Zitadelle lag und Fußgängern vorbehalten war: die Porte Dauphine. Mélanie zeigte auf die Musikbühne.

»Dort hat die Band gespielt, die anderen sind zum Hotel, Christophe du Plessis zum Stand.« Sie deutete auf eine knallpink lackierte Bretterbude, auf deren Dach die französische Trikolore wehte. Der ausgeklappte Tresen wurde von zwei Eisenketten gehalten.

Davor drängten sich Besucher: ein Magier, ein Gaukler, drei Zofen, die Schnaps tranken und unentwegt kicherten, sowie eine Prinzessin in einem rosa Tüllkleid. Andere Gäste trugen Alltagskleidung. Die Kommissare drängten sich zum Ausschank durch und sahen sich um. An diesem Stand wurden hauptsächlich Getränke verkauft, außerdem gab es Süßigkeiten und Spielzeug aus Zinn sowie bunte Lederarmbänder und Masken für Kinder. Hinter dem Tresen standen ein Mann und eine Frau, die alle Hände voll zu tun hatten, um die Wünsche ihrer Gäste zu erfüllen. Meistens wurden Krüge mit Bier über die Theke gereicht. Der Mann, der es zapfte, war als Robin Hood verkleidet und trug einen schmalen Hut mit Krempe und Feder sowie ein weißes Hemd unter einem ledernen Wams. Pfeile steckten in einem Köcher, den er auf dem Rücken trug, sein Bogen war nirgends zu sehen. Die Frau, der Schweißperlen auf der Stirn standen und die im Rekordtempo abkassierte, war mit einem cremefarbenen Wollkleid und einem Cape bekleidet, das von einer viereckigen, perlenbesetzten Brosche zusammengefasst wurde. Das dicke schwarze Haar war im Nackenansatz mithilfe von Kämmen zu einem breiten Knoten gesteckt. Frédéric tippte auf Lady Marian, die angeblich die Geliebte von Robin Hood gewesen war. Er sprach die Frau an und zeigte ihr seinen Dienstausweis.

»Wir möchten Sie beide kurz sprechen. Hier sind zu viele Leute, können wir ein Stück abseits der Bude reden?«

Lady Marian sah ihn überrascht an. Dann nickte sie. »Reden wir hinter dem Stand.«

Sie sagte etwas zu Robin Hood und machte einem anderen Mann, der an einem Bistrotisch stand und rauchte, ein Zeichen. »Lucas, kannst du bitte kurz aushelfen?«

Der Mann und die Frau traten durch ein Hintertürchen und stellten sich als Serge und Marie Dupont vor. Monsieur Dupont musterte sie misstrauisch.

»Was will die *police judiciaire* von uns? Sie sehen doch, was am Stand los ist.«

»Es dauert nicht lange«, versicherte Leroy. »Wir haben ein paar Fragen an Sie. Es geht um den toten Mann, der am Ufer der Gironde gefunden wurde. Sie haben bestimmt davon gehört?«

Madame Dupont nickte. »Jeder hier hat davon gehört. Das tragische Schicksal des armen Mannes hat das Fest überschattet.«

»Er hat vergangenen Abend das Konzert besucht und danach gegen zwei Uhr morgens vermutlich noch einen Ausschank aufgesucht, um etwas zu trinken. Haben Sie gestern Dienst gehabt?«

»Wir haben immer Dienst«, erwiderte der Mann. »Der Stand gehört uns. Wir haben sehr viel Arbeit, aber auch entsprechenden Umsatz. Der Einsatz lohnt sich.« Er schob seinen Hut in den Nacken und wischte sich mit einem Taschentuch den Schweiß von der Stirn.

Rocard zeigte dem Paar eine Porträtaufnahme von Christophe du Plessis, die er von der Homepage des Zimmereibetriebes heruntergeladen hatte. »War dieser Mann vergangene Nacht an Ihrem Ausschank? Er trug die traditionelle Zimmermannskleidung. Können Sie sich erinnern?«

Dupont sah sich das Foto genau an und schüttelte den Kopf. »Es tut mir leid, ich kann mich nicht an ihn erinnern. Nach dem Konzert sind wir von Besuchern förmlich überrannt worden.«

Marie Dupont überlegte. »Doch, ich kann mich an ihn erinnern. Er ist mir aufgefallen, weil er so schöne rote Haare hatte und so höflich war.«

»War er in Begleitung?«

Nachdenklich blies sie sich Ponyfransen aus der Stirn. »Warten Sie, da war tatsächlich noch jemand. Eine Hexe mit grünen Haaren stand neben ihm und kaufte eine Flasche Kräuterschnaps.«

»Können Sie sie näher beschreiben?«

»Nein, Sie sehen doch, wie viele Hexen hier unterwegs sind.«

»War noch jemand dabei?«, wollte die Kommissarin wissen.

»Ich glaube, hinter ihm stand noch eine Person.«

»Wie sah sie aus?«

»War es eine Wahrsagerin oder eine weitere Hexe? Eine Nonne? Ich weiß es nicht mehr.«

»Das war doch schon viel, danke für Ihre Hilfe.«

»Darf ich Ihnen einen Kräuterschnaps anbieten? Er schmeckt gut, wir brennen ihn selbst.«

Leroy schüttelte lächelnd den Kopf. »Wir sind im Dienst.«

Die Premierenaufführung von *La Mission de Bernadette* im Theater »Le Chat Jaune« war ausverkauft. Sogar die Notsitze waren besetzt. Nora Delavigne stand in ihrer Pilgerkleidung mit durchscheinendem ernstem Gesicht aufrecht am Rand der Bühne und wandte sich mit den letzten Worten ihres Textes an das Publikum: »Hört! Lasst euch nicht von Dämonen, die euch jagen, besiegen, und vergesst niemals eure Träume! Fahrt wohl, ihr Lieben!«

Ihre helle klare Stimme erfüllte durchdringend und dennoch sanft den gesamten Zuschauerraum. Es gelang ihr mühelos, alle Blicke des faszinierten Publikums auf sich zu lenken. Als sie verstummte, herrschte für einige Sekunden andächtige Stille.

»*Merci beaucoup*, Mesdames et Messieurs!«

Sie verbeugte sich. Daraufhin hielt nichts mehr

das Publikum auf seinen Sitzen, sie sprangen auf, klatschten und jubelten. Blumensträuße flogen auf die Bühne. Einen Strauß mit blutroten Rosenblüten fing Nora geschickt auf und winkte damit den Zuschauern zu. Mit der anderen Hand warf sie Küsse in das Publikum. Die Ovationen nahmen kein Ende. Nora machte dem Regisseur und den Schauspielkollegen ein Zeichen. Daraufhin betraten alle die Bühne, stellten sich in einer Reihe auf, Roger in der Mitte, hielten sich an den Händen und verbeugten sich tief. Frenetisches Klatschen und begeisterte Rufe erklangen im Zuschauerraum. Die Blitzlichter der Presseleute zuckten durch die Luft. Insgesamt gab es sieben Vorhänge, so dass sogar Roger zufrieden war und sich ein entspanntes Lächeln gestattete.

Als die letzten Zuschauer das Theater verlassen hatten, baute er sich vor seiner Schauspielertruppe auf.

»Ihr wart großartig, wirklich großartig! Herzlichen Dank an euch alle! Wir werden wunderbare Presse bekommen. Lasst uns unseren Erfolg feiern! Ich schlage vor, wir gehen in den Le Cacatoès Bleu, den Blauen Kakadu. Ihr seid eingeladen, und es gibt Champagner für alle.«

Die Schauspieler waren stolz auf ihren Erfolg und in Feierlaune.

Nachdem Nora sich in ihrer Garderobe abgeschminkt hatte, verließ sie »Le Chat Jaune«. Vor dem Hinterausgang stand Diana von Sternberg und wartete auf sie. Die Freundinnen fielen einander in die Arme.

»Phantastisch!«, rief Diana. »Das Stück ist phantastisch, ihr seid über euch hinausgewachsen, besonders du.«

Nora strahlte. »*Merci*, Diana.«

»Ich nehme an, ihr geht noch zusammen feiern?«

»Ja, wir treffen uns im Cacatoès Bleu. Die anderen sind schon vorgegangen. Du musst unbedingt mitkommen! Wir werden die Champagnerkorken knallen lassen und auf unseren Erfolg anstoßen.«

»Das lasse ich mir nicht entgehen.« Diana hakte sich bei ihrer Freundin ein. »Gehen wir.«

Die beiden Frauen machten sich auf den Weg in die Bar, die nur wenige Hundert Meter entfernt in der Altstadt lag. Obwohl es schon fast dreiundzwanzig Uhr war, war es noch immer warm, und ein lauer Sommerwind wehte durch die mittelalterlichen Gassen, brachte den Geruch vom Atlantik mit und ließ die Laubkronen flüstern. Der Himmel war von funkelnden Sternen übersät.

Diana sog selig die Luft ein. »So riecht es nur hier.«

Sie warf Nora einen kurzen Blick zu. »Deine Eltern und die Zwillinge waren nicht bei der Aufführung. Warum nicht?«

»Ach, du weißt doch, Papa kann sich mit meiner Schauspielkarriere einfach nicht anfreunden. Er ist immer noch verärgert, weil ich nicht in seine Winzerfußstapfen treten wollte.«

»Das ist doch schon ewig her.«

»Allerdings. Er mag es jedoch nicht, wenn es ihm nicht gelingt, seinen Kopf durchzusetzen. Er ist nachtragend wie ein Elefant.«

»Aber deine Mutter hätte doch kommen können, mit Victor und Vivianne.«

»Wahrscheinlich hat er es ihnen verboten, der alte starrsinnige Patriarch.« Sie lachte etwas gezwungen. »Jetzt lass uns aber nicht über Familienprobleme sprechen, gehen wir lieber feiern. Die anderen warten schon.«

Diana lächelte ihre Freundin an. »Das machen wir.«

31. AUGUST

Die Kommissare trafen sich am nächsten Morgen um neun Uhr auf der Wache. Louis hatte Croissants mitgebracht und sich um den Kaffee gekümmert. Michelle hatte einen Arzttermin und würde später kommen. Pauline und Louis berichteten den Kollegen von ihrem Gespräch mit Samira du Plessis in Solignac.

»Sie hat erzählt, dass die drei Zimmerleute jedes Jahr Ende August einige Tage auf der Zitadelle von Blaye verbracht haben«, sagte Louis.

Mélanie nickte. »Das haben die beiden Freunde Jérémy Martelli und Pierre Fernand bestätigt.«

»Als wir Madame du Plessis die Nachricht vom Tod ihres Mannes überbracht haben, hat sie keinen besonders traurigen Eindruck auf mich gemacht.«

Pauline stimmte ihm zu. »Mir kam das auch so vor.

Sie hatte ein blaues Auge, womöglich hat er sie geschlagen.«

»Durchaus möglich.«

»Könnte einer seiner Freunde ihm nach dem Leben getrachtet haben?«, überlegte Pauline.

»Sie haben beide ein Alibi«, erwiderte Frédéric. »Sie haben nach dem Konzert die Nacht mit den beiden Frauen verbracht, die sie in dem Hotel kennengelernt haben, Gemma und Nicole.«

»Die beiden Freunde spannen vor dem Konzertbesuch einen Draht und spekulieren darauf, dass ihr Freund darüberstolpert und in die Tiefe stürzt? Das halte ich für sehr unwahrscheinlich. Hatten sie denn überhaupt ein Motiv?«

Mélanie schüttelte den Kopf. »Aus der Befragung hat sich nichts dergleichen ergeben. Sie scheinen gute Freunde gewesen zu sein. Frédéric und ich haben herausgefunden, dass Christophe, nachdem die anderen zum Hotel zurückgegangen waren, an einem Getränkestand mit zwei verkleideten Personen gesehen wurde. Eine davon war eine Hexe, welches Kostüm die andere Person trug, ist unklar. Christophe du Plessis und die Hexe haben eine Flasche Schnaps gekauft.«

Pauline sah nachdenklich in die Runde. »Wir wissen nicht, ob der Draht für ihn bestimmt war. Vielleicht haben Kinder sich einen üblen Scherz erlaubt?«

»Warum ist er denn überhaupt auf diese Felsnase gestiegen?«, überlegte Louis. »Was wollte er dort?«

»Entwickeln wir eine Arbeitshypothese«, schlug Frédéric vor. »Er muss einen Grund gehabt haben, dort hinaufzusteigen. Mitten in der Nacht landet man dort doch nicht zufällig. Angenommen also, jemand hat ihn an den Abgrund gelockt.« Nachdenklich trank er einen Schluck Kaffee.

Pauline griff seinen Gedankengang weiter auf. »Du Plessis und die Hexe kaufen Schnaps. Die verkleideten Personen schlagen vor, ihn auf dem Turm zu trinken, und schaffen es, ihn bis zum Felssturz zu locken. Er stolpert und fällt hinunter.«

»Er war nicht mehr nüchtern«, erinnerte Mélanie sich an die Aussage von Gemma. »Er war unaufmerksam. Andererseits hat er sich auf dem Gelände gut ausgekannt. Das spricht dafür, dass der Draht absichtlich gespannt wurde, und zwar für ihn. Jemand hat ihm eine Falle gestellt.«

»Daraus ergeben sich einige Fragen«, schlussfolgerte Pauline. »Welches Motiv hatten die verkleideten Personen?

Wie konnten sie ihren Vorsatz in die Tat umsetzen, bei so vielen Unwägbarkeiten? Und wer versteckt sich hinter diesen Kostümen? Waren es Frauen oder Männer?«

»Marie Dupont hat Frauenkostüme beschrieben«, warf Frédéric ein.

»Dennoch.« Pauline verstummte in Gedanken versunken.

»War der Ablauf tatsächlich so?«, ergänzte Louis ihre Ausführungen um eine weitere Frage. Er nahm sich ein Croissant und biss hungrig hinein. »Mit welchem Straftatbestand haben wir es überhaupt zu tun? Ist das Mord? Totschlag? Körperverletzung mit Todesfolge?«

»Das kommt darauf an«, antwortete Mélanie. »War der Draht zufällig gespannt, durch Kinder beispielsweise, handelt es sich um einen tragischen Unfall. Wenn der oder die Täter ihn angebracht haben, mit der Absicht, dass der Mann stürzt, war es Mord. Den Straftatbestand Totschlag sehe ich nicht. Die Tat war geplant.«

»Das ist aber ziemlich viel Wenn und Aber«, wandte Louis ein. »Ist nicht auch das Vorhandensein des Drahts zunächst nur eine vage Hypothese? Die Spuren, die auf den Draht hindeuten, könnten auch älter sein.«

»Wir haben nicht viel in der Hand und brauchen dringend mehr Hintergrundinformationen«, stellte Pauline fest.

Um elf Uhr dreißig hatte das Ermittlerteam einen Termin im Rechtsmedizinischen Institut von Bordeaux, das im Stadtteil Capucins in der Rue Chantre lag. Auf dem überdachten Marché des Capucins drängten sich Einheimische und Touristen durch die Budengassen, genossen das vielfältige Angebot und diskutierten lebhaft mit den Verkäufern. Danach ließ man sich im Café du Marché nieder und genoss einen *café au lait* und ein süßes Gebäck.

Louis hatte Glück und fand direkt vor dem dreistöckigen gelb verputzten Gebäude einen Parkplatz im Schatten einer Linde. Über die breite steinerne Treppe gelangten sie zum Eingangsportal und betraten das Foyer. Hinter einer Panzerglasscheibe saß eine junge Polizistin, die sie freundlich begrüßte.

»*Bonjour*, Mesdames et Messieurs, was kann ich für Sie tun?«

»Wir haben einen Termin bei Doktor Richard«, sagte Pauline und zückte ihren Dienstausweis.

»Sind Sie angemeldet?«

»Ja.«

»Tragen Sie sich bitte in das Besucherbuch ein, das Büro von Doktor Richard befindet sich im ersten Stock, linker Gang, Zimmer zehn.«

Die Kommissare stiegen die Treppe hinauf und wandten sich nach links. Sie kannten den Weg zum Büro von Dr. Denise Richard, da sie bei ihrem letzten Fall um den Mord an einem Winzer eng und konstruktiv zusammengearbeitet hatten. Sie kamen an zwei Autopsiesälen vorbei, deren Milchglastüren offen standen. Neonröhren verströmten kaltes weißes Licht und leuchteten die Säle bis in den letzten Winkel aus. Auf dem achatgrauen Fliesenboden standen zwei Seziertische aus glänzendem Edelstahl, die in der Mitte eine Abflussrinne hatten. Daneben gab es Tische, auf denen medizinische Instrumente und nierenförmige Schalen aufgereiht waren. An einer Wand befanden sich die Kühlfächer für die Leichen. Alles wirkte blitzsauber und steril, und es roch nach Zitronenreiniger und Desinfektionsmittel.

Pierrot warf einen kurzen Blick hinein und schauderte. Auf ihn wirkte das Handwerkszeug eines Rechtsmediziners wie Relikte einer mittelalterlichen Folterkammer. Er verabscheute Obduktionen, bei denen er jedes Mal gegen aufsteigende Übelkeit ankämpfen musste, und schickte, wann immer es möglich war, Mélanie vor. Sie hatte kein Problem mit derartigen Untersuchungen und vertrat ihn gerne. Schnell ging er weiter.

Castelot klopfte an die Tür und öffnete sie, nachdem aus dem Zimmer ein freundliches Herein ertönt war. Dr. Denise Richard, eine große schlanke Frau mit einem blassen Gesicht, blickte hinter ihrem Schreibtisch konzentriert auf den Computerbildschirm, sah nun aber auf und erhob sich. Ihr aufgeknöpfter Arztkittel war gestärkt und schneeweiß, darunter trug sie ein schickes Kostüm und eine Seidenbluse. Sie begrüßte sie mit Handschlag und wies auf eine Sitzgruppe. »Nehmen Sie doch bitte Platz. Mein Assistent hat für Kaffee und Gebäck gesorgt, ebenso für gekühltes Mineralwasser. Es ist wieder ein so heißer Tag geworden.«

Sie setzten sich um den Tisch, und die Rechtsmedizinerin schenkte für alle Kaffee ein. Währenddessen sah Rocard sich in dem Büro um. Bereits bei ihrer letzten gemeinsamen Besprechung war ihm aufgefallen, wie geschmackvoll es eingerichtet war. An den elfenbeinweiß gestrichenen Wänden hingen gerahmte abstrakte Gemälde, die ihm sehr gut gefielen. Pflanzen verliehen dem Raum einen warmen

Charakter. Der Schreibtisch der Ärztin war penibel aufgeräumt, genau wie sein eigener. Durch die Sprossenfenster konnte man auf das frische Laubwerk eines Kastanienbaumes schauen.

Dr. Denise Richard rückte ihre schwarz gerahmte Brille, die ihre hellen Augen größer erscheinen ließ, zurecht und schlug eine Mappe auf.

»Ich bin erst heute am frühen Morgen dazu gekommen, die sterblichen Überreste von Christophe du Plessis zu obduzieren. Es war viel los in den letzten Tagen: eine Messerstecherei am Bahnhof mit zwei Toten und ein vermeintlicher Selbstmord.« Sie sah aufmerksam in die Runde. »Doch nun zu Ihrem Toten«.

»Woran ist er gestorben?«, fragte Castelot direkt.

»An einem Schädeltrauma. Dadurch kam es zu starken Hirnblutungen. Der Tod trat nach wenigen Sekunden ein. Vorher war der Mann sicherlich schon bewusstlos. Die Verletzung sieht so aus, als wäre sie durch einen heftigen Aufprall entstanden, als wäre er irgendwo herabgestürzt.«

»Ja«, bestätigte Castelot. »Wir gehen davon aus, dass er von einer Felsnase auf dem Areal der Zitadelle von Blaye mindestens dreißig Meter tief auf den Strand gefallen ist.«

»Das erklärt die schweren Hirnquetschungen. Ich denke, dass er am Ufer mit großer Wucht auf einen Stein gefallen ist.«

»Sein Kopf lag auf einem Fels, als er gefunden wurde«, bestätigte Rocard.

»Das passt. Ich habe aber noch andere Verletzungen gefunden«, erklärte die Ärztin. »Abschürfungen, Prellungen, ein gebrochenes Handgelenk und eine gequetschte Milz. Es kann durchaus sein, dass er sich bereits während des Sturzes Verletzungen zugezogen hat. Beispielsweise an scharfen Felskanten oder Baumästen.«

»Können wir ausschließen, dass jemand ihn am Strand mit einem stumpfen Gegenstand getötet hat?«, wollte Pierrot wissen.

»Absolut, er ist durch den Sturz und den darauffolgenden schweren Aufprall gestorben. Wenn ihn jemand am Ufer erschlagen hätte, hätte derjenige die Kräfte eines Riesen haben müssen.«

»Folglich ist der Fundort nicht der Tatort.«

»Exakt.« Sie gab Milch in ihren Kaffee und rührte um.

»Was können Sie uns zum Todeszeitpunkt sagen?«, fragte Leroy.

»Aufgrund der gemessenen Körpertemperatur und

der fortgeschrittenen Leichenstarre würde ich sagen, der Mann ist vergangene Nacht zwischen ein Uhr und drei Uhr gestorben.«

»Seine Begleiter haben ausgesagt, dass sie sich von ihm auf dem Festgelände gegen zwei Uhr getrennt haben«, berichtete Mélanie.

Die Ärztin nickte. »Das bestätigt meine Einschätzung. Dadurch können wir den Zeitraum noch weiter eingrenzen. Er starb also zwischen zwei Uhr und drei Uhr.«

»Haben Sie sonst noch etwas herausgefunden?«, hakte Pauline nach.

»Ja, er hatte einen Promillegehalt von 1,36 im Blut. Wenn jemand nicht regelmäßig viel Alkohol trinkt und ihn nicht gewöhnt ist, kann dieser Zustand zu Wahrnehmungsbeeinträchtigungen, Schwindel, Orientierungslosigkeit und Gleichgewichtsstörungen führen.« Die Rechtsmedizinerin hielt inne und sah Castelot irritiert an. »Entschuldigen Sie bitte, vielleicht habe ich etwas nicht mitbekommen, aber ich verstehe nicht recht, warum die *police judiciaire* die Ermittlungen aufgenommen hat? Kann es nicht sein, dass er das Gleichgewicht verloren hat und abgestützt ist? Dann hätten wir es doch mit einem Unfall zu tun?«

Castelot nickte. »Wir sind nach wie vor dabei, den Tathergang zu rekonstruieren. Tatsächlich könnte es sich um einen Unfall handeln. Was dagegenspricht, ist folgende Entdeckung von uns: Wir haben auf der Felsnase, von der er höchstwahrscheinlich gestürzt ist, Spuren eines Drahtes entdeckt, der zwischen zwei Objekten gespannt war. Das legt den Schluss nahe, dass er darübergestolpert ist. Wenn die Falle für ihn bestimmt war, müssen wir von Mord ausgehen.«

Die Rechtsmedizinerin zog die Augenbrauen hoch. »Ein Draht?«

»Ja, wir haben Einkerbungen gefunden.«

»Wie perfide.«

»Er könnte auch ein zufälliges Opfer gewesen sein«, ergänzte Mélanie. »Oder der Draht war vorher bereits entfernt.« Sie trank einen Schluck von dem kühlen Wasser mit Limettengeschmack und griff nach einem Butterkeks.

»Wir müssen alle Möglichkeiten in Betracht ziehen.«

»Da der Mordverdacht aber im Raum steht, setzen wir unsere Ermittlungen fort«, sagte Castelot. »Wir verfolgen jede Spur.«

Doktor Richard lächelte sie an. »Da stehen Sie und Ihr Team vor einer wahren Herausforderung.«

»Das kann man so sagen. Gibt es noch weitere Erkenntnisse?«

»Mir liegt der Laborbericht vor. Das Blut auf dem Stein am Ufer der Gironde stammt von Christophe du Plessis. Die Blutflecken auf seiner Kleidung ebenfalls.«

Sie reichte Castelot eine Mappe mit dem entsprechenden Bericht. Pauline überflog die Untersuchungsergebnisse der Techniker. »Sie haben den Strand weitläufig abgesucht und nichts weiter gefunden, abgesehen von Strandgut und Abfall. Auch auf der Tour de l'Aiguillette und seiner Umgebung gab es keine weiteren Hinweise, bis auf ein kleines Stück Draht, das neben dem Miniaturhinkelstein in der Erde gefunden wurde und unsere Hypothese untermauert. Bei dem Draht handelt es sich um ein handelsübliches Produkt, das man in jedem Baumarkt kaufen kann. Er wurde mit einer Zange abgeknipst. Darauf befinden sich keine brauchbaren Fingerabdrücke.«

Aufmerksam blätterte sie weiter und stieß auf ein Indiz in einem Beweismittelbeutel, der sich in der Mappe befand. Sie hob ihn hoch. Darin steckte eine giftgrüne Faser, die etwa zwölf Zentimeter lang war und einen Durchmesser von zwei bis drei Millimetern hatte. Kurz überflog sie den beiliegenden Text. »Es ist eine Polyesterfaser, die an der Hose von Christophe du Plessis gefunden wurde.«

»Ein Kunsthaar?«, spekulierte Rocard. »Du Plessis und eine Hexe mit grünen Haaren haben zusammen an der Bude Schnaps gekauft«, schlussfolgerte er.

Nach der Besprechung in der Rechtsmedizin verabschiedeten sich Mélanie und Frédéric, um auf der Wache weiter an dem Fall zu arbeiten. Doktor Richard begleitete Pauline und Louis in den Trauerraum, der sich ein Stockwerk höher befand. Samira du Plessis würde in Kürze eintreffen, um sich von ihrem Mann zu verabschieden. Der Tote lag auf einer Stahlbahre und war mit einem weißen sterilen Tuch bedeckt. An der Wand stand ein Tisch, auf dem ein schlichtes Holzkreuz stand. Daneben brannten schlanke Kerzen. Sie flackerten, als der schwarze Vorhang zur Seite geschoben wurde. Die Polizistin vom Empfang steckte den Kopf herein. »Madame du Plessis ist hier, darf sie hereinkommen?«

»Ja, wir haben alles vorbereitet«, entgegnete die Rechtsmedizinerin.

Samira du Plessis, bekleidet mit einem schwarzen Kleid und einem eleganten Hut, trat ein. Dr. Richard begrüßte sie einfühlsam und stellte sich vor. »Ich möchte Ihnen mein aufrichtiges Beileid aussprechen«, sagte sie.

Madame du Plessis nahm die Sonnenbrille ab und blinzelte in dem abgedunkelten Raum. »*Merci*«, erwiderte sie mit leiser belegter Stimme. Dann wandte sie sich an Castelot und Pierrot. »*Bonjour* Madame le Commissaire, Monsieur le Commissaire. Ich habe meine Kinder bei der Familie gelassen, sie sind zu jung für so eine letzte Begegnung mit ihrem Vater. Jean-François und Yasemin werden an der Beisetzung auf dem Friedhof teilnehmen und dort von ihm Abschied nehmen.«

Langsam ging sie zu der Bahre und starrte auf die menschlichen Umrisse, die sich unter dem Tuch abzeichneten. Die Ärztin trat an ihre Seite. »Sind Sie so weit?«

Die Witwe nickte nur. Dr. Richard zog behutsam das Tuch vom Gesicht bis zu den Schultern herunter. Christophe du Plessis sah friedlich aus, die Augen waren geschlossen, als ob er schliefe. Ein Verband war wie ein Turban um seinen Kopf gewickelt, so dass seine Verletzungen nicht zu sehen waren. Nur einige rote Haare spitzten hervor. Castelot empfand Respekt gegenüber der Ärztin und ihrem Personal, wie pietätvoll und ruhig sie das Abschiednehmen von Angehörigen gestalteten.

Die Witwe beugte sich vor und hauchte ihrem Mann einen Kuss auf die Stirn. »*Adieu*, Christophe«, flüsterte sie. Sie richtete sich auf und konnte den Blick nicht von ihm abwenden, ihre Augen waren feucht geworden.

»Brauchen Sie noch etwas Zeit mit ihm, Madame?«, fragte Denise Richard leise.

»*Non*, Madame le Docteur. Danke schön für Ihre Mühe.«

»*De rien*. Kommen Sie, ich begleite Sie hinaus.«

»Ich möchte mit der Familie die Beerdigung planen. Was meinen Sie, wann es so weit ist?«

»Das wird nicht mehr lange dauern, ich sage Ihnen Bescheid, wenn die Untersuchungen abgeschlossen sind.«

»*Merci*.« Die trauernde Frau wandte sich an die Kommissare. »Ich muss Sie dringend sprechen.«

Pierrot sah sie überrascht an. »Gibt es hier einen ruhigen Raum, Doktor Richard?«, erkundigte er sich.

»Ja.« Sie wies auf eine offen stehende Tür. »Neben der Teeküche ist ein kleiner Aufenthaltsraum, da dürfte sich derzeit niemand aufhalten. Lassen Sie sich Zeit. Entschuldigen Sie mich bitte, auf mich wartet noch sehr viel Arbeit.«

Sie drehte sich um und eilte den Korridor entlang.

Im Pausenraum setzten sie sich um den Tisch, auf dem gebrauchte Tassen und überquellende Aschenbecher standen. Pauline musterte Samira du Plessis mit ernstem Gesichtsausdruck. Sonnenstrahlen drangen ins Zimmer, und ihr fiel auf, dass sie das Hämatom am Auge geschickt überschminkt hatte. »Was möchten Sie mit uns besprechen?«

Die Frau sah verlegen auf ihre Hände. Sie trug keinen Ehering. »Nun, ich habe Sie angelogen. Das tut mir leid.«

»Inwiefern?«

»Ich bin nicht die Treppe hinuntergefallen. Mein Mann hat mich geschlagen.« Sie verstummte und wich Paulines forschendem Blick aus.

»Das tut mir leid. Kam es häufiger vor?«

»Ja. Er war sehr jähzornig. Besonders, wenn er etwas getrunken hatte. Dann genügte eine Kleinigkeit, und er ist in Wut geraten.«

Castelot sah sie aufmerksam an und schwieg. Sie wollte sie nicht drängen.

Samira fuhr fort. »Vor der Hochzeit waren wir sehr verliebt. Er war aufmerksam und freundlich zu mir. Doch das änderte sich nach der Geburt von Jean-François. Er verlor das Interesse an mir, wurde sehr kalt, gefühllos. Nachdem Yasemin geboren war, hoffte ich auf Besserung. Heute weiß ich nicht mehr, warum ich so naiv war. Sein Verhalten mir gegenüber wurde immer schlimmer.«

»Warum haben Sie ihn nicht verlassen?«

»In unserer Familie verlässt man seinen Ehemann nicht, niemand hätte dafür Verständnis gehabt. Außerdem wollte ich für unsere Kinder die Ehe weiterführen. Ich hatte auch Angst, dass mir Christophe die Kinder wegnimmt. Er hat mir oft damit gedroht.«

Castelot nickte. »Das tut mir sehr leid, Madame du Plessis.«

Die Frau lächelte gequält. »Jetzt ist es vorbei.«

»Ja, wenn auch durch tragische Umstände.«

»Sie denken doch nicht, dass ich ihn getötet habe?« Erschrocken blickte sie von Pauline zu Louis.

»Wir müssen alle Möglichkeiten überprüfen«, sagte Pauline ausweichend. »Haben Sie ein Alibi für die Nacht vom neunundzwanzigsten auf den dreißigsten August?«

Für einen Moment funkelte Zorn in Samira du Plessis' Augen auf. »Das ist nicht Ihr Ernst!«

»Es ist eine reine Routinefrage.«

»Ich habe mit den Kindern bei meiner Schwägerin Fatma übernachtet. Das ist die Frau meines Bruders Hamid. Wir verstehen uns sehr gut. Mein Bruder war geschäftlich in Poitiers unterwegs, und wir haben es uns mit den Kindern gemütlich gemacht. Wir haben zusammen gekocht, gespielt und Gute-Nacht-Geschichten vorgelesen. Es war ein schöner Abend. Sie wohnen in Saintes.« Sie griff in ihre Handtasche und holte einen kleinen Notizblock und einen Stift heraus. »Ich schreibe Ihnen die Adresse und die Handynummer auf. Meine Nummer ebenso, ich wohne jetzt auch dort.«

Pierrot verstand nicht. »Wie meinen Sie das? Sie wohnen doch in Solignac?«

»Nicht mehr. Kurz nachdem Sie gestern bei mir waren, kam meine Schwiegermutter zurück, und ich erzählte ihr, was geschehen war.« Sie holte tief Luft. »Ich kann noch immer nicht glauben, was dann passiert ist. Nach dem ersten Schock geriet sie in unbändigen Zorn, ihr Hass hat mich regelrecht angesprungen.«

»Warum das?«

»Sie gab mir die Schuld an seinem Tod. Stellen Sie

sich das vor! Sie behauptete, ich hätte ihn mit meinen Eigenarten, Launen und Forderungen aus dem Haus getrieben. Wenn ich in der Lage gewesen wäre, ihn glücklich zu machen, hatte er nicht einen Männerurlaub in Blaye unternommen.«

»Wie ging es weiter?«, wollte Castelot wissen.

»Sie hat uns rausgeworfen, mich und die Kinder. Es war schrecklich. Jean-François und Yasemin haben geweint und geschrien. Ich habe schnell eine Tasche gepackt, dann waren wir weg. Mein Bruder und seine Frau leben in einer Drei-Zimmer-Wohnung und haben selbst drei Kinder. Wir wohnen jetzt im Kinderzimmer.« Sie seufzte. »Auf die Dauer ist das keine Lösung.«

»Ich habe noch eine Frage: Kann es sein, dass der Tod Ihres Mannes etwas mit dem Zimmereibetrieb zu tun hat?«

»Darüber weiß ich nichts. Mein Mann hat nie mit mir über seine Geschäfte geredet. Fragen Sie doch Jérémy und Pierre, vielleicht können die beiden Ihnen Auskunft geben.«

»Danke für Ihre Aussage, Madame du Plessis. Wie kommen Sie nach Saintes zurück?«

»Das ist kein Problem, ich bin mit dem Auto unterwegs. *Au revoir.*«

Nachdem die Witwe den Raum verlassen hatte, wechselten Pauline und Louis einen Blick.

»Hältst du es für möglich, dass sie die Täterin ist?«

Pauline überlegte. »Ich kann es mir nicht vorstellen.«

»Ich auch nicht. Was machen wir jetzt?«

»Halten sich Martelli und Fernand noch in Blaye auf?«

»Ja.«

»Wir bestellen sie auf die Wache und befragen sie über die Geschäfte ihres Freundes. Vielleicht ergibt sich daraus ein neuer Ansatz. Bisher sind wir davon ausgegangen, dass der Mord etwas mit Blaye zu tun hat, mit irgendwelchen Vorfällen dort. Womöglich spielt Blaye aber überhaupt keine Rolle.«

Nachdenklich rieb Louis sich das Kinn. »Gute Idee, Chefin.«

Bevor sie sich auf den Rückweg zur Polizeistation machten, wollten sie sich eine Kleinigkeit zum Essen holen, da das Mittagessen ausfallen würde. Louis quetschte sich geschickt in eine Parklücke und stieg aus dem Wagen. »Schinken-Käse-Baguette für alle?«, fragte er.

»Ja, mit Salat und Ei. Und eiskalte Cola.«

»Alles klar. Bis gleich.«

Nach zehn Minuten kam er mit einer vollgepackten Einkaufstüte zurück. »Entschuldige bitte, dass es so lange gedauert hat, hier ist richtig viel los.«

Nachdem sie in das Besprechungszimmer zurückgekehrt waren und ihren Imbiss beendet hatten, klopfte es an der Tür, und Michelle steckte den Kopf durch den Spalt. »Jérémy Martelli und Pierre Fernand sind soeben eingetroffen.«

»Sie sollen bitte hereinkommen.«

Castelot begrüßte die Männer und stellte sich und Pierrot vor. »Die anderen Kollegen kennen Sie ja bereits. Danke, dass Sie so schnell gekommen sind.« Sie wies auf zwei Stühle am Besprechungstisch. »Nehmen Sie doch bitte Platz.«

Nachdem sie Kaffee und Wasser angeboten hatte, begann sie mit der Befragung. »Sie wohnen noch in Blaye?«

Martelli nickte. »Ja, wir haben uns entschlossen, noch ein paar Tage zu bleiben. Samira und die Kinder sind bei Fatma und Hamid in Saintes, sie kümmern sich um sie.«

Er grinste schief. »Mit meiner Freundin Christine hatte ich Streit, sie ist immer noch total sauer auf mich. Im Moment zieht es mich nicht nach Hause.«

Fernand ergriff das Wort. »Wir gehen viel spazieren und reden über Christophe und das, was wir zusammen alles erlebt haben. Das ist tröstlich für uns. Wir vermissen ihn sehr.«

»Wer kümmert sich in Ihrer Abwesenheit um den Zimmereibetrieb?«, fragte Rocard.

»Yvonne Talon«, antwortete Martelli. »Sie ist Christophes Assistentin und organisiert das Tagesgeschäft. Das macht sie immer, wenn wir Urlaub haben, sie ist sehr tüchtig und zuverlässig.« Nachdenklich fuhr er sich durch den blonden Schopf. »Jetzt ist die Situation selbstverständlich anders, die Firma braucht einen neuen Chef. Ich kann mir nicht vorstellen, wer das sein sollte. Der alte Alphonse bestimmt nicht, er ist mit seiner Geliebten beschäftigt und genießt mit ihr sein Rentnerleben. Womöglich wird ein Geschäftsführer eingesetzt, bis das alles geklärt ist.«

»Existiert ein Testament oder ein Erbvertrag?«

»Ich weiß nicht. Es gibt auf jeden Fall viel zu regeln. Sicher ist nur eins: Samira ist nicht in der Lage, die Leitung des Betriebes zu übernehmen. Ich kann mir auch nicht vorstellen, dass sie daran Interesse hat.«

»Hätten Sie an solch einer Position als Geschäftsführer denn Interesse?«, wandte sich Leroy an Fernand.

Überrumpelt sah er sie an. »Darüber habe ich mir noch keine Gedanken gemacht, das käme mir vor wie Leichenfledderei. Wir haben unseren Freund doch gerade erst verloren.«

»Für Sie als Leiter der Verwaltung dürfte das beruflich doch kein Problem sein?«, beharrte Mélanie.

Unbehaglich lächelte er sie an. »Diese Positionen unterscheiden sich grundlegend. In der Verwaltung geht es unter anderem um Personalführung, Buchhaltung und Materialbeschaffung. Der Firmeninhaber oder der Geschäftsführer holt die Aufträge, sonst kann der Betrieb zumachen. Es geht um Beziehungen und Netzwerke, die gepflegt werden müssen.« Er musterte sie. »Sie denken doch nicht, dass ich mit dem Tod von Christophe etwas zu tun habe?«

»Ich versuche nur, alle Eventualitäten in Betracht zu ziehen.«

»Ich habe ein Alibi.«

»Ich weiß.«

Martelli mischte sich ein. »Für mich kommt so eine Position nicht infrage, ich bin durch und durch Handwerker, manchmal auch Künstler, und kenne mich mit kaufmännischen Arbeiten überhaupt nicht aus. Die Vorstellung, den ganzen Tag am Schreibtisch zu sitzen statt auf einem Dachfirst, ist furchtbar.«

Pierrot übernahm das Wort. »Im Zuge unserer Ermittlungen deutet immer mehr darauf hin, dass ihr Freund getötet wurde. Dabei scheint eine Hexe mit grünen Haaren eine wichtige Rolle zu spielen, es kann auch sein, dass sie in Begleitung war. Ist ihnen in dieser Hinsicht auf dem Festgelände oder anderswo irgendetwas aufgefallen?«

Martelli legte grübelnd die Hand auf den Mund, dann schüttelte er den Kopf. »Leider nein.«

»Moment!« Fernand schaute in die Runde. »Mir fällt etwas ein. Während des Konzerts bin ich zu einem Imbissstand gegangen, um Fischbrötchen zu holen. Das Tanzen hatte uns hungrig gemacht. An einem Bistrotisch stand eine Hexe mit grünen Haaren. Sie ist mir aufgefallen, weil ihr Lachen so scheußlich war. Ich bin vor Schreck richtig zusammengefahren.«

»War jemand bei ihr?«

»Ja, jetzt weiß ich es wieder. Eine Hexe mit blauen Haaren.«

»Sind Ihnen an den beiden bestimmte Merkmale oder Verhaltensweisen aufgefallen?«

»Nein, ich hatte sie sofort wieder vergessen, es laufen ja furchtbar viele von ihnen auf dem Gelände herum. Ich dachte nur an die schöne Nicole, die auf mich wartete und Hunger hatte.« Er runzelte die Stirn. »Oder doch, eine Sache kam mir komisch vor.«

»Welche?«

»Die Hexe mit den grünen Haaren ging zum Ausschank und holte zwei Krüge mit Bier. Als sie sich umdrehte und zum Bistrotisch zurückging, kam es mir vor, als ob sie Schwierigkeiten beim Laufen hätte.«

»War sie angetrunken?«

»Nein, den Eindruck hatte ich nicht. Es war eher so, dass mit ihrem Bein etwas nicht stimmte. Oder lag es an dem langen Rock?«

»Mir geht eine Frage durch den Kopf, Messieurs«, sagte Castelot. »Kann es sein, dass der Tod von Christophe etwas mit der Firma zu tun hat? Wissen Sie etwas darüber? Jedes Detail kann wichtig sein.«

Die Männer tauschten einen raschen Blick. Fernand wirkte auf einmal nervös. Schweigen breitete sich aus. Die Hauptkommissarin begann Druck aufzubauen.

»Wenn Sie etwas wissen, müssen Sie es uns sagen. Vor Gericht können Sie als Zeugen vereidigt werden. Meineid ist strafbar, das ist Ihnen sicherlich bekannt.« Keiner sagte etwas. »Sie müssen sich nicht selbst belasten, erzählen Sie einfach, was Ihnen aufgefallen ist. Bei Mord gibt es keine Geheimnisse.«

Martelli wandte sich an seinen Freund. »Sie haben recht, erzähl du. Du kennst dich besser aus in diesem Metier. Schließlich haben wir uns nichts zuschulden kommen lassen.«

»Also gut.« Fernand fuhr sich über die Glatze. »Mir ist aufgefallen, dass die Firma bei öffentlichen Ausschreibungen immer den Zuschlag bekam, auch wenn andere Angebote günstiger waren. Vor einigen Wochen habe ich Christophe darauf angesprochen und nach dem Grund dafür gefragt. Daraufhin hat er mich angefahren, das gehe mich überhaupt nichts an und ich solle mich um meine eigenen Angelegenheiten kümmern.« Durstig trank er das Wasserglas leer. »Eine Woche später kam er zu mir ins Büro und war außer sich vor Wut. Er schenkte uns Whisky ein, für ihn war es bestimmt nicht der Erste an dem Tag. Als ich ihn fragte, was los sei, packte er aus. Der Mann seiner Schwester Claire, Raphaël Le Maître, der Staatssekretär im Innenministerium, habe ihm seit Jahren alle staatlichen Großaufträge in der Region und manchmal darüber hinaus zukommen lassen. Präzise gesagt die Zimmereigewerke. Selbstverständlich gegen eine nicht unerhebliche

Bonuszahlung. Zuletzt waren es das neue Hallenbad in Limoges, ein Riesenauftrag, und der Ausbau der Feuerwache in Angoulême.« Mit dem Handrücken wischte er sich den Schweiß von der Stirn. »Le Maître hatte ihm mitgeteilt, dass damit sofort Schluss sein müsse. Die Sache sei zu heikel geworden, und er müsse aussteigen. Er wolle bei der nächsten Wahl für das Amt des Innenministers berufen werden und sein Ansehen müsse deshalb makellos sein. Christophe hat gedroht, ihn damit zu erpressen und an die Öffentlichkeit zu gehen, wenn er weitere Zuschläge für Gewerke nicht bekäme. Le Maître hatte erwidert, ihm sei nichts nachzuweisen, alles sei sauber gelaufen, darauf habe er geachtet, und jetzt sei es vorbei. Seine Karriere sei schließlich wichtiger.« Er schwieg für einen Moment, dann fuhr er fort. »Christophe kippte noch einen Schnaps, funkelte mich an und sagte wortwörtlich: ›Ich habe noch einen Trumpf gegen den Dreckskerl in der Hand, damit werde ich ihn unter Druck setzen. Er kann gar nicht aussteigen.‹«

»Welchen Trumpf hatte er in der Hand?«, wollte Mélanie wissen.

»Ich habe keine Ahnung.«

Nachdem die beiden Männer die Polizeiwache verlassen hatten, berieten die Kommissare über ihr weiteres Vorgehen. Laut der Aussage von Pierre Fernand hatte Christophe du Plessis belastendes Material über seinen Schwager gesammelt, damit er ihr einträgliches Geschäft nicht platzen lassen konnte. Es schien durchaus wahrscheinlich, dass er diese Unterlagen in seinem Haus oder seinem Betrieb aufbewahrte. Sie fuhren mit einem Dienstwagen nach Solignac und parkten ihn auf dem Firmengelände, von dem aus man einen schönen Blick auf die Gemeinde hatte. Sie teilten sich auf. Mélanie und Louis sollten mit der Mutter von du Plessis sprechen, Pauline und Frédéric mit Yvonne, seiner Assistentin.

Es ging bereits auf neunzehn Uhr zu, und die Abendsonne tauchte das beschauliche mittelalterliche Dorf in goldenes Licht. Der Seewind trieb bauschige Wolken nach Osten. Sie spiegelten sich im Flusswasser. Eine Entenfamilie paddelte unter einen Brückenbogen. Kinder auf Inlinern sausten johlend den Hügel hinunter und verschwanden hinter einer Hausecke.

Louis drückte auf den oberen Klingelkopf, auf dem *Mireille du Plessis* stand. Im Haus regte sich nichts. Er versuchte es erneut, wieder ohne Reaktion. Sie liefen ein Stück um das Haus und spähten in den Garten. Auch dort war niemand. Samira du Plessis musste überstürzt aufgebrochen sein. Das Schwimmbecken war nicht abgedeckt, Blätter trieben auf dem Wasser, und Kinderspielsachen lagen verstreut auf dem Rasen. Louis erinnerte sich an den weiß-rot gestreiften Wasserball, mit dem Samiras Kinder gespielt hatten und der jetzt unbeachtet unter einem Brombeerstrauch lag. Ihm fiel auf, dass sämtliche Fensterläden verschlossen waren.

Mélanie drückte mehrere Sekunden auf die Klingel. Das schrille Geräusch tönte durch das ganze Haus. Plötzlich wurde im ersten Stock ein Giebelfenster aufgerissen, und eine Frau mit wirren fuchsroten Haaren und einem vor Wut verzerrten Gesicht blickte zu ihnen herab. Louis wollte seine dienstliche Legitimation aus der Hemdtasche ziehen und sich vorstellen, doch er kam nicht zu Wort.

»Was wollen Sie?«, schrie die Frau mit sich überschlagender Stimme. »Verschwinden Sie! Lassen Sie mich in Ruhe!«

Mélanie ergriff energisch das Wort. »Polizei, wir müssen mit Ihnen reden, machen Sie bitte sofort die Tür auf.«

Die Frau stutzte und schwieg.

»Es geht um Ihren Sohn Christophe, es ist wichtig. Sie wollen doch bestimmt wissen, was ihm widerfahren ist?«

Als sie den Namen ihres Sohnes hörte, heulte sie auf und verfiel in monotones Wehklagen.

Mélanie wurde lauter. »Lassen Sie uns bitte ins Haus.«

Der Kopf verschwand, und wenig später öffnete die Frau die Tür. Die Kommissare erschraken, als sie sie aus der Nähe sahen. Ihr Gesicht war kalkweiß, die Haare standen in alle Richtungen vom Kopf ab, die Haut war von tiefen Furchen durchzogen, die Augen rot geädert. Sie hatte das Nachthemd falsch zugeknöpft.

»Wo können wir in Ruhe mit Ihnen sprechen?«, fragte Mélanie mit sanfterer Stimme. Der Zustand der älteren Dame bereitete ihr Sorgen.

»Gehen wir nach oben in meinen Salon«, entgegnete sie mit zittriger Stimme. Sie klammerte sich am Treppengeländer fest und wäre beinahe gestürzt. Louis legte behutsam den Arm um sie.

»Darf ich Ihnen helfen, Madame?«

»Das wäre sehr nett von Ihnen, junger Mann.«

Als sie den Salon erreicht hatten, setzte er sie in

einen Sessel und sah sich um. Der Raum war abgedunkelt, die Luft stickig, und ein Fernseher lief mit leisem Ton. Auf dem antiken Holztischchen stapelten sich Gläser und Teller. Dazwischen lagen Tablettenschachteln, deren Aufschrift verriet, dass es sich um Antidepressiva handelte. Unter dem Tisch lagen eine Zeitschrift und eine verbogene Lesebrille. Er ging in die angrenzende Küche, in der blankes Chaos herrschte, und ließ Wasser in ein sauberes Glas laufen. Zurück im Salon reichte er es der Frau. »Bitte trinken Sie einen Schluck, Madame du Plessis.«

Während sie an dem Wasser nippte, setzen sie sich zu ihr an den Tisch. Unsicher stellte die Frau das Glas ab und fixierte Louis mit matten grünen Augen. Kein Funken Leben war mehr darin zu entdecken.

»Was ist mit meinem Sohn geschehen? Samira hat gesagt, er sei tot. Das stimmt doch nicht, oder?«

Ihr Blick war hoffnungsvoll auf ihn gerichtet. In diesem Moment konnte er sich gut vorstellen, welch schöne Frau sie früher gewesen sein musste, bevor Schicksalsschläge sie zerstört hatten.

»Es tut mir sehr leid, Ihre Schwiegertochter hat die Wahrheit gesagt. Christophe ist tot.«

Sie schloss die Augen. »Ich hatte einen Traum, darin habe ich ihn tot gesehen. Was ist passiert?«

»Wir gehen davon aus, dass er einem Verbrechen zum Opfer gefallen ist. Deshalb hoffen wir, dass Sie uns helfen können.«

»Wie denn?«

»Hatte Ihr Sohn Feinde? Gab es irgendwelche Probleme?«

Lächelnd schüttelte sie den Kopf. »Er war ein guter Junge, alle mochten ihn.«

Louis sah hilfesuchend zu seiner Kollegin.

»Er hat die Geschäfte Ihres Mannes weitergeführt, nicht wahr?«, fragte Mélanie.

»Ja, es ging nicht anders. Alphonse ist weg.« Kurz kippte sie zur Seite, dann fing sie sich wieder. Louis zupfte Mélanie am Ärmel, bis sie ihm ihre Aufmerksamkeit schenkte. »Rettungswagen«, flüsterte er.

»Gleich.« Sie neigte sich zu der Frau, und Madame du Plessis legte ihr die knochige Hand auf den Arm. »Er hat mich nach über vierzig Jahren verlassen, wegen einer anderen Frau, wissen Sie? Ich dachte immer, er liebt mich.« Ihr Blick verlor sich. »Nur mich«, flüsterte sie. »Jetzt hat mich auch mein Sohn verlassen, mein Leben hat keinen Sinn mehr. Und Samira ist schuld, sie konnte ihn nicht glücklich machen. Sie ist auch weg, mit meinen Enkeln. Jean-François ist ihm wie aus dem Gesicht geschnitten.« Ein seliges

Lächeln erschien auf ihrem Gesicht. Dann fingen ihre Augenlider an zu flattern. Mélanie streichelte sanft ihre Hand. »Ich werde jetzt den Rettungsdienst rufen, Madame du Plessis. Sie brauchen dringend ärztliche Hilfe. Sie werden Sie mitnehmen und sich um Sie kümmern. Einverstanden?«

Die Frau nickte schwach. Mélanie zog ihr Smartphone aus der Hosentasche und telefonierte. »Sie sollten sich beeilen«, insistierte sie.

Sie steckte das Telefon weg und wandte sich wieder der Madame du Plessis zu. »Die Sanitäter sind unterwegs, es dauert nicht mehr lange.«

»*Merci*, Sie sind eine freundliche junge Dame.«

»Darf ich Ihnen noch eine Frage stellen?«

»Ja.« Die Stimme klang schwach.

»Hat Ihr Sohn im Haus ein Arbeitszimmer, in dem er wichtige Papiere aufbewahrt?«

»Sein Büro befindet sich im Betrieb. Hier im Haus hat er sich auf dem Dachboden ein kleines Arbeitszimmer eingerichtet. Er benutzte es, wenn er ungestört arbeiten wollte.« Sie griff nach dem Glas und erreichte es nicht. Mélanie half ihr, einen Schluck zu trinken. »Dort gibt es einen Safe für wichtige Dinge.«

»Das ist interessant.«

»Ich weiß sogar die Geheimnummer. Da staunen Sie, nicht wahr? Mein Sohn hatte keine Geheimnisse vor mir. Es sind die Geburtstage seiner Kinder: 09 102 803.«

Louis machte Mélanie ein Zeichen, dass er den Zugang zum Dachboden suchen wolle.

Als die Sirene der Rettung zu hören war, kam er zurück. »In dem privaten Büro gibt es kaum Unterlagen. Ich habe sie rasch durchgesehen, da war nichts Wichtiges dabei.«

»Was ist mit dem Safe?«

»Der Safe ist leer.«

Durch ein zweiflügliges Glasportal betraten Pauline und Frédéric den Verwaltungsbereich des Zimmereibetriebes Alphonse du Plessis. Nachdem sich die Tür hinter ihnen geschlossen hatte, wurde das Kreischen der Sägen, mit denen Balken zugeschnitten wurden, leiser. Sie befanden sich im einladenden Eingangsfoyer. Zwei dunkelblaue Ledersofas und zwei dazu passende Sessel gruppierten sich um einen niedrigen Tisch aus massivem Eichenholz, eine kunstvolle Schreinerarbeit. Darauf lagen verschiedene Zeitschriften sowie die regionale Tageszeitung *SUD*

OUEST, deren Titelthema der tragische Sturz eines Festivalbesuchers von einem Turm der Zitadelle von Blaye war. Unter dem Tisch lag ein Bernhardiner, den massigen Kopf auf den Pfoten, der für einen Moment die Augen öffnete, gähnte und sie wieder schloss. Auf einem bunten Teppich standen Holzkisten mit Spielzeug, Malutensilien und Kinderbüchern. In der Ecke gab es eine Espressomaschine. Durch eine gläserne Kuppel drang helles Licht. Es duftete aromatisch nach Kaffee. Weit und breit schien niemand zu sein, doch auf einmal waren im Korridor Schritte zu vernehmen, und eine attraktive junge Frau mit langen dunklen Locken kam lächelnd auf sie zu. Die schwarze Baumwollhose betonte ihre schlanke Figur, das silberdurchwirkte Oberteil fiel locker um die Taille.

»*Bonjour*, Madame et Monsieur. Was kann ich für Sie tun?«

Ihre Stimme war hell und kräftig. Castelot fiel auf, dass ihre Augen gerötet waren. Sie zückte ihren Dienstausweis und stellte sich vor. »Wir wollen mit Yvonne Talon sprechen.«

»Das bin ich. Sie kommen wegen Christophe, nicht wahr? Christine, Jérémys Freundin, hat mich angerufen und mir erzählt, was passiert ist. Wir sind alle wie gelähmt vor Entsetzen. Ich kann es noch immer nicht glauben, dass er tot ist. Jeden Moment warte ich darauf, dass er zur Tür hereinkommt und ich seine Stimme höre.«

Ihr Lächeln war verschwunden. Sie rang um Fassung, putzte sich die Nase und wies auf die Sitzgruppe. »Nehmen Sie bitte Platz, darf ich Ihnen einen Kaffee anbieten?«

Sie lehnten dankend ab, und Pauline begann mit der Befragung. »Madame Talon, wenn ich richtig informiert bin, waren Sie die Assistentin von Christophe du Plessis. Wie kann ich mir Ihren Aufgabenbereich vorstellen?«

Sie lächelte traurig. »Eigentlich bin ich Mädchen für alles. Ich erledige Sekretariatsarbeiten, mache Botengänge und koche Kaffee für Besprechungen. Bei Engpässen helfe ich in der Personalabteilung aus, damit die Gehälter termingerecht auf die Konten unserer Mitarbeiter überwiesen werden.«

»Wie lange arbeiten Sie schon hier?«

»Ich habe in diesem Betrieb eine Ausbildung zur Bürokauffrau absolviert und bin danach übernommen worden. Das war vor fünf Jahren.«

»Wie war das Verhältnis zu Ihrem Chef?«

Ihre Augen wurden feucht. Sie schniefte. »Entschuldigen Sie bitte, diese Tragödie nimmt mich sehr mit.«

»Das ist verständlich, Mademoiselle Talon. Läuft das Geschäft gut?«

»Das kann ich nicht genau beurteilen, aber unser Personal ist ausgelastet, und die Auftragsbücher sind voll. Bevor Christophe in den Urlaub gegangen ist, hat er einen zufriedenen Eindruck gemacht.«

»Hat er mit Ihnen darüber gesprochen, dass er sich Sorgen um etwas macht oder dass er Ärger hat? Dass er vielleicht sogar bedroht wird?«

Erschrocken sah Yvonne sie an. »Aber nein! Alles war in Ordnung.«

»Fällt Ihnen gar nichts ein?«

»Ach ja, an eine Sache kann ich mich erinnern.«

»Erzählen Sie bitte.«

»Kurz bevor mein Chef in den Urlaub aufbrach, telefonierte er mit Monsieur Le Maître, seinem Schwager, er ist ein bekannter Politiker. Ich stand ganz in der Nähe am Kopierer. Deshalb konnte ich hören, wie sie sich anschrien. Ich hatte den Eindruck, dass beide sehr wütend waren.«

»Wissen Sie, worum es bei dem Streit ging?«

»Leider nein, ich weiß nur noch, dass das Wort Betrug häufiger fiel.«

»Wir möchten uns gerne im Büro Ihres Chefs umsehen«, verlangte Rocard.

»Selbstverständlich«, entgegnete die Assistentin. »Kommen Sie bitte mit.« Sie führte die Polizisten durch den Gang und öffnete eine Tür. »Bitte schön. Soll ich Sie alleine lassen?«

»Ja, wir melden uns, wenn wir Fragen haben.«

»In Ordnung, ich bin an meinem Arbeitsplatz.«

Pauline und Frédéric sahen sich um. Der quadratische Raum war mit feinstem Stäbchenparkett ausgelegt. An den cremefarbenen Wänden hingen einige Aquarelle, die Motive aus der Gegend zeigten. Ein Bild, das die mittelalterliche Brücke und einen Weidenbaum am Flussufer mit einem Schneehäubchen darstellte, war besonders gelungen. An der Kopfseite des Zimmers hing ein Ölgemälde mit einem aquitanischen Fachwerkhaus, dessen Fassade ochsenblutrot und die kunstvoll gesetzten Balken nussbraun gebeizt waren.

Die Einrichtung des Chefbüros war schlicht und elegant. Auf dem Schreibtisch lagen einige gestapelte Akten. Daneben stand eine goldgerahmte Fotografie, die Christophe du Plessis' Frau und seine Kinder zeigte, wie sie in die Kamera lachten. Pauline wies mit dem Kopf auf den zugeklappten Laptop.

»Wir nehmen ihn mit. Die Kollegen von der Technik sollen ihn sich ansehen. Untersuchst du den Schreibtisch, und ich nehme mir das Regal mit den Akten vor?«

»Alles klar.« Frédéric begann die Unterlagen durchzublättern und konnte nichts Relevantes entdecken. Im aufgeschlagenen Kalender gab es für zehn Tage keine Eintragungen, das war der Zeitraum, in dem er sich in Blaye aufhalten wollte. In einer Schreibtischschublade waren Büroutensilien und leere Notizhefte verstaut, in einer weiteren lagen Kalkulationen für den neuen Dachstuhl eines Bauernhauses. Nachdenklich rieb er sein Kinn, alles wirkte völlig harmlos und normal.

Pauline zog einige Aktenordner aus dem Regal und sah sie durch, übliche Geschäftsunterlagen. In einem Ordner befand sich der Steuerbescheid vom letzten Jahr, den sie überflog. Soweit sie es beurteilen konnte, stand die Firma auf einem soliden Fundament. Ansonsten gab es zahlreiche Bildbände über das Zimmermannshandwerk in Frankreich und anderen europäischen Ländern. Sie hatte den Eindruck, dass die Ästhetik für den Zimmerermeister ebenso wichtig gewesen war, wie das handwerkliche Können. Sie stellte den Band zurück, drehte sich um und betrachtete mit schief gelegtem Kopf das Ölgemälde. Schließlich trat sie davor, griff nach dem Rahmen und klappte ihn auf. In der Wand befand sich ein Safe. Sie holte Yvonne Talon.

»Kennen Sie die Geheimnummer?«, fragte sie.

»Ja, Christophe hat sie mir anvertraut.« Verträumt drehte sie an einem silbernen Ring mit einem schönen, oval geformten Türkis, der am Mittelfinger ihrer rechten Hand steckte. Als sie Frédérics Blick bemerkte, hörte sie sofort damit auf. »Es sind die Geburtstage seiner Kinder: 09 102 803. Der Safe im Wohnhaus hat denselben Code.«

Der Hautkommissar drehte den Schalter einige Male nach rechts und links und öffnete schließlich das Geheimfach. Darin lagen ein Geldbündel mit Hunderteuroscheinen, deren Summe er auf fünfzigtausend Euro schätzte, eine schwarze Pistole und eine Mappe.

»Wem gehört die Waffe?«, wandte er sich an Mademoiselle Talon.

»Christophe. Er bewahrte sie als Schutz vor Einbrechern auf. Das Holz, das hier gelagert wird, ist sehr wertvoll. Letztes Jahr gab es einen versuchten Einbruch.«

»Hat er einen Waffenschein?«

»Selbstverständlich.«

Er zog Handschuhe über, nahm die Mappe aus dem Safe und blätterte die wenigen Seiten durch. Daraufhin wechselte er einen Blick mit Castelot. »Den Inhalt müssen wir uns genauer ansehen.« Er griff nach der Waffe. »Das ist eine Beretta, 9 mm, zwölf Schuss. Sie ist geladen.« Nachdem er das Stangenmagazin herausgenommen und überprüft hatte, stellte er fest, dass kein Projektil fehlte. Er roch an der Mündung. »Sie scheint schon längere Zeit nicht benutzt worden zu sein.« Er wandte sich an Yvonne Talon. »Den Laptop Ihres Chefs und den Inhalt des Safes nehmen wir mit. Die Sachen sind hiermit beschlagnahmt. Dafür stellen wir eine Empfangsbestätigung für Sie aus. Wenn der Fall abgeschlossen ist, bekommt sie der Erbe zurück.«

Plötzlich sah er Yvonne mit ernstem Gesichtsausdruck an.

»Darf ich Sie etwas fragen, Mademoiselle Talon, etwas Privates?«

Sie wirkte verunsichert. »Aber ja.«

»Sie hatten ein Verhältnis mit Ihrem Chef, habe ich recht?«

Überrascht starrte sie ihn an. Dann sank sie auf den Bürostuhl und begann zu schluchzen, als hätte sie die Fassade keinen Augenblick länger wahren können.

»Ja, das stimmt. Ich habe ihn so sehr geliebt, und jetzt ist er tot. Ich weiß nicht, wie ich ohne ihn weiterleben soll.«

Mit tränenverschleierten Augen sah sie zu ihm hoch. »Es war kein Verhältnis, Monsieur le Commissaire, das klingt so schäbig. Christophe wollte sich scheiden lassen, danach war eine Heirat geplant. Samira konnte ihn nicht glücklich machen, sie hat ein kaltes Herz.«

Frédéric lächelte höflich. »Ich verstehe.«

»Wir sind hier vorläufig fertig, Mademoiselle Talon«, sagte Pauline. »Ich gebe Ihnen meine Visitenkarte, wenn Ihnen noch etwas einfällt, rufen Sie mich bitte an.«

Ein stämmiger Mann in einem verstaubten Arbeitsoverall, der ein hellblaues Tuch um den Kopf gebunden hatte, lief an der Tür vorbei und blieb wie angewurzelt stehen, als er die verweinte Assistentin auf dem Stuhl kauern sah.

»Brauchst du Hilfe, Yvonne?«

Sie versuchte ein Lächeln. »Nein danke, Philibert, es ist alles in Ordnung. Das sind Kriminalbeamte aus Bordeaux, sie sind wegen Christophe hier.«

Er warf den Polizisten noch einen düsteren Blick zu, dann stapfte er weiter.

Die Assistentin rappelte sich auf. »Ich begleite Sie hinaus.«

Als sie aus der Tür traten, sahen sie einen Rettungswagen, dessen blaues Licht durch den Hof tanzte. Mireille du Plessis lag auf einer Trage und hatte eine Sauerstoffmaske auf dem Gesicht.

»Was ist passiert?«, fragte Pauline.

»Sie hat einen Schwächeanfall«, erkläre Mélanie. »Der Rettungswagen bringt sie in das Krankenhaus von Limoges. Es ist besser, wenn sie nicht alleine hierbleibt.«

Ihre Chefin nickte. »Gut.«

Sie sahen zu, wie die Trage in das Fahrzeug geschoben wurde. Dann schlossen sich die Flügeltüren, und der Krankenwagen setzte sich in Bewegung. Sie verabschiedeten sich von Yvonne Talon und gingen zu ihrem Dienstwagen, um zurück nach Bordeaux zu fahren.

Als sie nach ungefähr zwei Stunden auf der Uferstraße an der Garonne entlangfuhren, sagte Louis: »Ich bin am Verhungern, lasst uns in der Barracuda-Bar etwas essen und einen Absacker trinken.«

»Das ist eine gute Idee«, meinte Mélanie.

Die Kollegen hatten nichts dagegen. »Wir müssen vorher das Bargeld und die Waffe ins Labor bringen«, erinnerte Pauline. Als das erledigt war, parkten sie den Wagen an der Promenade und gingen ein paar Schritte zu ihrer Lieblingskneipe am Quais Richelieu. Die Terrasse war hell erleuchtet, und der Kellner, der sich sofort seiner Stammgäste annahm, führte sie zu einem freien Tisch unter einer Platane. Von dort aus hatte man einen spektakulären Blick auf den dunkel schimmernden Strom und die Pont de Pierre, die von antiken Lampen bestrahlt wurde, die das Baukunstwerk mit den siebzehn Bogen in bronzefarbenes Licht tauchten. Auf der gegenüberliegenden Flussseite zeichneten sich schemenhaft Gebäude, Türme und Kirchturmspitzen ab. Ein Ausflugsboot, an dessen Reling sich grüne und rote Lämpchen reihten, zog an ihnen vorbei. Auf dem Deck tanzten Paare unter dem sternenklaren Himmel zu dem Chanson von Edith Piaf: *La vie en rose*. Fröhliches Gelächter erklang.

»Ist das romantisch«, seufzte Mélanie. »Ich habe heute Abend schon wieder eine Verabredung mit Claude verpasst. Er hat bereits siebenmal auf die Mailbox gesprochen. Der Herr Staatsanwalt ist wütend.«

Louis grinste. »Das Privatleben der Polizisten weist meistens eine schiefe Work-Life-Balance auf.«

»Ja, aber Claude hat dafür wenig Verständnis.« Sie winkte nach dem Kellner und bestellte eine Runde Pastis. Während sie das erfrischende Getränk genossen, beratschlagten sie, welches Menü sie wählen sollten. Nach kurzer Zeit entschieden sie sich für Hühnerleber auf Feldsalat als Vorspeise, Entrecôte und Pommes frites als Hauptgericht und als Dessert Pistazieneis mit frischen Früchten und Sahnehaube. Dazu gab es einen kräftigen roten Landwein aus den Corbières.

Als die Vorspeise serviert wurde, machten sie sich hungrig darüber her. Während Louis ein Stück Baguette in die Sauce tunkte, berichtete er von dem Gespräch mit Mireille du Plessis.

»Die alte Dame war verwirrt und dehydriert, niemand scheint sich so recht um sie zu kümmern.«

»Den Eindruck hatte ich auch«, bestätigte Mélanie. »Wir haben nichts von ihr erfahren, das uns weiterbringen könnte, und auch keine Spuren gefunden.«

»Im Safe im Büro von Christophe du Plessis haben wir Unterlagen entdeckt«, berichtete Frédéric.

»Was für Unterlagen?«, wollte Mélanie wissen.

»Ich werde nicht recht schlau daraus. Wir müssen sie uns morgen früh bei unserer Besprechung genauer ansehen, ich hoffe, sie bringen uns weiter.« Er trank einen Schluck von dem Rotwein und nickte zufrieden. »Wunderbar, er schmeckt nach roten Beeren und Lakritze.«

Nachdem sie einen Mokka getrunken und die Rechnung bezahlt hatten, brachen sie auf. Alle waren müde, es war ein langer Tag gewesen. Niemand wusste, was der nächste Tag bringen würde.

Als Pauline endlich nach Hause kam, lag das Weingut dunkel auf dem Hügel. Nur im Schlafzimmer im ersten Stock brannte noch Licht. Wahrscheinlich hatte Dominic auf sie gewartet und war dabei eingeschlafen. Sie stellte den Wagen vor der Garage ab und ging über den Plattenweg auf das Haus zu. Dabei atmete sie die frische Nachtluft ein und begann sich zu entspannen. Es duftete nach Wildkräutern und Gras. Das Laub der Kastanienbäume raschelte im Wind.

Im Eingangsbereich kamen ihr die Schäferhunde Estelle und Émile schwanzwedelnd entgegen und kuschelten sich an ihre Beine. Sie streichelte ihre dicken Köpfe.

»Legt euch wieder hin, ihr zwei. Ich gehe ins Bett.«

Gehorsam tappten die Hunde zu ihrem Schlafplatz und rollten sich zusammen.

Müde stieg Pauline in den ersten Stock hinauf und öffnete leise die Tür von Sarahs Zimmer. Sie lauschte und schlich zu ihrem Bett. Ihre Tochter lag auf der Seite und schlief tief und fest. Die Bettdecke war verrutscht, die Haare zerzaust, und ihr Atem ging flach und regelmäßig. Für einen Moment betrachtete sie das Mädchen, und ein zärtliches Lächeln breitete sich auf ihrem Gesicht aus. Sie war ihr größter Schatz, und sie schwor sich, immer gut auf sie aufzupassen. Sie dachte an Emma, die Tochter von Frédéric, die schon sein Monaten spurlos verschwunden war. Er tat ihr unendlich leid. Wie hielt er diese quälende Ungewissheit nur aus? Wenn Sarah plötzlich verschwunden wäre, würde sie durchdrehen, daran bestand kein Zweifel. Pauline verdrängte die beunruhigenden Gedanken und hauchte dem Mädchen einen Kuss auf die Stirn.

Daraufhin verließ sie geräuschlos den Raum und ging ins Schlafzimmer. Dominics Kopf war zur Seite geneigt, das Buch, in dem er gelesen hatte, war ihm aus der Hand gerutscht. Er schnarchte leise. Rasch zog sie sich aus, löschte das Licht und schlüpfte zu ihm unter die Bettdecke. Wohlige Wärme umfing sie. Sie kuschelte sich an ihn, murmelte »Schlaf schön, *mon coeur*« und schloss die Augen.

Er regte sich und wandte sich ihr zu. »Salut, ma chérie. Ich habe dich vermisst.«

Seine Hand begann zärtlich über ihren Körper zu gleiten. Sanft streichelte er ihre Halsbeuge und ließ seine Finger weiter zu ihren Brüsten wandern. Er liebkoste sie, bis sie leise zu stöhnen begann und sich an ihn presste. Dabei legte sie ihren Arm um seinen breiten Rücken und zog ihn noch fester an sich.

1. SEPTEMBER

Pünktlich um neun Uhr hatten sich die Kommissare um den Besprechungstisch versammelt, sortierten ihre Notizen und tranken Kaffee.

»Was gibt es Neues?«, wollte Pauline wissen.

Louis sagte: »Ich habe mit Fatma Massour telefoniert und sie nach dem Alibi von Samira du Plessis gefragt. Sie hat bestätigt, dass ihre Schwägerin sich in der Mordnacht bei ihr aufgehalten hat.«

»Alibis von Familienangehörigen sind erfahrungsgemäß nicht viel wert.«

»Ja, ich weiß.«

»Der Laptop von Christophe du Plessis wird gerade von unseren Computerspezialisten untersucht«, berichtete Mélanie. »Bisher haben sie nichts gefunden, das uns weiterhelfen könnte. Sie bleiben dran.« Sie schenkte sich Kaffee nach und sah auf ihre Aufzeichnungen. »Aus der Beretta wurde in letzter Zeit kein Schuss abgefeuert. Christophe du Plessis war tatsächlich im Besitz eines Waffenscheines. Das Bargeld aus dem Safe hilft uns auch nicht weiter. Es handelt sich vermutlich um Schwarzgeld, wie es jeder Unternehmer in der Schublade oder wo auch immer aufbewahrt. Es sind exakt fünfundfünfzigtausend Euro. Auf den Scheinen befinden sich Hunderte von Fingerabdrücken. Es ist unmöglich, sie alle ohne Vergleichsspuren zuzuordnen. Die Mitarbeiter im Labor tun ihr Bestes.«

Pauline nickte. »*Merci*. Jetzt bin ich neugierig, welche Unterlagen sich in der Mappe befinden, die wir im Safe von du Plessis gefunden haben.«

Frédéric schlug die Mappe auf, entnahm ihr vierzehn Blätter und breitete sie auf dem Tisch aus, so dass die Kollegen sie anschauen konnten. Sie sahen aus wie Tabellen, in die Daten eingegeben waren. Es waren Datums- und Zeitangaben, die Stunden waren addiert.

»Was ist das?«, fragte Mélanie stirnrunzelnd.

Pauline sah Frédéric an. »Das sind Arbeitszeitkarten, nicht wahr?«

»Arbeitszeitkarten?«, hakte Mélanie nach.

»Ja«, erklärte Pauline. »In manchen Betrieben gibt

es Stechuhren, die die Arbeitszeit der Beschäftigten automatisch registrieren. Wir beispielsweise dokumentieren sie nicht, weil bei uns eine Vertrauensarbeitszeit gilt. Es gibt jedoch viele Betriebe, in denen die Arbeitszeit täglich per Computer erfasst und von Vorgesetzten gegengezeichnet wird.«

»Also richtet sich das Gehalt danach?«

»Nein, der Angestellte muss dokumentieren, dass er die Zeitvorgaben des Arbeitsvertrages erfüllt. Dabei sind zu viele Minus- oder Überstunden zu vermeiden.«

»Verstehe.« Mélanie rückte ihren Haarreif zurecht, der farblich zu ihrer grünen Bluse passte.

Frédéric deutete auf die Ausdrucke. »Es ist genau so, wie es Pauline gerade erklärt hat. Es sind die Arbeitszeitkarten von Claire Le Maître, der Frau des Staatssekretärs Raphaël Le Maître, sowie von Samuel Le Maître, dem Sohn des Ehepaars. Sie umfassen eine Zeitspanne von Januar bis Juli 2019. Am besten betrachten wir sie getrennt. Ich werde die Angaben auf das Whiteboard schreiben, das ist übersichtlicher.« Er stand auf und ging zur Tafel. »Zunächst Claire Le Maître.« Folgendes notierte er auf dem Board:

48 Jahre alt

angestellt seit 2014

Arbeitszeit: 30 Stunden in der Woche

monatliches Bruttogehalt: 6000 Euro im Monat.

insgesamt: 402 000 Euro, plus Arbeitgeberanteil seit 2014

Berufsbezeichnung: Marketingexpertin

Arbeitsplatz: Homeoffice

Louis stieß einen anerkennenden Pfiff aus. »Eine fürstliche Entlohnung.«

Sein Kollege nickte. »Das kann man wohl sagen. Jetzt zu Samuel Le Maître.« Er schrieb weiter.

24 Jahre alt

angestellt seit 2014

Arbeitszeit: 25 Stunden in der Woche

monatliches Bruttogehalt: 4500 Euro im Monat

insgesamt: 301 500 Euro, plus Arbeitgeberanteil seit 2014

Berufsbezeichnung: IT-Experte

Arbeitsplatz: Homeoffice

Konzentriert betrachtete er seine Aufzeichnungen und fuhr schließlich fort.

»Das macht als Gesamtbrutto etwa 703 500 Euro für beide plus Arbeitgeberanteil. Das ergibt Gesamtkosten von 837 500 Euro. Mit Weihnachts- und Urlaubsgeld sowie Leistungsprämien rund eine Million.« Er trank einen Schluck Wasser und nahm sich ein Chocolatine.

»Was willst du uns damit denn sagen?«, fragte Mélanie und wirkte etwas ungeduldig. »Es ist ein sehr guter Verdienst, das ist richtig. Aber es steht doch jedem offen, sich einen lukrativen Job zu suchen. Das ist kein Verbrechen.«

Er grinste sie an. »Warte ab, ich bin noch nicht fertig. Jetzt wird es spannend, liebe Kollegin.«

Er wies auf die handschriftlichen Anmerkungen, die aus der Mappe stammten. »Das ist die Schrift von Christophe du Plessis, das weiß ich, weil ich in seinem Büro Eintragungen in seinem Kalender gesehen habe.« Er griff nach dem schwarzen Filzstift.

»Also: Claire ist gelernte Krankenschwester, sie hat von Marketing überhaupt keine Ahnung und interessiert sich auch nicht dafür. Samuel war ein unmotivierter Schüler mit vielen Fehltagen und hat das *baccalauréat* nur bestanden, weil sein Vater über einen Förderkreis das Lycée mit großzügigen Spenden bedacht hat. Das Studium der Philosophie und der Kunstgeschichte an der Sorbonne in Paris hat er nach wenigen Monaten abgebrochen und ist seitdem arbeitslos. Er beschäftigt sich ausschließlich mit Computerspielen und verfügt über keinerlei IT-Wissen. Die Anmerkungen von Christophe du Plessis zu den Arbeitszeitkarten für 2019 sollen für die gesamte Arbeitsdauer exemplarisch sein, in den vergangenen Jahren sieht es nicht anders aus. Nun kommen wir zu der Arbeitszeitkarte Claire Le Maître 2019.«

Er machte erneut Notizen an der Tafel.

Februar 2019: zwei Wochen Skiurlaub in Grenoble

April 2019: drei Wochen krank wegen depressiver Verstimmung

Mai 2019: drei Wochen Schönheitsfarm im Périgord

Juni 2019: zwei Wochen Thalassotherapie in Perros-Guirec, Bretagne

»Das hießt also, in diesen Zeiten kann sie gar nicht gearbeitet haben, jedoch laut ihrer Arbeitszeitdokumentation angeblich schon. Es handelt sich um Falschangaben, man könnte auch sagen um Betrug. Weiter geht es mit Samuel Le Maître gemäß seiner Arbeitszeitkarte von 2019.« Er wandte sich zum Board.

Februar bis April 2019: Aufenthalt in einer Entzugsklinik in Lausanne in der Schweiz, anschließend Erholungsaufenthalt auf einem Segelschiff im Mittelmeer.

»Folglich ist auch seine Arbeitsdokumentation gefälscht.« Frédéric trag einen Schritt zurück und betrachtete seine Zusammenfassung.

»Woher hatte du Plessis diese Informationen über die beiden?«, überlegte Pauline.

»Vermutlich von seiner Schwester. Sie hat doch nicht damit gerechnet, dass ihre Arbeitszeiten irgendwann überprüft werden könnten. Seit über fünf Jahren hat sich niemand dafür interessiert und für die geleistete Arbeit ihres Sohnes auch nicht.«

»Sie wurden ohne jede Gegenleistung, wie Louis gesagt hat, fürstlich entlohnt?«

»Exakt.«

»So etwas nennt man Betrug. Man kann auch von Verschwendung von Steuergeldern sprechen. Wenn das herauskommt, ist die politische Karriere von Le Maître vorbei.«

»Sozusagen über Nacht, irreparabel.«

»Du Plessis hatte gegen seinen Schwager ein gewaltiges Druckmittel in der Hand. Das ist ein starkes Mordmotiv.«

»Da stimme ich dir zu. Aber du Plessis brauchte eine zuverlässige Quelle, die seine Behauptungen bestätigt. Sonst könnte Le Maître behaupten, die Dokumente seien gefälscht.«

»Richtig. Wer hat die Arbeitszeitkarten unterschrieben?«

»Die Angestellten selbst natürlich, Raphaël Le Maître sowie seine persönlich Referentin Lydie Gaultier.«

»Könnte Lydie Gaultier die Quelle sein?«

»Das halte ich für sehr wahrscheinlich. Die anderen drei Personen wohl kaum.«

»Wir müssen dringend mit ihr sprechen«, sagte Louis.

»Derzeit sind Parlamentsferien«, wusste Mélanie. Sie begann auf ihrem Smartphone zu tippen. »Sie hat bestimmt einen Facebook-Account. Sieh an, da haben wir sie schon. Sie macht Urlaub in einem Ferienhaus auf Cap Ferret. Seht mal, das Foto.«

Sie hielt den Kollegen das Handy hin. Die Aufnahme zeigte eine hübsche blonde Frau zusammen mit einem attraktiven braun gebrannten Mann mit einer Baseballkappe. Beide lachten über das ganze Gesicht und hielten bunte Cocktailgläser mit Strohhalmen und silbern glänzenden Schirmchen in die Kamera.

Lydie und Frank genießen ihren Urlaub in vollen Zügen und mit vollen Gläsern, stand darunter. Auch der Name des Strandhauses war darauf zu sehen: *vent de la tempête*, Sturmwind.

Pauline trank ihren Kaffee aus und stand auf. »Wir brauchen einen glaubwürdigen Zeugen, bevor wir mit Le Maître sprechen. Worauf warten wir noch?«

Auf ihrer Fahrt nach Cap Ferret hatte Mélanie das Steuer übernommen und fuhr am Flughafen Aéroport International de Bordeaux, der westlich von Mérignac lag, vorbei und erreichte nach gut vierzig Kilometern den Ort Arès. Von dort aus verlief die Landstraße parallel zum Bassin von Arcachon. Auf der westlichen Seite brachen sich gewaltige Atlantikwellen am Ufer und entwickelten einen lebensgefährlichen Rücksog. Diese Region mit ihren einsamen Stränden, sanften Dünen und dichten Pinienwäldern war ein Paradies für Wanderer, Fahrradfahrer und Wellenreiter.

Im Unterschied zu den Binnenseen bewahrte das Becken als einziges der alten Buchten einen schmalen Zugang zum Meer, da eine fünfundzwanzig Kilometer lange Landzunge ein großes Stück der Bucht abriegelte. Das Wasser glitzerte azurblau, Segelboote glitten elegant am Horizont dahin, und die Vogelinsel war als Schemen zu erkennen. Auf der Strecke von Lège nach Cap Ferret lagen die Hütten der Austernfischer. Die Bucht von Arcachon zählte zu den bedeutendsten Zuchtgebieten Frankreichs, und die Nachfrage nach der edlen Meeresfrucht war besonders an Weihnachten gigantisch. Die krummen Pfähle, die bunt gestrichenen Holzhütten und die flachen Boote dieser Zunft bildeten die Wahrzeichen des Bassins. Le Canon, der kleine Austernhafen, lag in der prallen Sonne. Boote schaukelten sanft in der Brise. Menschen drängten sich in den Probierstuben, kosteten die frische Ware und diskutierten über den Geschmack.

Schließlich erreichten sie Cap Ferret, die Spitze der Landzunge. Dort standen verstreut farbenfroh verputzte Häuser und prächtige Villen, deren Dächer zwischen uralten Pinien und knorrigen Zedern ziegelrot hervorspitzten. An der südlichsten Stelle in einem Park erhob sich der weiße Leuchtturm mit seiner roten Mütze. Die Aussicht auf die Düne von Pilat, die wie ein gestrandeter Wal in der Sonne lag, war überwältigend. Die Schirme der Paraglider auf der Kuppe und dem Steilhang, der sich bis zum Meer neigte, setzten rote und gelbe Akzente.

Das Ferienhaus *vent de la tempête*, ein buttergelbes Gebäude mit weißem Fachwerk und einem Spitzgiebel, lag direkt an einer sandigen Bucht, nicht weit vom Anlegesteg der Ausflugsboote. Mélanie stellte den Dienstwagen auf einem schattigen Parkplatz neben dem Kindergarten ab, und sie folgten einem Pfad, der an den Häusern entlangführte. Bald darauf stiegen sie die ausgetretenen Holzstufen hinauf und klingelten an der Tür. Nach wenigen Sekunden öffnete eine junge Frau mit modisch geschnittenen kurzen blonden Haaren. Sie war sonnengebräunt und trug einen knapp sitzenden schwarzen Bikini. Sie hatte ein einnehmendes Lächeln und sah sie fragend an.

»*Bonjour* Mesdames et Messieurs. Was kann ich für Sie tun?«

Castelot zeigte ihren Dienstausweis und stellte sich und die Kollegen vor. »Wir wollen mit Mademoiselle Lydie Gaultier sprechen.«

Die Frau reagierte erstaunt. »Das bin ich. Was will die *police judiciaire* von mir? Das passt jetzt gar nicht. Mein Freund und ich sind gerade beim Mittagessen. Können Sie später wiederkommen?«

»Das geht leider nicht. Wir sind extra von Bordeaux hierher gefahren, und es ist dringend.«

Sie zuckte mit den Schultern. »Also gut, wenn es unbedingt sein muss. Kommen Sie bitte herein.«

Sie führte sie durch einen kurzen Flur, nahm einen Kimono von einem Kleiderhaken und schlüpfte hinein. Während sie vornewegging, verknotete sie den Stoffgürtel. Der Drache auf ihrem Rücken spie Feuer. Dann traten sie auf die Terrasse. Dort gruppierten sich unter der Markise weiße Korbmöbel mit schilfgrünen Polstern um einen Tisch. Darauf standen eine Porzellanplatte mit bereits geöffneten Austern, ein Körbchen mit Baguettescheiben, eine Schale mit Butter, eine Flasche Champagner in einem Eiskübel und zwei Kristallgläser.

Der Mann in Boxershorts und einem Muscle-Shirt saß in einem Sessel und tröpfelte gerade Zitronensaft auf eine Auster. Er blickte die Besucher überrascht an und hielt inne.

Lydie Gaultier erklärte die Situation. »Das sind Kriminalbeamte aus Bordeaux, die mit mir reden wollen.«

»Worüber denn?«

»Das werde ich sicher gleich erfahren.« Sie wies einladend auf die Sessel. »Nehmen Sie doch bitte

Platz. Darf ich Ihnen ein Glas Champagner anbieten?«

»Nein, danke«, entgegnete Castelot. »Wir sind im Dienst.«

»Ich habe auch Mineralwasser im Kühlschrank. Sie hatten einen langen Weg, und es ist wieder so heiß heute.«

»Das ist sehr freundlich von Ihnen«, meldete Leroy sich zu Wort. »Wasser wäre großartig.«

»Ich bin gleich wieder da.«

Kurz darauf setzte sie sich zu den Kommissaren und füllte Gläser, die sofort beschlugen.

»Darf mein Freund bei dem Gespräch dabei sein?«

»Ich habe nichts dagegen.«

»Entschuldigen Sie, ich habe ihn noch nicht vorgestellt. Das ist Frank Mercier, ein Schriftsteller. Wir haben uns vor Kurzem in einem Antiquariat am Quai Voltaire in Paris kennengelernt und sind ins Gespräch gekommen. Da wir uns auf Anhieb sympathisch waren, beschlossen wir, den Urlaub hier zusammen zu verbringen.«

»Ich erhole mich nicht nur, ich arbeite auch sehr viel, das weißt du.« Der Mann wandte sich an die Polizisten.

»Ich schreibe an einem Kriminalroman und recherchiere auch vor Ort. Es geht um einen Mord an einem Austernfischer, der an einen Pfahl gebunden tot aufgefunden wird.« Er trank einen Schluck von dem perlenden Getränk, und sein Enthusiasmus war beinahe ansteckend. »Er hat eine durchgeschnittene Kehle und eine rote Rose im Mund. Wie finden Sie diese Idee?«

»Sie ist durchaus originell und ausbaufähig«, erwiderte Mélanie freundlich. »Der Modus operandi ist ziemlich brutal, das bizarre Szenario deutet auf einen Psychopathen hin.«

Sie empfand beinahe Anteilnahme mit dem Muskelprotz, der sich so sehr um die Aufmerksamkeit seiner Freundin bemühte. Der Autor starrte sie verblüfft an. »Genial«, sagte er schließlich bewundernd.

Mademoiselle Gaultier fiel ihm ins Wort. »Darum geht es jetzt nicht, Frank.«

»Ich bitte um Entschuldigung, *ma chérie*.« Eingeschnappt griff er nach der nächsten Auster und schlürfte sie genüsslich.

Pauline Castelot kam zur Sache. »Wir ermitteln in einem Kapitalverbrechen und haben einige Fragen an Sie.«

Die junge Frau nickte. »Nur zu. Ich habe nichts verbrochen.«

»Das behauptet auch niemand, aber Sie könnten eine wichtige Zeugin sein. Sie kennen Raphaël Le Maître, den Staatssekretär im Innenministerium?«

»Selbstverständlich, er ist mein Chef.«

»Welche Aufgaben haben Sie?«

»Ich bin seine persönliche Referentin und arbeite ihm zu. Beispielsweise recherchiere ich über aktuelle Themen, zu denen er in Interviews Stellung beziehen möchte, ich schreibe seine Reden, ich bereite Sitzungen vor, ich manage seine Termine und vieles mehr.«

»Sie ist seine Sekretärin«, warf Frank ein.

Sie warf ihm einen bösen Blick zu. »Ich leiste viel mehr, und das weißt du auch. Schließlich habe ich studiert.«

»Okay, okay.« Er schenkte sich Champagner nach.

»Wie würden Sie Ihr Arbeitsverhältnis beschreiben?«, wollte Rocard wissen.

»Es ist effektiv, vertrauensvoll und von Respekt geprägt. Wir sind ein gutes Team.«

Im fiel auf, dass ihr Ton eine Nuance eisiger geworden war.

»Woher kennen Sie seinen Schwager Christophe du Plessis?«

Überrascht sah sie ihn an. »Ich habe ihn auf einer Gartenparty in der Sommerresidenz der Familie

Le Maître kennengelernt. Er ist ein sympathischer Mann. Wir haben uns angeregt unterhalten. Ich verstehe nicht, worauf Sie hinauswollen?«

»Er ist tot«, sagte Leroy. »So wie es aussieht, ist er einem Verbrechen zum Opfer gefallen.«

»Was? Das ist ja schrecklich, ich wusste das nicht! Im Urlaub lese ich keine Zeitungen, und den Fernseher schalte ich gar nicht erst ein. Was ist passiert?«

»Das tut jetzt nichts zur Sache. Es geht um Le Maître.«

Sie stutzte. »Aber was hat das mit Raphaël zu tun? Sie halten doch nicht ihn für den Täter?« Energisch schüttelte sie den Kopf. »Das ist unvorstellbar. Er macht Leute auf andere Art fertig und mundtot. Ohne Skrupel setzt er seine Interessen durch. Man darf ihn nicht unterschätzen, er ist ein sehr talentierter Intrigant, aber für einen Mord wäre er viel zu feige.« Jetzt klang Verachtung aus ihrer Stimme.

Leroy hob die Augenbrauen. »Das hört sich nicht nach einer von Respekt geprägten Arbeitsbeziehung an.«

Ein zartes Rosa breitete sich auf Lydies Wangen aus. »Das war vor dem Bruch.«

»Vor dem Bruch?«

»Wir haben uns getrennt.«

»Mademoiselle Gaultier«, ergriff Pierrot das Wort. »Wir haben im Safe von du Plessis Arbeitszeitkarten von Claire und Samuel Le Maître gefunden. Woher hat er diese brisanten Unterlagen?«

Sie starrte stumm auf den Pool, auf dessen gekräuselter Oberfläche eine Luftmatratze trieb.

»Woher? Bitte sagen Sie uns die Wahrheit, das ist sehr wichtig für uns. Wenn Sie etwas falsch gemacht haben, interessiert uns das nicht. Also, was ist passiert?«

»Okay, ich werde es Ihnen erzählen. Christophe hat mich angerufen und darum gebeten, dass wir uns in einem Café in der Nähe des Élysée-Palastes treffen. Ich kannte ihn, fand ihn ganz nett und sagte zu. Offen gesagt war ich neugierig, was er von mir wollte. Einige Tage später saßen wir zusammen im Café Sartre. Er erzählte mir, dass seine Schwester bei einer Party zu viel Alkohol getrunken und sich verplappert habe. Sie habe gesagt, sie arbeite gar nicht wirklich, das sehe nur so aus. Christophe wollte von mir wissen, ob das stimmt.« Sie tauschte einen raschen Blick mit Frank. »Das ist mir jetzt peinlich.«

»Aber nein«, ermunterte er sie. »Du kannst es ruhig erzählen. Dafür muss man sich nicht schämen.«

Zögernd fuhr sie fort. »Ich hätte Christophe nie

und nimmer erzählt, was er von mir wissen wollte. Denn es war so, dass Raphaël und ich eine Liaison miteinander hatten. Doch vor einigen Wochen hat er mich verlassen, dieser Schuft. Er hat mich nur ausgenutzt. Ausgerechnet wegen dieser Schlampe hat er mir den Laufpass gegeben.«

»Wen meinen Sie?«, erkundigte Leroy sich.

»Aminata Okello, Pressesprecherin und Frauenbeauftragte im Verteidigungsministerium. Eine angolanische Schönheit, einer Gazelle gleich.« Sie spie die Worte verächtlich aus.

»So hat er sie beschrieben. Eine schnöde Französin war ihm nicht gut genug. Er könne ihr und ihren glutschwarzen Augen einfach nicht widerstehen. Er habe sich schon immer eine Beziehung auf Augenhöhe gewünscht. Dieser Dreckskerl.«

»Deshalb haben Sie du Plessis die Unterlagen ausgehändigt.«

»Ja.«

»Die Eintragungen sind falsch, nicht wahr?«

Sie nickte. »Weder Claire noch ihr Sohn haben jemals für Raphaël gearbeitet. Es war Betrug in erheblichem Umfang. Ich habe es gewusst und die Arbeitszeitkarten dennoch unterschrieben, Raphaël zuliebe. Muss ich jetzt ins Gefängnis?«

Castelot beruhigte sie. »Le Maître war als Vorgesetzter verantwortlich, nicht Sie.«

»*Mon Dieu* …«

»Würden Sie vor Gericht gegen ihn aussagen, auch unter Eid?«

»Mit dem größten Vergnügen.«

»*Merci bien*, Mademoiselle Gaultier, das war es zunächst von unserer Seite. Sie können sich jederzeit bei uns melden, wenn Ihnen noch etwas einfällt. Wissen Sie zufällig, wo sich der Staatssekretär derzeit aufhält?«

»Er weilt in seiner Sommerresidenz, ich notiere Ihnen die Adresse und die Wegbeschreibung.«

Nachdem sie sich verabschiedet hatten, ließ sich Lydie auf ein Polster fallen. Sie schenkte sich Champagner nach und zündete sich eine Zigarette an. »Wenn die Polizei Raphaël hochgehen lässt, verliere ich meinen Job. Was soll ich dann machen, Frank?«

»Du wirst eine andere Arbeit finden, die deinen Fähigkeiten entspricht«, versuchte er, sie zu trösten.

Nachdenklich nickte sie. »Weißt du, wovor ich am meisten Angst habe?«

»Vor den Konsequenzen wegen der gefälschten Arbeitszeitkarten?«

»Nein, ich habe Angst, dass Raphaël durchdreht, wenn er seine Felle davonschwimmen sieht. Er ist unberechenbar. Das Einzige, was ihm auf der Welt wirklich wichtig ist, ist seine politische Karriere.«

Die Kommissare gingen am Ufer entlang zurück zum Parkplatz neben dem Kindergarten. Eine Gruppe von Knirpsen spielte auf der Wiese Fußball, und plötzlich flog der Ball über den Zaun und landete vor Louis' Füßen. Er kickte ihn zurück. Ein kleiner Junge in einem tomatenroten T-Shirt fing ihn geschickt auf und winkte ihm zu. »*Merci*, Monsieur!« Louis grüßte grinsend zurück.

Sie fuhren über die Autobahn nach La Rochelle, da sie so schnell wie möglich mit Le Maître sprechen wollten. Der ehrgeizige Politiker war zum jetzigen Stand der Ermittlungen ihr Hauptverdächtiger.

Als sie die pittoreske Hafenstadt erreicht hatten, passierte Mélanie auf der Umgehungsstraße die Altstadt des einstigen Hugenottenzentrums mit der von drei Türmen gesäumten Hafeneinfahrt, ihrem mediterranen Flair und arkadengesäumten Straßen. Sie war im Sommer ein beliebtes Touristenziel.

Die Sommerresidenz von Raphaël Le Maître, das Château de Cramahé, befand sich nördlich von La Rochelle und lag auf einem grünen Hügel, von dem aus man einen weiten Blick auf den Ozean und die Île de Ré hatte. Auf dem flachen Ziegeldach saßen vier Kamine, auf denen ein Möwenschwarm gerade eine Pause einlegte. Inmitten des bekiesten Vorplatzes gab es ein Rondell, das mit Sommerblumen bepflanzt war. Das gepflegte Anwesen strahlte eine zurückhaltende Eleganz aus.

Mélanie parkte neben einem schwarzen BMW der Luxusklasse. Sie stiegen aus und sahen sich um. An die rechte Seite des Château schmiegte sich ein Wintergarten, der mit Palmen, Bananenstauden und Zitronenbäumchen begrünt war und dessen Glastüren offen standen. Ein Mann und eine Frau saßen sich auf cremefarbenen Ledersofas gegenüber. Auf dem Tisch standen zwei Gläser mit Pastis und eine Karaffe Wasser.

Bei dem Mann mit dem hageren Gesicht und den hellen kurzen Haaren, der eine sandfarbene Cargohose und ein blaues Poloshirt trug, handelte es sich um Raphaël Le Maître. Er war ihnen aus Presse und Fernsehen bekannt. Die Frau war Claire Le Maître, die bei offiziellen Anlässen häufig an seiner Seite zu sehen war. Dabei war sie immer elegant gekleidet, gut frisiert und dezent geschminkt. Jetzt trug sie eine ausgefranste Jeans, ein weites Hemd, und sie hatte sich ein Tuch um die rötlichen Haare geschlungen. Sie war blass, und ihre Gesichtszüge wirkten verhärmt. Offenbar waren die beiden gerade in einen heftigen Streit vertieft und bemerkten die Besucher zunächst nicht.

»Dein Flittchen hat angerufen«, schrie sie ihren Mann an. Ihre Stimme klang schrill und etwas verwaschen. »Ich habe genug von deinen Affären! Morgen werde ich unseren Anwalt aufsuchen und die Scheidung einreichen.«

Die Stimme des Staatssekretärs war kalt wie Gletschereis. »Das wirst du nicht tun, Claire. Du wirst weiterhin die glückliche Frau an meiner Seite spielen. Du wirst repräsentieren und genau das tun, was ich dir sage. Ansonsten mache ich dich fertig. Ohne mich bist du ein Nichts, vergiss das nie.«

Sie trank ihr Glas in einem Zug leer und schenkte sich nach. »Du widerst mich an.«

»Du mich auch.«

Castelot hatte genug gehört und klopfte mit der Faust an die Glasscheibe. »*Bonjour*, Madame et Monsieur.«

Le Maître fuhr herum und starrte sie feindselig an. »Wo zum Teufel steckt die Security?«

»Du hast sie vor ein paar Minuten weggeschickt«, erinnerte seine Frau ihn. »Du wolltest alleine sein.«

Genervt fuhr er sich durch das schüttere Haar und blaffte Pauline Castelot an.

»Verschwinden Sie sofort von meinem Grundstück, sonst rufe ich die Polizei und lasse Sie entfernen. Sie werden eine Anzeige wegen Hausfriedensbruch bekommen.«

Castelot zückte ihren Dienstausweis und hielt ihn hoch. »Machen Sie sich keine Mühe, die Polizei ist schon da. Madame le Commissaire Castelot von der *police judiciaire* Bordeaux.« Sie stellte ihre Kollegen vor. »Wir müssen dringend mit Ihnen sprechen.«

»Aber ich will nicht mit Ihnen sprechen. Ich bin ein bekannter Politiker und verbringe hier meinen wohlverdienten Urlaub. Lassen Sie sich von meiner Sekretärin einen Termin geben, wenn ich wieder in Paris bin.«

»Entweder wir reden hier, oder ich nehme Sie mit auf die Wache. Suchen Sie es sich aus.«

»Das dürfen Sie nicht.«

»Mein Team und ich leiten eine Mordermittlung,

in deren Rahmen wir Sie befragen müssen. Kommen Sie bitte mit.«

Beschwichtigend hob er die Hände. Ein charismatisches Lächeln breitete sich auf seinem Gesicht aus.

»Wir wollen doch nicht, dass die Angelegenheit eskaliert. Sprechen wir wie vernünftige Menschen miteinander. Lassen Sie uns einen Kaffee zusammen trinken, und Sie erklären mir, worum es geht.« Mit aufgesetzter Freundlichkeit wandte er sich an seine Frau. »Die Haushaltshilfe hat frei. Bist du so lieb und kochst Kaffee für uns, *ma chérie*?«

Kommentarlos erhob sie sich und verschwand im Haus. Leroy hatte den Eindruck, dass sie leicht schwankte. Der Politiker wies auf die Sitzgruppe.

»Nehmen Sie doch bitte Platz.«

Während sie auf Claire und den Kaffee warteten, erzählte Le Maître von seinem Carrelet, einer Fischerhütte auf Stelzen unten am Meeresufer, wo er gerne angelte, die Ruhe genoss und sich erholte. Das Politikerleben sei ungeheuer strapaziös. Nachdem seine Frau die Kaffeetassen gefüllt hatte, begann Pauline Castelot ohne Umschweife mit der Befragung.

»Wie ich bereits erwähnt habe, ermitteln wir in einem Mordfall.«

Der Politiker unterbrach sie. »In welchem Mordfall?«

Seine Frau bedachte ihn mit einem bitterbösen Blick. »In welchem wohl? Mein Bruder ist tot. Das wirst du doch nicht vergessen haben?« Sie wandte sich mit feuchten Augen an die Kommissare. »Ich habe Christophe geliebt, sein Tod bricht mir das Herz.«

Ihr Mann sah sie irritiert an. »Ich weiß, wie schlimm das für dich ist, ich habe ihn auch gemocht. Aber wieso Mordfall?« Sein Ton war sanft und verständnisvoll. »Er war betrunken und ist die Festungsmauer hinabgestürzt. Es war ein tragischer Unfall.«

Castelot ergriff erneut das Wort. »Es gibt Hinweise auf ein Tötungsdelikt.«

»Welche Hinweise?«

»Über laufende Ermittlungen dürfen wir keine Auskunft geben.«

Auf ihr Zeichen hin breitete Rocard die belastenden Unterlagen auf dem Tisch aus. Claire Le Maître warf einen Blick darauf und wurde kalkweiß im Gesicht. Ein Auge ihres Mannes zuckte kurz unkontrolliert, dann nahm sein Gesicht wieder einen gelassenen Ausdruck an.

»Was soll das? Das sind die Arbeitszeitkarten meiner Frau und meines Sohnes. Sie sind in meinem

Büro beschäftigt und leisten gute Arbeit. Das ist alles völlig legal.«

Rocard ging ihn direkt an. »Das ist nicht legal. Die Arbeitszeitkarten sind gefälscht, weder Ihre Frau noch Ihr Sohn haben jemals für Sie gearbeitet. Sie wurden jedoch sehr großzügig entlohnt.«

»Aber Monsieur le Commissaire, das ist doch Unsinn! Sie sehen selbst meine Unterschrift.«

»Genau diese Unterschrift wird Ihnen das Genick brechen. Wir haben eine Zeugin, die den Betrug bestätigt.«

Er feixte. »Etwa Lydie Gaultier? Diese einfältige junge Frau? Vergessen Sie es. Sie unterschätzen meinen Einfluss.«

Rocard sah ihn mit ernster Miene an. »Wir werden die belastenden Unterlagen an die Kollegen vom Betrugsdezernat weiterleiten. Ihre politische Karriere ist beendet.«

»Das werden wir sehen.«

»Monsieur Le Maître«, sagte Castelot, »wie mein Kollege gerade gesagt hat, um die Verschwendung von Steuergeldern kümmern sich andere. Wir ermitteln wegen des Tötungsdeliktes an Christophe du Plessis. Ihr Schwager hat Sie mit diesen Papieren erpresst. Er wollte damit an die Öffentlichkeit gehen, wenn Sie sich weigern würden, ihm Aufträge zu verschaffen. Deshalb haben Sie ihn getötet. Sie haben ein starkes Mordmotiv.«

Castelot war sich bewusst, dass ihnen für diese Behauptung noch die Beweise fehlten. Aber sie hoffte, die direkte Beschuldigung würde Le Maîtres Fassade zum Einsturz bringen. Doch er schwieg.

Claire sah ihren Mann an. »Sag, dass das nicht wahr ist.«

»Natürlich ist das nicht wahr. Du hältst mich doch nicht für einen Mörder?«

»Wo waren Sie in der Nacht vom neunundzwanzigsten August auf den dreißigsten August?«

»Hier, natürlich. Meine Frau kann das bezeugen. Sag doch was, Claire.«

Die Frau presste die Lippen zusammen. Dann nickte sie. »Er war hier, das bezeuge ich.«

Damit hatte Castelot gerechnet. »Ich muss Sie auffordern, mit uns zu kommen, Monsieur Le Maître. Wir wollen Sie alleine befragen und ein Protokoll anfertigen, das Sie unterschreiben müssen.«

»Ich weigere mich. Wie Sie wissen, genieße ich politische Immunität, deshalb ist eine Strafverfolgung nicht möglich. Sie überschreiten Ihre Befugnisse eklatant.«

»Wir wollen nur mit Ihnen reden. Unser Vorgesetzter, der Polizeipräfekt des Départements Gironde, wird sich darum kümmern, dass Ihre Immunität vom Parlament aufgehoben wird.«

»Ich bestehe darauf, meinen Anwalt hinzuzuziehen.«

»Rufen Sie ihn an.«

Er griff nach dem Smartphone, das neben seiner Kaffeetasse lag, und suchte nach der entsprechenden Nummer. Als jemand den Anruf entgegennahm, verlangte er seinen Anwalt. Nach einem Wortwechsel beendete er das Gespräch und warf das Handy wütend auf den Tisch. »Er ist nicht zu sprechen. Wofür bezahle ich ihn eigentlich?«

»Ich fordere Sie noch einmal auf, uns zu begleiten«, beharrte Castelot. Sie und ihr Team erhoben sich.

Pierrot griff nach seinem Arm. »Seien Sie doch vernünftig«, bat er den Mann. »Wir machen nur unsere Arbeit.«

Claire Le Maître beobachtete die Szene fassungslos.

Ihr Mann schüttelte den Kommissar ab. »Fassen Sie mich nicht an!«, brüllte er. »Das ist reine Schikane. Dieses Verhalten wird Konsequenzen haben, ich mache Sie fertig, Sie alle! Sie können froh sein, wenn

Sie in Zukunft in der Provinz Knöllchen schreiben dürfen.«

Louis umfasste erneut seinen Arm, doch der Mann riss sich los, sprang auf, rannte durch den Ausgang des Wintergartens auf sein Fahrzeug zu und drückte dabei auf den Türöffner. Er startete den Motor, gab Vollgas und raste die Auffahrt hinunter, bis er hinter einer Hecke verschwunden war. Er hinterließ eine gelbgraue Staubwolke.

Nach einem Überraschungsmoment folgten sie ihm. Mélanie saß konzentriert am Steuer und fuhr so schnell, wie es die Schotterpiste zuließ. Der Dienstwagen, ein Citroën der gehobenen Klasse, hatte nicht so viele PS wie der BMW, aber die Kommissarin war eine exzellente und risikobereite Fahrerin. Nachdem sie um das Buschwerk geschleudert war, hatte sie ihn in Sichtweite und gab Gas. Pauline, die auf dem Beifahrersitz saß, setzte das Blaulicht auf das Dach und schaltete es ein, ebenso wie die Polizeisirene. Dann fixierte sie gebannt den Fluchtwagen, der abbremsen musste, um auf die Landstraße abzubiegen, und gleich darauf beschleunigte. Mélanie tat es ihm gleich und trat das Gaspedal durch. Dadurch gelang es ihr trotz der kurvenreichen Strecke, den Abstand zu verringern. Nach einer scharfen Linkskurve näherte sich Le

Maître einem Traktor und hupte mehrfach, doch das Gefährt zockelte unbeirrt weiter. Also setzte er zum Überholen an, obwohl ihm ein Kleintransporter entgegenkam. Durch sein riskantes Manöver drängte er den Wagen von der Straße, der dank des flachen Banketts auf eine Wiese rollte und dort zum Stehen kam. Der Fahrer sprang heraus und drohte mit der Faust, doch Le Maître war schon über alle Berge. Auch Mélanie überholte den Traktor, schaltete in den zweiten Gang zurück und beschleunigte derart schnell, dass es ihre Kollegen in die Sitze drückte. Ein Pappelwäldchen rauschte vorbei.

»Wo will er nur hin?«, überlegte Frédéric.

»Ich habe keine Ahnung«, erwiderte Pauline und studierte weiter die Straßenkarte auf ihrem Handy.

»Wenn er auf die Autobahn gewollt hätte, hätte er an der Einfahrt auf die Landstraße rechts abbiegen müssen. Hier kommt nur noch ein Dorf, dahinter ist das Meer. Eigentlich kann er dann nur noch auf der schmalen gewundenen Küstenstraße weiterfahren. Da nutzen ihm die vielen PS seines Autos nichts.« Grübelnd schüttelte sie den Kopf. »Ich verstehe das nicht. Was hat er vor?«

»Er hatte keine Zeit, sich darüber Gedanken zu machen«, meinte Louis. »Er improvisiert.«

Die beiden Fahrzeuge rasten mit einem Abstand von etwa hundert Metern über eine Brücke, deren Holzplanken unter ihnen rumpelten. Ein Mountainbiker sprang gerade noch rechtzeitig vom Rad und drückte sich an das Geländer. Zwei Mädchen, die in einem orangen Kajak auf dem Flüsschen paddelten, sahen ihnen verblüfft hinterher. Dann erreichte der Flüchtige die Ortschaft L'Houmeau und fuhr mit viel zu hoher Geschwindigkeit die Hauptstraße entlang. Mélanie bremste ab und fuhr etwas vorsichtiger. Sie wollte auf keinen Fall ein Kind, das unvermittelt auf die Straße rennen konnte, überfahren. Das Risiko nahm sie nicht in Kauf, selbst wenn Le Maître ihr entwischte. Sie würden ihn so oder so finden. Und schon geschah das, was sie befürchtet hatte: Ein kleines Mädchen riss sich von der Hand eines Mannes los und lief auf die Straße direkt vor den BMW. Bremsen kreischten, Le Maître verriss das Lenkrad und wich der Kleinen aus. Dabei gerieten zwei Räder auf den Gehweg, und der Wagen fuhr in eine Blumenauslage, die unter dem Aufprall zerbarst. Rosen, Lilien und Farnwedel wirbelten durch die Luft und landeten auf der Straße. Ein Mann lief aus dem Geschäft und sah entsetzt auf das Chaos. Wieder zurück auf der Hauptstraße trat Le Maître erneut auf das Gaspedal. Mélanie atmete auf, als sie das Dorf endlich hinter sich gelassen hatten. Sie holte auf. Der Fluchtwagen fuhr mit quietschenden Reifen in einen Kreisverkehr und nahm die erste Ausfahrt. Jetzt war klar, wohin er wollte. Die Straße führte zu der Brücke, über die man zur Île de Ré gelangte. Die Wolken über der Bucht bildeten ein gewaltiges Kuppelfresko, durch das Sonnenstrahlen brachen, diffuses Licht verbreiteten und das Wasser silbrig glitzern ließen. Ein Segelboot am Horizont sah aus wie ein Spielzeug. Wellen donnerten gegen die Pfeiler.

»Was will er auf der Insel?«, fragte Louis. »Wenn wir die Brücke sperren lassen, kommt er dort nicht mehr weg.«

»Vielleicht kennt er dort jemanden, bei dem er sein Fahrzeug verstecken kann und der ihn mit einem Boot zum Festland zurückbringt oder zu einer anderen Insel fährt«, mutmaßte Pauline. »Womöglich will er untertauchen.«

Schon hatten sie die Zufahrt auf die gebührenpflichtige Brücke erreicht. Vor der Mautstation warteten mehrere Fahrzeuge in einer Schlange auf Durchlass. Le Maître bremste den Wagen ab und rollte auf das Stauende zu.

»Jetzt haben wir ihn«, freute sich Mélanie, als der

BMW plötzlich ausscherte, beschleunigte und auf eine Absperrung zuraste. Krachend durchbrach er die rot-weiß gestreifte hölzerne Barriere, lenkte auf die Straße zurück und fuhr auf die Brücke, die drei Kilometer lang war und das Festland in kühnem Bogen mit der Insel verband. Ohne zu zögern, folgte Mélanie ihm und fiel etwas zurück, da er jetzt seine PS ausspielen konnte. Pauline sah die Brückenpfeiler mit furchterregender Geschwindigkeit an sich vorbeiziehen. Le Maître fuhr an die zweihundert Stundenkilometer, was angesichts des stürmischen Windes, der über die Brücke fegte, lebensgefährlich war. In dieser Situation konnte Mélanie ihn nicht einholen, aber sie hielt immerhin mit. Durch eine Böe geriet der Citroën für Sekunden ins Trudeln, dann stabilisierte sie ihn und setzte die Verfolgung fort. »Ich kriege dich«, schwor sie. »Spätestens am Ende der Brücke.«

Plötzlich, als sie den Scheitelpunkt hinter sich gelassen hatten, die Brücke sich zur Insel neigte und die Pfeiler auf dem Festland nicht mehr weit entfernt waren, kam der BMW ins Schleudern und schoss auf das linke Geländer zu. Le Maître riss das Lenkrad herum, übersteuerte den Wagen, durchbrach die rechte Leitplanke, und der BMW beschrieb einen Bogen in der Luft, um kurz darauf senkrecht in die Tiefe zu stürzen.

Pauline sah entsetzt auf den Durchbruch. Mélanie legte eine Vollbremsung hin. Sie stürzten aus dem Fahrzeug und blickten hinunter. Louis hatte bereits sein Smartphone am Ohr und forderte Hilfe an. Der BMW war nur wenige Meter vom Ufer entfernt auf dem Dach gelandet und versank im Zeitlupentempo im aufgewühlten Wasser. Männer, die auf der Mole gestanden und geangelt hatten, sprangen auf und rannten in die Brandung. Als sie den BMW beinahe erreicht hatten, ging ihnen das Wasser bis zu den Schultern.

»Los, wir fahren hinunter und helfen Ihnen«, entschied Pauline. »Wer weiß, wie lange es dauert, bis Hilfe kommt.«

Als sie nach wenigen Minuten den kleinen Hafen von Rivedoux erreichten, näherte sich auch schon ein Feuerwehrauto, das zufällig auf Bewegungsfahrt gewesen war und dessen Insassen den tragischen Unfall beobachtet hatten. Sie stiegen aus, holten aus dem Laderaum einen Spreizer und eine Rettungsschere und rannten mit den schweren sperrigen Geräten ins Wasser. So schnell sie konnten, wateten sie auf den Unfallwagen zu. Inzwischen waren auch die Räder untergetaucht.

»Wir bekommen die Fahrertür nicht auf!«, rief ein Angler ihnen zu.

»Solange der Wagen nicht bis oben mit Wasser vollgelaufen ist, ist der Gegendruck zu groß. Ihr könnt hier noch stehen. Wir müssen die Tür aufstemmen. Beeilt euch!«

»Alles klar«, rief ein Feuerwehrmann.

Zwei Feuerwehrfrauen und zwei Männer verschwanden im Wasser, setzten den Spreizer an und hebelten sekundenschnell die Tür auf. Dann wurde der Gurt durchgeschnitten und die Airbags entfernt. Gemeinsam zogen sie den bewusstlosen Mann aus dem Wrack. Sie hielten seinen Kopf über Wasser. Eine Feuerwehrfrau legte zwei Finger auf seine Halsschlagader. »Er lebt«, sagte sie erleichtert.

Mit Daumen und Zeigefinger bildete sie einen Kreis und hielt die Hand hoch. Die Kommissare, die am Ufer standen, verstanden die Botschaft.

Le Maître wurde an Land transportiert, wo der gerade eingetroffene Krankenwagen bereitstand. Sofort wurde er auf eine Trage gelegt, erstversorgt und mit einer goldenen Wärmeplane zugedeckt. Sein Gesicht hatte jede Farbe verloren. Die Lippen waren blau, die Augen geschlossen.

Pauline Castelot stellte sich und ihr Team vor und erzählte, was passiert war.

»Wie geht es ihm?«, fragte sie die Notärztin.

»Er ist nahezu unversehrt. Ob er innere Verletzungen davongetragen hat, kann ich noch nicht sagen, allerdings deutet nichts darauf hin. Die Feuerwehrleute haben erzählt, dass das Fahrzeug mit zahlreichen Airbags ausgestattet war. Diese Schutzvorrichtungen haben ihm womöglich das Leben gerettet. Wir werden ihn jetzt in das Krankenhaus von La Rochelle bringen. Ich gehe davon aus, dass er das Bewusstsein bald wiedererlangen wird.«

Sie sahen zu, wie der Rettungswagen im Schritttempo über den Strand holperte. Die Feuerwehrleute packten ihre Gerätschaften ein und winkten zum Abschied. Die Angler wollten zu Hause in trockene Kleider schlüpfen und sich dann in der Hafenkneipe auf ein Glas Wein treffen. Ein so tragisches Ereignis musste besprochen und ihr beherztes Eingreifen gefeiert werden. Ohne sie wäre der Mann vielleicht ertrunken.

Kurz darauf traf ein Abschleppwagen mit einem Kran ein, der den BMW aus dem Wasser zu ziehen begann. Schaulustige hatten sich am Ufer versammelt und beobachteten die Aktion mit großem Interesse.

Währenddessen fuhren zwei Gendarmen auf Motorrädern die Promenade entlang, hielten an und stiegen ab. Nachdem sie die Bikes aufgebockt hatten, kamen sie mit energischen Schritten auf die Kommissare zu. Der Ältere der beiden hatte vor Zorn ein puterrotes Gesicht und fuhr sie an: »Sie bekommen eine Anzeige wegen Sachbeschädigung, Leistungserschleichung und mehrerer Verstöße gegen die Straßenverkehrsordnung.«

Pauline zeigte ihren Ausweis und erklärte die Situation. Der Gendarm beruhigte sich ein wenig. »Einen Bericht müssen wir trotzdem schreiben.«

»Selbstverständlich, Kollege. Würden Sie bitte die Personalien der Retter aufnehmen?«

Der Kollege hatte inzwischen begriffen, wen er vor sich hatte, und salutierte. »Das wird sofort erledigt, Madame le Commissaire.«

»Merci.« Sie griff nach ihrem Handy und forderte eine Bewachung von Le Maître im Krankenhaus an. Es bestand Fluchtgefahr.

Louis legte den Arm um Mélanie. »Du bist super gefahren, du kannst nichts dafür.«

»Zum Glück ist er nicht tot«, sagte sie leise.

Langsam gingen sie zu ihrem Dienstwagen zurück.

Sie beschlossen, einen Kaffee trinken zu gehen und ihr weiteres Vorgehen zu besprechen. Außerdem brauchte Mélanie eine kurze Pause. Es hatte ihr einen gehörigen Schrecken eingejagt, als das Fahrzeug des Politikers plötzlich die Absperrung durchbrochen hatte und von der Straße verschwunden war.

In Rivedoux-Plage fanden sie ein schönes Café, das in die Dünen gebaut war und zwischen Strandastern auf Stelzen stand. Das Dach war mit Reet gedeckt, das von der Sonne ausgebleicht war. Durch die Dünen führte ein Plankensteg auf den fast menschenleeren Strand. Gewaltige Wellen rollten auf das Ufer zu und brachen sich donnernd. Gischt wirbelte durch die Luft. Sie befanden sich am südlichen Ende der Westseite der Insel, die den Gezeiten schutzlos ausgeliefert war. Eine rote Flagge flatterte im Wind: Baden war verboten.

Neben dem Steg lagen Segelschuhe, ein Sonnenhut und ein roter Rucksack, wie ein Stillleben im Sand. Dahinter wuchs Dünengras und zitterte im Wind. Von der dazugehörigen Frau war weit und breit nichts zu sehen.

Sie fanden einen freien Tisch unter einem Schirm. Nachdem Pauline Claire Le Maître angerufen hatte, um sie über den Unfall ihres Mannes zu informieren, bestellten sie Mokka und Madeleines.

»Wie hat sie die Nachricht aufgenommen?«, fragte Mélanie.

»Schwer einzuschätzen, sie hat nicht viel gesagt«, erwiderte ihre Chefin. »Ich glaube, sie war total schockiert. Nicht nur darüber, dass er einen Unfall hatte, sondern auch, dass er weggelaufen ist. Stell dir mal ihre Situation vor: der Bruder tot, eine Anzeige wegen Betrugs, Rückforderung der Gehälter, ihr Mann unter Mordverdacht. Da kommt einiges zusammen. Auf jeden Fall will sie gleich ins Krankenhaus fahren und ihn besuchen.«

»Ich glaube, dass sie bei dem Alibi für ihren Mann gelogen hat«, vermutete Louis. »Wie können wir herausfinden, ob er in Blaye war?«

»Gehen wir einmal davon aus, dass er auf der Autobahn gefahren ist«, entwickelte Frédéric eine Idee. »Über die Küstenstraße und durch die Dörfer braucht man eine Ewigkeit, bis man Blaye erreicht. Bei Royan die Fähre über die Gironde zu nehmen, ergibt überhaupt keinen Sinn.«

Louis legte den Kopf schief und sah ihn abwartend an. »Was willst du uns sagen?«

»Die Mautstellen werden mit Video überwacht, alle.«

»Natürlich!« Der junge Kommissar schlug sich mit der Hand gegen die Stirn. »Ich weiß auch, wo sich die Überwachungszentrale, *le centre d'observation vidéo*, für diese Region befindet, damit hatte ich schon einmal zu tun: in Marennes.«

»Das ist eine gute Idee«, sagte Pauline. »Am besten fahren wir gleich hin.«

Von der Île de Ré nach Marennes waren es etwa dreißig Kilometer. Sie fuhren auf der Autobahn bis Fouras und dann weiter auf der Landstraße in das Städtchen, das von einem hohen Glockenturm überragt wurde. Es lag in einem bedeutenden Austernzuchtgebiet am Mündungstrichter des Flusses Seudre. Die Landschaft war flach und wurde von Kanälen und aufgegebenen Salinen durchzogen.

Das Gebäude der Überwachungszentrale befand sich am Stadtrand neben einem Rugbyspielfeld und war in einem verspiegelten Würfel untergebracht, der den Himmel und die Wolken reflektierte. Auf dem Flachdach ragten Antennen und Funkmasten auf. Das gesamte Gelände war von einem hohen Eisenzaun umgeben, videoüberwacht und mit Bewegungsmeldern ausgestattet. Sie klingelten am Tor, und gleich darauf erkundigte sich eine weibliche Stimme aus der Gegensprechanlage nach ihrem Anliegen. Castelot hielt ihren Dienstausweis in die Kamera, stellte sie vor und erklärte, was sie hergeführt hatte. Ein Summen ertönte, und die Tür öffnete sich.

Am Haupteingang nahm eine junge Frau in einem eleganten Hosenanzug sie in Empfang. Ihre schulterlangen Haare umrahmten ihr hübsches Gesicht. Das Namensschild am Revers wies sie als Angélique Latour, Sicherheitsdienst, aus.

»Willkommen«, sagte sie. »Sie interessieren sich für Videoaufzeichnungen an Mautstellen in einem bestimmten Gebiet.«

»Genau«, erwiderte Castelot. »Es handelt sich um die Départements Charente-Maritime und Gironde, genauer gesagt um den Autobahnabschnitt La Rochelle bis Blaye.«

»Ich verstehe. So einfach geht das aber nicht, Sie brauchen einen richterlichen Durchsuchungsbeschluss.«

»Wir ermitteln in einem Mordfall und müssen dringend ein Alibi überprüfen. Was halten Sie davon, wenn ich den Richter anrufe und ihm erkläre, wofür wir den Beschluss brauchen? Wenn er einverstanden ist, kann er ihn per Fax schicken lassen, das Original reichen wir nach.«

»Auf diese Weise wäre es machbar.«

»Gut.« Pauline griff nach ihrem Handy. Sie hatte

Glück und erreichte den Richter tatsächlich persönlich. Nach wenigen Minuten war die Angelegenheit geklärt, und das Fax würde in Kürze eintreffen.

Madame Latour nahm den Faden wieder auf. »Dann geht es also um die A 83 von La Rochelle bis Saintes, und um die A 10 von Saintes bis zur Ausfahrt Blaye?«

»Exakt.«

»Kommen Sie bitte mit.«

Sie führte sie durch eine Eingangshalle, in der moderne Kunst hing, weiter durch einen langen Korridor in einen Raum, in dem an zwei Wänden quadratische Bildschirme dicht an dicht aufgereiht waren. Madame Latour wies darauf.

»Diese Bilder stammen von allen Mautstationen in den Départements Charente-Maritime und Gironde. Es handelt sich um Echtzeitaufnahmen. Wir können uns natürlich auch andere Zeitabschnitte ansehen, die Sie interessieren.«

»Welche Aufgaben haben Sie genau?«, erkundigte sich Rocard.

»Die Betreiber VINCI und ASF haben sich zum Ziel gesetzt, für die Menschen, die die Autobahnen benutzen und dafür bezahlen, einen hohen Standard an Sicherheit zu gewährleisten. Deshalb werden Mautstationen, Notrufsäulen, unfallträchtige

Straßenabschnitte sowie Toilettenanlagen auf Rastplätzen videoüberwacht. Ein weiterer Grund ist der zunehmende Vandalismus, der extrem hohe Kosten verursacht, besonders die Graffiti. Wir haben zu allen Mautanlagen Funkkontakt, um Hilfe zu leisten. Personen vor Ort haben Bereitschaftsdienst, und es gibt eine Verbindung zu allen Gendarmerien auf der Strecke.«

»Das ist sehr interessant, haben Sie vielen Dank.«

Sie setzte sich an eine Schaltzentrale, drückte einige Knöpfe und rief das entsprechende Autobahnnetz auf. Dabei wirkte sie hoch konzentriert.

»Wir haben auf der Strecke folgende Mautstellen: Auffahrt La Rochelle, Tonnay, Saintes, Mirambeau, Ausfahrt Blaye. Jetzt brauche ich ein Zeitfenster von Ihnen.«

Pauline überlegte. Christophe du Plessis war in der Nacht vom neunundzwanzigsten auf den dreißigsten August zwischen zwei und drei Uhr gestorben. Sie wandte sich an die Sicherheitsangestellte und nannte ihr den entsprechenden Zeitraum.

»Alles klar. Von La Rochelle bis zur Ausfahrt Blaye sind es ungefähr hundertvierzig Kilometer, dafür braucht man bei einem normalen Verkehrsaufkommen ungefähr eine Stunde und fünfzehn Minuten.«

Sie gab die gewünschte Zeit und den Standpunkt ein, und das aufgezeichnete Video begann zu laufen. Die Aufzeichnung war ein wenig grobkörnig, die Insassen waren aber gut zu erkennen. An der Auffahrt La Rochelle reihte sich Fahrzeug um Fahrzeug in die Schlange ein, der Fahrer zog ein Ticket, die Schranke öffnete sich, und er fuhr weiter. Um zwanzig Uhr dreizehn Uhr tauchte ein bekanntes Gesicht auf: Es war Raphaël Le Maître, der angespannt wirkte und mit den Fingern auf das Lenkrad trommelte, während er darauf wartete, dass das Ticket im Schlitz erschien. Er griff danach und passierte die Station.

»Sieh mal an«, sagte Mélanie. »Von wegen, er war zu Hause bei seiner Frau.«

Er tauchte nach gewissen Zeitabständen an den weiteren Stationen auf, bis er die Autobahnausfahrt Blaye erreichte, mit Kreditkarte zahlte und aus dem Blickfeld der Kamera verschwand.

»Es hat lange gedauert, bis er die Ausfahrt Blaye erreichte«, stellte Louis fest. »Zu lange.«

»Vielleicht hat er an einer Tankstelle angehalten oder sich etwas zu trinken geholt«, überlegte Pauline.

»Die Tankstellen verfügen alle selbst über eine Videoüberwachung«, erklärte Madame Latour. »Darauf haben wir keinen Zugriff.« Sie lächelte. »Es existiert noch eine Möglichkeit. Am Rastplatz Mirambeau gibt es eine Autobahnkapelle. Die zuständige Kirchengemeinde hat bei uns angefragt, ob wir sie videoüberwachen könnten, da durch Vandalen immer häufiger die Einrichtung beschädigt wurde oder Diebe Teile der Ausstattung stahlen. Der Pfarrer war zunächst strikt dagegen. Er wollte auf keinen Fall, dass Gläubige in ihrer Andacht gefilmt werden. Doch nachdem das Kreuz mit rotem Autolack besprüht worden war und ausgetauscht werden musste, gab er nach. Wollen Sie die Aufnahme sehen?«

»Ja«, bat Castelot.

Die Frau gab einige Befehle ein, und die Aufzeichnung einer Kamera erschien. Es war einundzwanzig Uhr drei. Sie zeigte das Innere der Kapelle: einen Altar mit brennenden Kerzen und frischen Blumen sowie fünf hintereinander aufgereihte Bänke. Ein Pärchen saß in der letzten Reihe und küsste sich leidenschaftlich. Dann erhob es sich, zündete im Eingangsbereich eine Kerze an und warf einige Münzen in einen Schlitz. Schließlich verließ es die Kapelle.

Fünf Minuten später öffnete sich das Portal, und Le Maître trat in die Kirche. Er ging zum Altar, kniete nieder, betete und blickte auf das Kreuz. Auf der Aufnahme der Frontalansicht wirkte er regelrecht verzweifelt. Nach einer Weile stand er auf, bekreuzigte sich und ging.

Pierrot schüttelte den Kopf. »Es ist nicht zu fassen«, sagte er. *Der Mann betet auf dem Weg zu einem Mord*, empörte er sich in Gedanken.

Angélique Latour wandte sich an die Polizisten. »Wollen Sie wissen, ob der Mann zurückgefahren ist?«

»Auf jeden Fall«, entgegnete Mélanie.

»Welchen Zeitraum soll ich eingeben?«

»Sagen wir zwei Uhr bis zehn Uhr.«

»Okay, gleich kommen die Aufnahmen.« Sie ließ sie schnell durchlaufen, da von Le Maître zunächst nichts zu sehen war. Das änderte sich um acht Uhr sieben, als er an der Autobahnauffahrt Blaye ein Ticket zog. Sie verfolgten seinen Weg, bis er bei La Rochelle die Autobahn verließ. Der Kapelle hatte er auf dem Rückweg keinen weiteren Besuch abgestattet.

Die Polizisten bedankten sich bei Madame Latour, die sie zum Ausgang begleitete. Sie versicherte den Kommissaren, dass sie ihnen umgehend Kopien der Aufnahmen schicken würde.

Als Louis die Straße erreichte, in der er wohnte, hatte sich die Dunkelheit bereits über Bordeaux gesenkt. Er parkte seinen betagten schwarzen Citroën auf dem Dauerstellplatz in der Tiefgarage und ging den von Silberpappeln gesäumten Boulevard entlang zu seinem Hausboot. An den Baumstämmen lehnten Fahrräder, auf der anderen Seite erhoben sich cremefarbene klassizistische Gebäude. Das Boot lag an einem Seitenkanal der Garonne und war fest am Ufer verankert und vertäut. Die Außenwände hatte er pfauenblau gestrichen, die Sprossenfenster und die Türen weiß. Zum Kanal hin gab es eine Terrasse aus Holz, die dicht über der Wasseroberfläche schwebte und auf der bunt glasierte Tontöpfe mit Blumen, Gemüse und Kräutern standen. An einer Strebe der Leiter, die von dem Freisitz aus in das Wasser führte, war ein Kajak festgebunden. Er benutzte es selten, aber Mélanie paddelte hin und wieder damit durch das Kanalnetz. Seine liebste Freizeitbeschäftigung war das Drachenfliegen. Das Gefühl der Freiheit, wenn man schwerelos über den Himmel glitt, faszinierte ihn, und er konnte nicht genug davon bekommen. Eigentlich hatte er heute von der Düne von Pilat aus fliegen wollen, aber die Arbeit hatte ihn lange in Anspruch genommen, und jetzt war es zu spät.

Er dachte an die Videoaufzeichnungen von Le Maître und war immer noch seltsam irritiert davon, dass er eine Autobahnkapelle aufgesucht hatte. Warum hatte der Mann das getan? Wollte er Absolution?

Dicht neben seiner Unterkunft lag das moosgrüne Hausboot von Romy. Er überquerte den Steg und betrachtete das Schachbrett, das an der Seitenwand ihres Bootes befestigt war. Sie spielten oft eine Partie, und jeder machte einen Zug, wenn er am Brett vorbeikam und Lust dazu hatte. Persönlich liefen sie sich selten über den Weg. Er stellte stirnrunzelnd fest, dass sie einen seiner Bauern geschlagen hatte, der nun gekippt am Magnetbrett klebte. Nachdenklich besah er sich die Aufstellung, und ein zufriedenes Lächeln erschien auf seinem Gesicht. Mit seiner Dame schlug er ihren Läufer. Das würde ihr nicht gefallen.

Eine samtweiche Stimme erklang. »*Bonsoir*, Louis. Waren Sie so lange im Dienst?«

Er schaute um die Ecke und bemerkte sie auf ihrer Terrasse. »*Bonsoir*, Romy. Ja, es war ein langer Tag.«

»Haben Sie Lust auf ein Glas Bordeaux?«

»Sehr gerne.« Er setzte sich zu ihr an den Tisch, auf dem Teelichter im Abendwind flackerten und den Duft von Veilchen verbreiteten. Sie holte für ihn ein Glas aus der Küche und schenkte ihm ein.

»*A votre santé*«, sagte sie. Sie stießen an und genossen den trockenen Rotwein. Romy zeigte auf eine Platte, auf der sie Gänseleberpastete, Camembert, Kirschtomaten und frische Feigen angerichtet hatte. »Greifen Sie zu, Sie haben bestimmt Hunger nach dem langen Arbeitstag.«

»Wie ein Wolf«, bestätigte er lächelnd, griff nach dem Messer und bestrich eine Scheibe Baguette mit der Pastete. Herzhaft biss er hinein. »Köstlich! *Merci*, Romy.«

Sie schwiegen eine Weile, dann erkundigte er sich, wie ihre Geschäfte liefen. Sie sammelte Treibholz am Atlantikufer und bemalte es mit maritimen Motiven. Touristen liebten ihre Kunstwerke, besonders die weiß-blaue Serie, und sie verdiente sich damit ihren Lebensunterhalt. Zum Verkauf stellte sie einen einfachen Holztisch am Uferrand unter einer Silberpappel auf und arrangierte die ausgefallenen Stücke.

»Zurzeit laufen sie nicht so gut, ich kann es mir nicht recht erklären.«

»Das wundert mich, Ihre Kunst ist beeindruckend, und die Touristen bekommen ein schönes Souvenir.«

Sie zuckte mit den Schultern. Er musterte sie eingehend. Das schmale sommersprossige Gesicht mit den katzengrünen Augen, das von roten Locken umspielt wurde, die im Kerzenschein wie Flammen loderten, war noch blasser als sonst. »Was ist los, Romy? Sie machen einen besorgten Eindruck.«

»Ich will Sie nicht mit meinen Problemen belästigen, Louis. Es ist schon gut.«

»Nein, das ist es nicht. Wir sind Freunde, also heraus damit.«

Sie seufzte. »Ein Angestellter der Crédit Agricole stand heute unangemeldet vor der Tür und hat damit gedroht, dass die Bank mein Hausboot zum Verkauf anbieten wird.«

Er sah sie erschrocken an. »Warum?«

»Ich habe seit zehn Monaten die Raten nicht mehr bezahlt«, gestand sie, und es schien ihr sehr unangenehm zu sein. »Zwar wirtschafte ich sehr sparsam, aber das Geld reicht trotzdem nicht.«

»Welcher Betrag ist aufgelaufen?«

Sie zögerte und senkte den Blick. »Zweitausend Euro. Ich muss zweihundert im Monat bezahlen.«

Louis reagierte spontan. »Ich gebe Ihnen das Geld, das ist kein Problem.«

»Das ist lieb von Ihnen, Louis, aber das kann ich nicht annehmen.«

Das hatte er befürchtet, sie war eine stolze Frau. »Selbstverständlich können Sie das. Wenn die Geschäfte wieder besser laufen, zahlen Sie es einfach irgendwann zurück.«

Sie starrte auf ihr Weinglas, dessen Inhalt purpurrot funkelte. »Ich habe einen anderen Vorschlag.«

»Ja?«

»Im Haus gegenüber wohnt ein alter Mann, ich treffe ihn manchmal beim Einkaufen. Er kann kaum noch laufen und tut sich sehr schwer, mit seinem Leben zurechtzukommen. Panische Angst, dass er in ein Pflegeheim muss, treibt ihn um. Er sagt, das wäre sein Tod. Deshalb sucht er eine Haushaltshilfe. Einkaufen, putzen, kochen, die Wäsche machen. Er zahlt zwanzig Euro die Stunde. Ich habe den Job angenommen.«

»Und Ihre Kunst?«

»Dafür habe ich noch genug Zeit.«

»Sie haben dem alten Mann Hoffnung geschenkt.«

»Ja, das glaube ich auch.«

»Wie lautet Ihr Vorschlag?«

»Sie leihen mir das Geld, und ich zahle es nach und nach zurück.«

»Einverstanden.« Er hielt ihr seine Hand hin, und sie schlug ein. »Abgemacht.«

»Darauf stoßen wir an«, sagte er. Sie ließen die Gläser klirren, und er sah ihr in die Augen. Er war glücklich, dass sie wieder leuchteten. Dabei fiel ihm erneut auf, wie schön sie war.

Sie blieben noch lange sitzen und unterhielten sich über dies und das. Nach seiner Arbeit fragte sie nie, als wüsste sie, dass er darüber nicht sprechen wollte. Aus einem geöffneten Fenster auf der anderen Straßenseite erklang Gitarrenmusik, und der vanillegelbe Vollmond spiegelte sich im Kanalwasser, das der laue Wind kräuselte.

2. SEPTEMBER

Als Pauline kurz nach neun auf der Polizeistation eintraf, fand sie ihre Kollegen im Besprechungsraum. Mélanie und Frédéric diskutierten über den Fall, Louis saß vor seinem Laptop und sah, die Maus in der Hand, konzentriert auf den Bildschirm. Sie begrüßten sich, und Pauline setzte sich dazu.

Auf dem Tisch stand neben der Kaffeekanne eine Schokoladentarte. Liebevoll gespritzte Sahnehäubchen reihten sich auf dem Rand.

»*Mon Dieu*, habe ich einen Geburtstag vergessen?«, fragte sie.

»Nein, keine Sorge«, entgegnete Mélanie und schmunzelte. »Michelle hat ihn für uns gebacken, damit wir in dieser schwierigen Ermittlung bei Kräften bleiben.«

»Das ist lieb von ihr.«

»Ja.« Sie griff nach dem Tortenheber und verteilte die Stücke auf vier Teller.

»Was ist mit Michelle? Sie möchte doch sicherlich auch ein Stück Kuchen?«

Mélanie grinste. »Ihr neuer Lebensgefährte hat sich wohl in Bezug auf ihre Figur etwas unglücklich ausgedrückt. Sie fastet.«

Pauline schüttelte belustigt den Kopf. »Ich glaube es nicht.«

»Sie ist sehr verliebt.«

»Ja, ich weiß. Gibt es Neuigkeiten?«

»Nein, leider nicht. Frédéric und ich haben uns gerade gefragt, wie Raphaël Le Maître in der Mordnacht vorgegangen sein könnte. Wir sind der Meinung, dass es kompliziert für ihn gewesen sein muss, die Tat durchzuführen. Hat er du Plessis mit dem gespannten Draht eine Falle gestellt? Woher sollte er wissen, dass sein Opfer auf die Felsnase steigen würde? Wenn wir uns die Hypothese mit den beiden Hexen vorstellen – wie war das genau? Hat Le Maître sie dafür bezahlt, dass sie du Plessis dort hinauflocken?«

Frédéric schaltete sich ein. »Womöglich gibt es einen triftigen Grund, weshalb er so handelte. Dennoch beschäftigt uns die Frage, warum er es in Kauf genommen hat, Mitwisser zu haben.«

»Es könnten auch Komplizen gewesen sein«, merkte Mélanie an.

Frédéric sah skeptisch in die Runde. »Er hätte es sich auch einfacher machen können. Ihn erschießen, verschwinden lassen und die Waffe entsorgen, beispielsweise.«

»Womöglich fehlt uns noch ein Puzzleteilchen«, überlegte Pauline. »Fahren wir ins Krankenhaus und reden mit ihm. Er soll uns erzählen, was passiert ist. Haben wir Informationen, wie es ihm geht? Ist er vernehmungsfähig?«

»Ich habe vorhin mit dem Krankenhaus telefoniert«, berichtete Mélanie. »Es geht ihm den Umständen entsprechend gut. Er hat außer zwei angebrochenen Rippen keinen Kratzer und wird in den kommenden Tagen entlassen werden. Die hervorragende Ausstattung seines Luxus-SUV hat ihn gut geschützt.« Sie strich sich eine Haarsträhne aus dem Gesicht. »Ich bin sehr froh darüber.«

Pauline lächelte ihr aufmunternd zu. »Das kann ich gut verstehen. Ich schlage vor, wir machen uns auf den Weg.«

Dann fiel ihr Blick auf Louis, der bisher ganz gegen seine Art noch keinen Ton gesagt hatte. »Was machst du da eigentlich?«

»Einen Augenblick noch, bitte. Ich muss noch etwas überprüfen, dann erkläre ich es euch.«

Während seine Kollegen den Kuchen kosteten und sich einig waren, dass sie noch nie eine bessere Tarte gegessen hatten, arbeitete er am Computer weiter. Auf einmal stieß er einen Pfiff aus und rief: »Bingo!«

Mit einem triumphierenden Gesichtsausdruck winkte er die Kollegen zu sich. Sie stellten sich neben ihn und sahen neugierig auf den Bildschirm. Dort waren die Kopien der Aufzeichnungen zu sehen, die ihnen Angélique Latour vom Sicherheitsdienst der Überwachungszentrale geschickt hatte.

»Seht her«, forderte er sie auf. »Hier sehen wir die Aufnahmen von Le Maître als Standbilder an den Mautstationen: La Rochelle, Tonnay, Saintes, Mirambeau, Blaye. Ich habe mir die Fahrer in den Fahrzeugen hinter ihm in der Schlange näher angesehen, und mir ist etwas aufgefallen. Ich zoome sie näher, damit ihr die Gesichter besser erkennen könnt. Auffahrt La Rochelle: nichts Auffälliges, Station Tonnay: ebenso. Jetzt zu den Mautstellen Saintes, Mirambeau, Ausfahrt Blaye. Achtet auf die Männer, zuerst im Auto direkt hinter Le Maître, dann drei Autos hinter ihm und schließlich zwei Autos hinter ihm.«

Frédéric kniff die Augen zusammen und betrachtete die Personen. »Das ist ein- und derselbe Mann. Die dunklen, an den Seiten rasierten Haare, die Gesichtszüge, der Bart, der Hemdkragen. Kann das ein Zufall sein?«

»Möglicherweise, aber das ist unwahrscheinlich.«

»Wer ist der Mann?«

Louis grinste. »Ich habe sein Gesicht mit unseren Polizeidateien abgeglichen und einen Treffer erzielt. Der Mann ist vorbestraft und deshalb registriert. Er wurde vor einigen Jahren wegen Dealens mit kleineren Mengen Drogen am Bahnhof von Bordeaux zu einer dreijährigen Haftstrafe auf Bewährung verurteilt.«

»Sag schon, wer ist der Kerl?«, drängte Mélanie.

»Hamid Massour.«

Die Kommissarin durchforstete ihren Kopf. Der Name kam ihr bekannt vor. »Wer ist das?«

Pauline konnte sich an ihr Gespräch mit Madame du Plessis nur zu gut erinnern. »Der Bruder von Samira du Plessis heißt so. Aber es gibt sicher noch andere Männer mit diesem Namen.«

Louis meldete sich zu Wort. »Ich habe seine Daten aus der Polizeidokumentation mit denen im Einwohnermeldeamt in Saintes verglichen. Dort wohnt er jetzt, wie wir bereits wissen. Sie stimmen überein. Es handelt sich zweifelsfrei um ihren Bruder.«

»So wie es aussieht, hatte er dasselbe Ziel wie unser Staatssekretär«, stellte Frédéric fest. »Er fährt von seinem Wohnort Saintes auf der A 10 Richtung Bordeaux, passiert die Mautstelle Mirambeau und verlässt die Autobahn bei der Ausfahrt Blaye. Gibt es auch Aufzeichnungen über die Rückfahrt?«

»Nein, ich habe nichts gefunden.«

»Welches Motiv sollte er haben, du Plessis zu töten?«, fragte Mélanie.

»Sein Schwager hat seine Schwester verprügelt, laut ihrer Aussage nicht nur einmal, sondern immer wieder«, wusste Pauline.

»Louis, bitte spiel die Aufzeichnungen auf unsere Smartphones, wir brauchen sie später. Am besten teilen wir uns auf. Ich fahre mit Frédéric nach La Rochelle ins Krankenhaus. Mélanie und Louis machen sich auf den Weg nach Saintes und sprechen mit Hamid Massour. Anschließend treffen wir uns hier, um die Ergebnisse der Befragungen zusammenzufassen und auszuwerten. Alles klar?«

Sie nickten und packten ihre Sachen zusammen. Louis schnappte sich noch ein Stück von der Tarte.

Im Hinausgehen winkte er der Assistentin zu. »Der Kuchen ist ein Traum, Michelle.«

Sie strahlte über das ganze Gesicht.

Das Krankenhaus in La Rochelle befand sich in der Rue Thiers in der Nähe der Markthalle. Es bestand aus zwei schlichten weißen Blöcken, die durch einen Glasquader verbunden waren. Rocard parkte den Dienstwagen in der Tiefgarage und zog ein Ticket. Mit dem Aufzug gelangten sie in den Eingangsbereich, in dessen Mitte sich ein runder Empfangstresen erhob. In dem weitläufigen hellen Raum waren Pflanzenkübel mit Feigen- und Orangenbäumchen aufgestellt. Fröhliche Kinderzeichnungen in blauen Rahmen zierten die Wände. In einer Ecke neben dem Kiosk gab es eine Cafeteria, die gut besucht war. Die Terrassentüren standen weit offen, und auch draußen standen Sitzgruppen unter bunten Sonnenschirmen zwischen Oleandersträuchern.

Hinter dem Empfang saß eine Krankenschwester in einem Kittel und telefonierte. Als sie das Gespräch beendet hatte, wandte sie sich mit einem Lächeln den Besuchern zu.

»*Bonjour*, was kann ich für Sie tun?«

Castelot verzichtete darauf, sich auszuweisen. Es war unnötig, den Staatssekretär in diesem Umfeld zu kompromittieren, er hatte schon genug Probleme.

»*Bonjour*, wir möchten zu Monsieur Le Maître, Raphaël Le Maître.«

Die Frau wies auf die Terrasse. »Sehen Sie? Dort sitzt er, der Mann im weißen Bademantel unter dem gestreiften Schirm.«

Sie bedankten sich und betraten den Außenbereich. Als sie den Tisch erreicht hatten, an dem er alleine saß, blickte er auf. Pauline erschrak bei seinem Anblick. Er sah furchtbar aus, um Jahre gealtert mit tiefen Falten und einem bleichen Teint. Die sonst so wachsamen Augen blickten trübe. Er ließ die Schultern hängen. Bedächtig drückte er seine Gitanes aus.

»Die Kommissare aus Bordeaux. *Bonjour*! Das ist meine erste Zigarette seit zehn Jahren.« Er zeigte auf die freien Stühle. »Nehmen Sie bitte Platz. Wenn Sie etwas vom Kiosk möchten, bitte ich Sie, es selbst zu holen. Ich habe Schmerzen, wenn ich mich bewege.«

Castelot setzte sich, und Rocard besorgte zwei *café*

au lait. »Wo ist der Gendarm, der Sie bewachen soll?«, fragte sie.

»Er wollte sich eine Cola holen und mit seiner Frau telefonieren.«

Als Rocard zurück war, erkundigte er sich: »Wie geht es Ihnen?«

»Zwei Rippen sind angebrochen, alles halb so wild. Morgen werde ich entlassen, Claire holt mich ab.«

»Sie haben großes Glück gehabt, der Unfall hätte viel schlimmer ausgehen können.«

Er lächelte gequält. »Ich hatte wohl einen Schutzengel. Aber der kann mir jetzt auch nicht mehr helfen.«

»Warum sind Sie gestern geflüchtet?«, wollte Pauline wissen.

»Ich habe überreagiert, nicht nachgedacht. Ich weiß es nicht genau.« Er trank einen Schluck von seiner Orangina. »Verraten Sie mir, wer bei der Verfolgung den Wagen gesteuert hat? Das war keiner von Ihnen beiden, nicht wahr?

Soweit ich es im Rückspiegel sehen konnte, war es eine Frau mit dunklen Haaren.«

Rocard nickte. »Das stimmt. Warum interessiert Sie das?«

»Richten Sie ihr meinen Respekt aus, denn sie ist

eine erstklassige Fahrerin. Sie sollte sich für das Autorennen in Le Mans anmelden.« Nur er lachte heiser über seinen Scherz. »Wie geht es mit den Arbeitszeitkarten von Claire und Samuel weiter?«

»Unser Chef, der Polizeipräfekt des Départements Gironde, hat uns darüber informiert, dass das Parlament Ihre Immunität in den nächsten Tagen aufheben wird. Danach wird ein Strafverfahren gegen Sie wegen Betruges eingeleitet, gegen Ihre Frau und Ihren Sohn natürlich auch.«

Er seufzte. »Das war es dann.«

»Von unserer Seite aus geht es noch weiter«, merkte Castelot an. »Ihre Frau hat Ihnen für die Tatnacht ein Alibi gegeben. Wir haben es überprüft. Es stimmt nicht.«

Verärgert fuhr er hoch und zuckte vor Schmerz zusammen. »Selbstverständlich stimmt es. Sie wollen doch nicht behaupten, dass wir beide lügen?«

»Doch, das behaupte ich. Sehen Sie selbst.« Sie schaltete ihr Smartphone ein und zeigte ihm die Videoaufzeichnungen. Als Le Maître begriff, was er da sah, wurde er grau im Gesicht, und es verschlug ihm die Sprache. Castelot ergänzte die Bilder mit Worten. »Sie waren auf der Festungsanlage, als Christophe du Plessis getötet wurde. Oder wollen Sie behaupten, dass Sie einen Ausflug gemacht und sich ganz woanders aufgehalten haben? Wir werden Zeugen finden, die unseren Verdacht bestätigen. Darauf können Sie sich verlassen.«

Nervös rieb der Politiker sich die Hände und knickte angesichts des erdrückenden Beweismaterials ein. »Also gut, ja, ich war dort. Ich wollte mit ihm über die Erpressung sprechen. Es hat mir keine Ruhe gelassen, aber ich habe ihm nichts getan. Das müssen Sie mir glauben!«

»Haben Sie ihn getroffen?«

»Nein, an diesem Abend hielten sich unglaublich viele Menschen in der Zitadelle auf. In seiner Pension war er nicht. Ich wusste, dass er immer dort logiert.«

»Was haben Sie dann gemacht?«

»Ich habe mir ein Zimmer im Hotel Château Brenda genommen, es ist die nobelste Unterkunft in Blaye. Nachdem ich eingecheckt hatte, habe ich mir vom Zimmerservice eine Flasche Whisky bringen lassen.«

»Und dann?«

»Ich habe die halbe Flasche getrunken, ich war völlig fertig. Irgendwann bin ich einfach eingeschlafen. Das ist alles«

»Sie hätten problemlos das Hotel verlassen und Ihren Schwager töten können«, übernahm Rocard.

»Das habe ich aber nicht.« Seine Stimme hatte einen aggressiven Unterton. »Meine Karriere ist zu Ende, aber ein Mörder bin ich nicht.«

»Wir werden Ihre Angaben überprüfen.«

»Tun Sie das, ich habe dort schon öfter gewohnt, das Personal kennt mich.«

»Sie haben in dem Hotel übernachtet, wie ging es dann weiter?«

»Am nächsten Morgen habe ich ein kleines Frühstück zu mir genommen, anschließend habe ich ausgecheckt und bin nach La Rochelle zurückgefahren.«

Die Videoaufzeichnungen bestätigten diese Aussage. »Eines würde mich noch interessieren«, sagte Rocard.

Le Maître sah ihn resigniert an. »Was denn?«

»Was wollten Sie in der Kapelle?«

»Ich habe gebetet, dass ich meinen politischen Aufstieg noch retten kann.«

»Wie schätzen Sie die Situation jetzt ein?«

Er blickte vage in die Ferne. »Es ist vorbei.«

»Das sehe ich auch so.«

Castelot ergriff das Wort. »Hatten Sie auf dem Festungsgelände Kontakt zu Hexen?«

Er sah sie irritiert an. »Zu Hexen? Was ist denn das für eine Frage?«

»Ich rede von einer Hexe mit grünen Haaren und einer mit blauen Haaren. Bitte beantworten Sie die Frage einfach.«

Ungläubig schüttelte er den Kopf. »Nein, warum sollte ich?«

»Haben Sie welche gesehen?«

»Ja, viele Besucher waren verkleidet, auch als Hexen.«

»In Ordnung, Monsieur Le Maître. Wir haben im Moment keine weiteren Fragen. Wenn Ihre Immunität aufgehoben ist, entscheidet ein Richter, ob Sie in Untersuchungshaft kommen. Dabei wird es auch um den Tod von Christophe du Plessis gehen. Ihre Aussage hat mich nicht überzeugt. Sie waren in Blaye, und Sie haben ein sehr starkes Motiv.«

»Sie haben keinerlei Beweise gegen mich.«

»Wir werden sehen.«

Die Kommissare standen auf, verabschiedeten sich und wünschten ihm gute Besserung.

Als sie die Terrasse verließen, sah er ihnen nach. Seine Gesichtszüge waren vor Wut verzerrt. Er holte eine Zigarette aus der Schachtel und wollte sie anzünden. Als das Feuerzeug nicht funktionierte, schleuderte er es bebend vor Zorn auf den Boden. Dann griff er entschlossen nach seinem Handy.

Als die Polizisten das Krankenhaus verlassen hatten, suchte Castelot auf ihrem Handy nach der Telefonnummer des Hotels Château Brenda und tippte die Ziffern ein. Kurz darauf beendete sie das Gespräch.

»Ich habe mit der Empfangsdame gesprochen. Sie hat bestätigt, dass er in dem Hotel übernachtet hat. Am späten Abend seiner Ankunft hat er sich vom Zimmerservice eine Flasche Whisky bringen lassen. Am nächsten Morgen hat er gegen sieben Uhr dreißig die Rechnung bezahlt und ist abgereist.«

»Deine Frage nach den Hexen schien ihn wirklich verblüfft zu haben«, meinte Rocard.

»Vergiss nicht, dass wir es mit einem erfahrenen Politiker zu tun haben.«

»Du meinst, er kann sich gut verstellen?«

»Sicher, reine Übungssache.«

»Was hast du? Du siehst beunruhigt aus.«

»Ich weiß nicht recht, ich habe ein ungutes Gefühl.«

»Wie meinst du das?«

»Er hat eine latente Feindseligkeit ausgestrahlt, besonders nachdem du ihm gesagt hattest, dass seine Immunität tatsächlich aufgehoben wird.«

»Das ist nachvollziehbar. Der Mann wird alles verlieren, was er sich aufgebaut hat.«

Die schnellste Strecke nach Saintes führte über die Autobahn. Die Kleinstadt lag an der gemächlich dahinfließenden Charente und verfügte über viele Baudenkmäler aus römischer und frühchristlicher Zeit.

Leroy und Pierrot fuhren über eine Brücke, passierten die romanische Kirche Ste-Marie-aux-Dames und erreichten nach fünf Minuten die Hochhaussiedlung, in der Hamid Massour mit seiner Familie lebte. Die vierstöckigen Gebäude reihten sich auf dem Gelände. Dazwischen gab es Rasenflächen, auf denen Spielgeräte für Kinder und einige Bäume standen. Auf einer Wiese spielten Jugendliche Fußball. Die Siedlung machte einen vernachlässigten Eindruck.

Am Eingang des Hauses Nummer fünf drückte Mélanie auf den Klingelknopf. Kurz darauf ertönte eine tiefe Stimme aus der Gegensprechanlage. »Wer ist da?« Im Hintergrund war Kindergeschrei zu hören.

»Die *police judiciaire* Bordeaux«, antwortete Leroy. »Wir wollen mit Hamid Massour sprechen.«

»Was wollen Sie von mir?«

»Das möchten wir Ihnen gerne persönlich sagen.«

»Ich habe jetzt keine Zeit, kommen Sie ein anderes Mal wieder.«

»Wir können Sie auch mit auf die Polizeiwache nehmen, wenn Ihnen das lieber ist.«

Er stieß einen Fluch aus, dann ertönte der Summer. Über eine steinerne Treppe stiegen sie in den vierten Stock, einen Aufzug gab es nicht. Vor den Türen standen Kinderwagen, Roller, Schuhe und Abfalltüten. Es roch nach Gewürzen und gekochten Kartoffeln. Hamid Massour, bekleidet mit einem Trainingsanzug und Sportschuhen, stand im Türrahmen und musterte sie misstrauisch. Er sah genauso aus wie auf den Bildern der Videoaufzeichnung: ein kantiges Gesicht und schmale Lippen, ein Dreitagebart, das Haar an den Seiten rasiert, am Oberkopf lang. Die Kommissare wiesen sich aus und stellten sich vor.

»Dürfen wir reinkommen?«, fragte Leroy.

Er wies auf die Tür. »Bitte.«

Sie folgten ihm durch den schmalen Flur, dessen Garderobe übersät mit Kinderjacken, Kindermützen und Kinderschuhen war. Ein feuerwehrrotes Bobby Car parkte mitten im Weg. Er führte sie in eine Wohnküche. Auf dem Fußboden saßen fünf Kinder, darunter Yasemin und Jean-François du Plessis, die aus Legosteinen ein Streckennetz mit Schikanen gebaut hatten, durch das sie Murmeln rollen ließen. Das Geschrei war ohrenbetäubend.

»Ruhe!«, brüllte Massour und stellte die Frauen vor, die am Tisch saßen. Das Essen, das darauf in Schüsseln und auf Platten angerichtet war, duftete köstlich nach Orient. In der Mitte stand ein Samowar, umrundet von kleinen Teegläsern, die auf silbernen Tellerchen mit Spitzenauflage standen. Er deutete auf eine ältere Frau mit grau melierten langen Haaren, die ein schwarzes Kleid trug. »Das ist meine Mutter, Leila Massour.«

Madame Massour warf ihnen einen wachen Blick zu und nickte leicht mit dem Kopf.

»Die Frau neben ihr ist Fatma, meine Frau.«

Sie lächelte freundlich und murmelte ein *Bonjour*.

Leroy stellte fest, dass sie ebenmäßige Gesichtszüge und einen schönen Mund hatte, sie sah jedoch erschöpft und ein wenig verhärmt aus. Massour wandte sich erneut an die Kommissare. »Samira kennen Sie bereits.«

Madame du Plessis nickte ihnen zu. Pierrot bemerkte, dass sie die Verfärbungen ihres Auges geschickt überschminkt hatte, so dass sie kaum noch zu sehen waren.

Der Mann rieb sich den Bart. »Die Kommissare aus Bordeaux wollen mit mir sprechen.«

Leila Massour verschaffte sich energisch Gehör. »Hast du deine Umgangsformen vergessen, mein Sohn? Die Gastfreundschaft unseres Landes gebietet es, deine Gäste zum Essen einzuladen.«

Streng sah sie ihn an und wandte sich an die Kommissare. »Nehmen Sie doch bitte Platz. Samira, Fatma und ich haben gekocht. Zucchini-Frischkäse-Taschen, Lammfleischeintopf mit Couscous und zum Dessert Dattelkuchen. Es wird Ihnen schmecken, die algerische Küche ist hervorragend.«

Sie lehnten dankend ab.

»Monsieur Massour«, sagte Pierrot. »Können wir hier irgendwo ungestört reden?«

»Gehen wir auf den Balkon, das ist der einzige Ort, an dem man in diesem Narrenhaus Ruhe hat. Kommen Sie.«

Ein kleiner Junge stand auf und klammerte sich an sein Bein. »Ich will mit, Papa!«

»Du bleibst hier, Rachid.«

Der Kleine begann zu brüllen, und die anderen Kinder beobachteten mit großen neugierigen Augen die Szene. Fatma stand auf, nahm ihn auf den Arm und beruhigte ihn mit einem Mandelkeks.

»Bringst du uns bitte Kaffee und Gebäck auf den Balkon?«, bat er seine Frau.

Als sie auf dem Außensitz um einen Bistrotisch saßen, zündete er sich genervt eine filterlose Zigarette an. »Seit wir Samira und ihre Kinder aufgenommen haben, hat man hier keine ruhige Minute mehr«, erklärte er. »Nicht, dass Sie mich falsch verstehen, es ist selbstverständlich, dass wir ihr helfen, schließlich sind wir eine Familie. Aber die Wohnung ist einfach zu klein. In einem der drei Zimmer wohnt jetzt meine Schwester mit Yasemin und Jean-François.«

Nachdem Fatma Kaffee und Kekse serviert hatte, schloss sie die Balkontür hinter sich, so dass das Geschrei der Kinder nur noch gedämpft zu hören war.

Leroy kam sofort zum Grund ihres Besuches. »Wir ermitteln im Mordfall Christophe du Plessis und wollen Ihr Alibi überprüfen. Wo waren Sie in der Nacht vom neunundzwanzigsten auf den dreißigsten August?«

Vor Schreck fiel ihm beinahe die Zigarette aus der

Hand. »Sie glauben doch nicht, dass ich etwas damit zu tun habe? Das ist absurd! Weshalb hätte ich das tun sollen? Wir waren gute Freunde.«

»Beantworten Sie bitte meine Frage.«

»Ich war geschäftlich in Poitiers, danach habe ich meine Mutter besucht. Sie wohnt dort. Da es schon spät war, habe ich bei ihr übernachtet.«

»Kann Ihre Mutter das bezeugen?«

»Selbstverständlich. Soll ich sie holen?«

»Nein, das ist nicht nötig. Wir möchten Ihnen gerne etwas zeigen.«

Pierrot legte sein Smartphone auf den Tisch und tippte einige Male auf das Display, dann zeigte er Massour die Standbilder an den Mautstationen mit den entsprechenden Zeitangaben. »Sie sind auf den Aufnahmen deutlich zu erkennen.«

Der Mann starrte auf die Fotos und zeigte keine Reaktion. Der Kommissar fuhr fort: »Das beweist, dass Sie an dem besagten Abend unterwegs waren und die Autobahn bei der Ausfahrt Blaye verlassen haben. Sie waren nicht in Poitiers.«

Leroy hakte ein. »Sie sind zur Zitadelle gefahren und haben dort nach Ihrem Schwager gesucht. Nachdem Sie ihn gefunden hatten, haben Sie ihn dazu gebracht, auf einen Turm in der Mauer zu steigen. Dort stolperte er über einen gespannten Draht, den Sie dort angebracht hatten, und stürzte in den Tod.«

Fahrig zündete er sich die nächste Zigarette an. Dann fixierten seine Augen Leroy. Sie schienen zu glühen.

»Ein Draht? Das verstehe ich nicht. Wie soll das funktioniert haben? Wenn man jemanden töten will, ersticht man ihn. Aber ich hatte doch gar keinen Grund, Christophe zu töten.«

»Er hat Ihre Schwester geschlagen.«

Mit dem Handrücken wischte er sich die Schweißperlen von der Stirn. »Okay, ich war dort. Er hatte sie wieder geschlagen. Sie haben sicherlich ihr blaues Auge gesehen. Ich war so wütend auf ihn und wollte ihm einen Denkzettel verpassen, damit er endlich damit aufhört. Wissen Sie, er wurde immer brutaler. Irgendwann war es ihm auch egal, ob andere die Verletzungen sehen konnten. Beim letzten Mal mussten seine Kinder alles mit ansehen, können Sie sich das vorstellen?«

»Was ist in Blaye passiert?«, wollte Pierrot wissen.

»Ich habe ihn tatsächlich gefunden. Er war bei dem Konzert und hat mit einer Frau getanzt.« Er verstummte und schüttelte den Kopf. »Aber plötzlich habe ich es mir anders überlegt. Ich wollte ihn unter vier Augen zur Rede stellen, von Mann zu Mann.«

»Was haben Sie danach gemacht?«

»Ich bin zu meinem Auto zurückgegangen und über Landstraßen nach Hause gefahren. Ich musste nachdenken. Zwischendurch habe ich eine Weile im Wagen geschlafen.«

»Also gut, Monsieur Massour, danke für Ihre Aussage.«

»Nehmen Sie mich jetzt mit?«

»Nein.«

Zurück auf der Wache in Bordeaux trafen sich die Kommissare im Besprechungszimmer. Nachdem sie von Michelle mit eisgekühlter Zitronenlimonade und weiteren abgetippten Befragungsprotokollen versorgt worden waren, berichteten sie von den Befragungen im Krankenhaus von La Rochelle und in der Wohnung der Familie Massour.

»Sowohl Raphaël Le Maître als auch Hamid Massour hatten ein starkes Motiv, Christophe du Plessis zu töten«, fasste Pauline zusammen. »In Bezug auf ihr Alibi haben beide gelogen, sie waren in der Zitadelle von Blaye. Die Tat jedoch können wir keinem von beiden nachweisen. Wir haben keine Zeugen, keine Beweise, keine Indizien, gar nichts.«

Verärgert warf sie ihren Stift auf den Tisch. »Unsere Ermittlungen sind festgefahren.«

Frédéric stimmte ihr zu. »Auch unser Aufruf in der Presse mit der Bitte, sich als Zeuge oder Zeugin zu melden, ist ins Leere gelaufen. Kein einziger Hinweis hat uns weitergebracht, obwohl alle sorgfältig von Gendarmen im Rahmen der Amtshilfe überprüft worden sind. Offenbar haben alle gefeiert und das Fest genossen, und niemand hat auf merkwürdige Vorfälle geachtet.«

»Die beiden Hexen haben sich auch nicht gemeldet, obwohl sie wichtige Zeugen sein könnten.«

»Wir können unsere beiden Hauptverdächtigen auf die Wache bestellen und noch einmal intensiv vernehmen«, schlug Louis vor. »Manche knicken in dem offiziellen Rahmen eher ein, wenn man sie in die Mangel nimmt.«

Mélanie malte gedankenverloren geometrische Figuren auf ihren Notizblock. »Und wenn sie es tatsächlich nicht waren? Vielleicht gibt es einen anderen Hintergrund, den wir bisher nicht wahrgenommen haben?«

»Das ist natürlich richtig.« Pauline fächerte sich Luft zu. »Aber was könnte das sein?«

»Wir müssen alle unsere Notizen noch einmal gründlich durchsehen«, meinte Frédéric.

»Vielleicht haben wir etwas übersehen. Durch meinen Kopf geistert schon eine Weile ein Gedanke, eine Bemerkung, die jemand gemacht hat, aber ich bekomme ihn nicht zu fassen.«

Pauline wollte ihm gerade antworten, als es an der Tür klopfte und Michelle den Kopf durch den Spalt steckte. »Entschuldigt die Störung, ein gewisser Monsieur Omar Darzi ist gerade mit einer gewissen Madame Lund eingetroffen. Er will mit Madame le Commissaire Castelot und ihrem Team sprechen. Er sagt, es sei dringend.«

Verblüfft sahen sich die Polizisten an. Omar Darzi war der Inhaber der Sicherheitsfirma Sécurité Aquitaine, den sie bei den Ermittlungen in ihrem letzten Fall kennengelernt hatten. Katrine Lund war seine rechte Hand und Assistentin.

»Sie möchten bitte hereinkommen«, sagte Pauline. Kurz darauf erschien ein Mann mittleren Alters im Türrahmen, der einen eleganten Anzug, ein weißes Hemd und eine pastellblaue Krawatte mit winzigen Möwen darauf trug. Um sein kräftiges Handgelenk wand sich ein türkises Schlangentattoo. Er saß in einem Rollstuhl, der von einer schlanken großgewachsenen Blondine geschoben wurde, die einen nachtblauen Seidenoverall und hochhackige Schuhe im gleichen Farbton trug. Die Sonnenbrille hatte sie über die Stirn geschoben.

Louis konnte sich noch gut an diese nordische Schönheit erinnern. Er war damals fest davon überzeugt gewesen, dass sie und Darzi auch ein Liebespaar waren. Darzi hatte erzählt, dass er seit einem Unfall querschnittsgelähmt und Katrine Lund deshalb unverzichtbar für ihn war.

Pauline stand auf und begrüßte die Gäste. »Das ist eine Überraschung, setzen wir uns doch an den Tisch. Darf ich Ihnen eine Erfrischung anbieten oder einen Kaffee?«

»Nein, danke«, erwiderte der Mann mit den markanten Gesichtszügen und den dunklen wachsamen Augen. Er wandte sich seiner Assistentin zu. »Möchtest du etwas, Katrine?«

»Nein.«

Mélanie fiel auf, dass sein Lächeln die Augen nur erreichte, wenn er mit ihr sprach.

Madame Lund schob seinen Rollstuhl an den Tisch und nahm neben ihm Platz.

»Was führt Sie zu uns?«, erkundigte sich Pauline. Sie war neugierig. Mit ihm hatte sie am allerwenigsten gerechnet.

»Ich möchte Sie in einer sehr wichtigen Angelegenheit sprechen«, sagte er. »Im Fall der ausgeraubten Weingüter haben Sie mir damals sehr geholfen, einen Angestellten loszuwerden, der nicht vertrauenswürdig war und meiner Firma immensen Schaden zugefügt hat. Dafür möchte ich mich jetzt revanchieren. Eine Hand wäscht die andere.«

Pauline war etwas irritiert über die Formulierung, sah ihn aber aufmerksam an. »Jetzt bin ich gespannt.«

»Ich möchte Sie warnen. Aus zuverlässigen Quellen weiß ich, dass ein Anschlag auf Sie geplant ist, ein Überfall oder dergleichen. Genaueres kann ich leider nicht sagen. Jemand will sich an Ihnen rächen.«

Pauline dachte sofort an ihre Tochter Sarah und wurde blass. »Wer?«, fragte sie.

»Der Politiker Raphaël Le Maître hat gestern Abend einen Kontaktmann angerufen und ihm befohlen, alles für einen Anschlag auf Sie vorzubereiten.«

»Auf mich oder auch auf mein Team?«

»Sie sind die Zielscheibe.«

»Was für einen Anschlag?«

»Über präzisere Angaben verfüge ich bedauerlicherweise nicht. Ich weiß nur, dass von einem Weingut die Rede war.«

»Das Château de Montfort?«

»Ja.«

»Dort wohne ich mit meiner Familie.«

»Ich weiß.«

»Woher haben Sie diese Informationen?«

»Ein Mitarbeiter meines Bruders Khaled hat im Restaurant das Telefonat zufällig mitgehört. Er hat auch gehört, dass es schon in der kommenden Nacht geschehen soll.«

Frédéric runzelte die Stirn. Beinahe jeder aus hiesigen Polizeikreisen wusste, dass Khaled Darzi zur Bordelaiser Mafia gehörte. Die Einnahmen aus Drogenhandel, Prostitution und Schutzgelderpressung wusch er in seinem teuren extravaganten Fischrestaurant am Quais Louis XVIII Le Maquereau d'Argent, die Silberne Makrele. Man hatte ihm bisher noch nie etwas beweisen können. Für den Chef der Bordelaiser Drogenfahndung war er ein rotes Tuch.

Darzi sah Pauline eindringlich an. »Sie müssen die Warnung ernst nehmen, Madame le Commissaire. Es ist bekannt, dass Le Maître über Leichen geht, um seine Ziele zu erreichen. Oder er rächt sich, wenn ihm jemand ins Handwerk pfuscht.«

»Ich nehme Ihre Warnung sehr ernst, Monsieur Darzi.«

»Vielleicht sollten Sie und Ihre Familie für gewisse Zeit in ein Hotel ziehen. Schaffen Sie auf jeden Fall Ihre Tochter aus der Schusslinie. Ich kann Personal von mir abstellen, das Ihr Weingut bewacht.«

»Das ist sehr freundlich von Ihnen, aber wir werden das polizeiintern regeln. Haben Sie vielen Dank.«

Katrine Lund erhob sich und schob ihn aus dem Zimmer. Pauline begleitete sie, und sie verabschiedeten sich am Ausgang.

Als sie in den Besprechungsraum zurückkam, fragte Frédéric: »Wo ist Sarah?«

»Ich weiß es nicht. Im Nachmittagsunterricht? Bei einer Freundin? Mit den Hunden spazieren? Zu Hause?« Sie versuchte, ihre Stimme fest klingen zu lassen.

»Ganz ruhig, Pauline. Wir finden es heraus und bringen sie in Sicherheit, das ist der erste Schritt. Anschließend besprechen wir unser Vorgehen.«

»Okay.«

»Wir werden den Plan dieses perfiden Politikers durchkreuzen.«

»Verdammt«, sagte Louis. »Ich hätte nicht gedacht, dass er so weit geht.«

Zunächst rief Pauline Sarah auf ihrem Handy an. Ihre Tochter meldete sich sofort. »*Bonjour*, Maman. Ich helfe Dominic im Weinberg. Er meint, aus mir werde noch eine echte Winzerin.«

Pauline musste unwillkürlich lächeln, als sie die fröhliche Stimme hörte. »Das ist schön, *ma chérie*. Kannst du mir bitte Dominic geben?«

»Klar, ich harke weiter.«

Kurz darauf meldete sich ihr Lebensgefährte. »*Salut*, Pauline.«

»*Salut*, Dominic.«

Sie erzählte ihm, was soeben passiert war. Dominic war entsetzt, als er von dem Anschlag hörte. »Du meinst, die Leute von Le Maître haben einen Überfall auf mein Weingut geplant?«

»Der Überfall soll mir gelten, und er könnte im Château stattfinden.«

»Was machen wir jetzt?«

»Zuallererst musst du Sarah in Sicherheit bringen. Meinem Kind darf nichts passieren. Am besten, du bringst sie zu deinem Bruder nach Bergerac. Erzähl ihr irgendeine plausible Geschichte, dass ihr einen Überraschungsausflug unternehmt oder so. Dort bleibt ihr, bis wir die Lage hier geklärt haben.«

»Wir? Pauline, du bist meine Frau, dein Leben wird bedroht. Außerdem ist es mein Weingut, meine Existenz. Ich bleibe nicht bei meinem Bruder. Ich bringe Sarah jetzt dorthin und fahre sofort zurück.«

Pauline verstand ihn. Seine Argumente waren nicht von der Hand zu weisen, und sie würde genauso handeln.

»Okay, wir sehen uns später.«

»Alles klar.«

Als Nächstes telefonierte sie mit ihrem Exmann Marcel Castelot und schilderte ihm die Situation. Sein erster Gedanke galt ebenfalls Sarah, und er bot an, alle Termine absagen zu lassen und sie auf der Stelle abzuholen. Als er erfuhr, dass Dominic sie in Sicherheit brachte, war er sehr erleichtert. Für ihn, der in der Öffentlichkeit stand, war es nicht einfach, unerkannt eine Unterkunft zu beziehen. Sein Haus war keine Option. Er bot jede Hilfe an, die sie brauchten, ein Anruf würde genügen.

Nachdem das geklärt war, begannen sie mit ihren Planungen. Mélanie stand am Whiteboard und hatte inzwischen mit einem dicken Filzstift die wesentlichen Fragen darauf geschrieben:

Wo? Wie? Welches Vorgehen?

»Wir wissen nicht, dass der Anschlag in der Nacht stattfinden soll«, begann Frédéric. »Vorteilhaft für ihn ist, dass er ein Alibi hat. So kann er jeden Zusammenhang mit dem Überfall abstreiten.«

Pauline stimmte ihm zu, das hatte sie sich auch schon überlegt.

Louis fuhr fort: »Allem Anschein nach soll es im Château Montfort geschehen. Die Attentäter müssen schließlich davon ausgehen, dass Pauline und ihre Familie sich nachts dort aufhalten. Uns bleibt nichts anderes übrig, als uns darauf zu konzentrieren.«

»Wie soll das Ganze vor sich gehen?«, fragte Mélanie.

»Das wissen wir nicht. Le Maître befindet sich im Krankenhaus und wird morgen Vormittag entlassen. Das spielt keine Rolle, weil er sich selbst die Hände nicht schmutzig machen wird. Er hat andere beauftragt, die Drecksarbeit für ihn zu erledigen. Wesentlich ist, dass wir auf alles vorbereitet sind und nicht aus den Augen verlieren, dass es um Pauline geht. Sie gilt es zu schützen.«

Pauline dachte über ihr weiteres Vorgehen nach. »Ich schlage Folgendes vor: Wir fordern ein Sondereinsatzkommando an, das das Weingut von außen bewacht. Unser Team und Dominic halten uns innen auf und sind auf der Hut.«

»Es ist nicht gut, dass eine Zivilperson dabei ist«, wandte Louis ein.

»Da hast du recht, aber ich kann ihn nicht davon abhalten. Er hat Angst um mich, und es ist sein Besitz.«

»Okay. Dieser Entschluss wird nicht mehr diskutiert. Ich denke, wenn wir eine Spezialeinheit im Hintergrund haben, sind wir gut aufgestellt.«

»Ja. Es ist wichtig, dass wir den Anschein erwecken, es laufe alles normal. Das Einsatzfahrzeug mit den Kollegen wird also nicht auf dem Grundstück des Anwesens abgestellt, sondern versteckt beim Nachbarn, würde ich sagen. Wenn die Dämmerung hereinbricht, umstellen sie unauffällig das Haus.«

»Genauso machen wir es«, stimmte Frédéric zu. »Sie sollen annehmen, dass ihr alleine zu Hause seid.

Mélanie, Louis und ich müssen unbeobachtet ins Haus gelangen.«

Pauline war einverstanden. Sie trat an das Whiteboard und zeichnete eine Skizze des Anwesens.

»Wir haben hier das Haupthaus, daran schließen sich auf der rechten Seite die Nutzräume an. Daran wiederum die Garage und der Holzraum mit der Werkstatt. Rechts außen befindet sich der Pferdestall mit den beiden Boxen.«

»Wir postieren zwei Polizisten vor dem Haus, zwei dahinter und jeweils eine Einsatzkraft auf den Seiten. Wir bleiben im Haus und drehen zu zweit in regelmäßigen Abständen eine Runde. Auf diese Weise sollten wir die Lage im Griff haben. Wenn es die Situation erfordert, setzen wir unsere Schusswaffen ein«, sagte Louis und nickte zufrieden. »Was sollte da noch schiefgehen?«

Mélanie war der gleichen Ansicht. »Der Plan ist gut, auch wenn wir improvisieren müssen.«

Bevor Pauline sich zur üblichen Zeit gegen achtzehn Uhr auf den Heimweg nach Romagne machte, untersuchte ein Kfz-Meister der technischen Werkstatt ihr Auto. Nach einer Stunde gab er es frei. Es war sauber.

Frédéric hatte große Bedenken, sie alleine nach Hause fahren zu lassen, schließlich konnte auch unterwegs etwas passieren. Deshalb saß er nun auf dem Beifahrersitz, die Waffe griffbereit. Die Polizisten tauschten sich aus, und Pauline schilderte ihm alle Vorkommnisse, die in irgendeiner Weise auffällig waren. Ab und zu warf Frédéric einen kurzen Blick aus dem Fenster. Ein Motorradfahrer näherte sich mit hoher Geschwindigkeit, überholte und raste davon.

Nach einer guten halben Stunde erreichten sie das Château Montfort und parkten in der Garage. Von dort aus führte eine Tür direkt ins Haupthaus.

Mélanie und Louis stellten das polizeiliche Zivilfahrzeug bei einem Nachbarn von Pauline und Dominic in der Scheune ab. Dominic holte sie dort mit einem Kleinlaster ab.

Das SEK-Team parkte wenig später neben dem Zivilfahrzeug und wartete geduldig auf die Dämmerung. Dann sollten sie aufbrechen und in der Dunkelheit das Château umstellen und sichern. Sie trugen schwarze Kleidung, Helme, kugelsichere Westen sowie Springerstiefel, die sie im Gesamtbild martialisch aussehen ließen. Bewaffnet waren sie mit Maschinenpistolen. Der Nachbar George versorgte sie mit einer Brotzeit und kühlen Getränken und genoss die Aufregung in seinem sonst eher eintönigen Leben.

Dominic kochte für alle Bœuf Bourguignon mit Bandnudeln. Als Vorspeise gab es eine Steinpilzsuppe und zum Dessert Eis mit Sahne und Waldfrüchten. Er hatte gehofft, das Essen würde die Nervosität etwas lösen. Er erzählte, dass Sarah von ihrem Ausflug begeistert gewesen war und darüber, dass sie am nächsten Tag nicht in die Schule musste. Dominic hatte sie bei ihrer Lehrerin entschuldigt. Alle waren angespannt, doch die harmlose Plauderei half. Sie aßen in der Küche, da der Tisch in einer Ecke stand und von außen durch die Fenster nicht gesehen werden konnte.

Gegen zweiundzwanzig Uhr ging Dominic, begleitet von den Schäferhunden Estelle und Émile, in den Pferdestall, um wie jeden Abend um diese Zeit die Pferde Thor und Freya zu füttern. Die Dämmerung setzte langsam ein, und die Bäume und Sträucher verwandelten sich in graue Schemen, die allmählich mit der Nacht verschmolzen. Auf dem Weg zum Stall sah er sich unauffällig um und konnte nichts Auffälliges entdecken. Weder bemerkte er die Polizisten der Spezialeinheit noch irgendwelche Personen, die auf seinem Grundstück nichts zu suchen hatten.

Die Pferde standen ruhig in ihren Boxen und begrüßten ihn mit einem Wiehern. Zufrieden machten sie sich über ihre Abendmahlzeit her. Nachdem er sie ein letztes Mal getätschelt hatte, schaltete er ein Nachtlicht ein, verschloss die Stalltür und lief zurück zum Haus. Die Hunde begleiteten ihn und schlugen nicht an.

Wenige Minuten später meldete sich der Einsatzleiter des Spezialkommandos über Funk und berichtete, dass sie Stellung bezogen hatten. Alles sei bisher ruhig.

Der Polizist Yves, der für die Bewachung der östlichen Seite des Anwesens, wo sich der Pferdestall befand, eingeteilt worden war, kauerte in einem Ginstergestrüpp. Hin und wieder raschelte es im Unterholz, vielleicht ein nachtaktiver Dachs, der auf Nahrungssuche war. Die Blätter der Pappeln flüsterten im Wind. In der Ferne hörte man einen Zug fahren. Er sah auf seine Uhr, es war kurz vor halb zwei. Ein Insekt hatte sich unter sein Visier verirrt, und er schob es, genervt von dem Gesumme, nach oben. Mühsam unterdrückte er ein Gähnen. Seine Frau Lise hatte vor drei Tagen ihr erstes Kind zur Welt gebracht. Ein bezauberndes Mädchen namens Sophie mit einer Stupsnase und rötlichen Flaumhaaren. Sie waren ganz vernarrt in die Kleine. Nur ließ sie ihre Eltern nicht durchschlafen. Yves war müde und für einen kurzen Moment in seiner Familienwelt versunken, so dass er die leisen Schritte zu spät hörte, die das Gras zum Rascheln brachten. Als er herumfahren wollte, war es schon zu spät. Ein schwerer Faustschlag traf sein Gesicht, er verspürte einen rasenden Schmerz und kippte bewusstlos auf den Boden.

Die beiden schwarz gekleideten Männer mit Sturmhauben, die nur die Augen frei ließen, pirschten lautlos zum Stall und begannen aus Kanistern Brandbeschleuniger auf die Wand und den Sockel aus Holz zu schütten. Dann entzündeten sie die Flüssigkeit mit Feuerzeugen und traten zurück in den Schutz der Dunkelheit, um dabei zuzusehen, wie der Stall in Brand geriet und das Feuer sich mit rasender Geschwindigkeit ausbreitete. Es fraß sich knackend und knisternd durch die Dielen. Sein Fauchen erfüllte die Luft, und ein gelber Lichtschein breitete sich aus.

Estelle, die leise schnarchend unter dem Küchentisch lag, fuhr hoch und knurrte bedrohlich. Émile winselte, dann rannte er zur Terrassentür. Dominic folgte ihm, sein Jagdgewehr in der Hand, und riss die Tür auf. Sofort sah er den hellen Schein, hörte das Zischen und brüllte: »Feuer!«

Die Polizisten des SEK verließen ihre Positionen und rannten zum Brandherd. Einer alarmierte über Funk die Feuerwehr und den Notarzt. Sie trafen zeitgleich mit Dominic und den Kommissaren am Stall ein.

Mit einem solchen Aufgebot hatten die Eindringlinge nicht gerechtet. Sie waren davon ausgegangen, dass nur Pauline und Dominic sich im Weingut aufhielten. Über den SEK-Polizist waren sie zufällig gestolpert. Sie warfen sich einen hastigen Blick zu und überlegten, was nun zu tun war. Dann rannten sie davon, jeder in eine andere Richtung. Sie hätten keine Chance.

Die Kommissare bemerkten aus dem Augenwinkel eine Bewegung und sahen die flüchtenden Männer.

»Pauline, du gehst sofort ins Haus zurück!«, rief Frédéric besorgt.

Doch sie dachte gar nicht daran. Stattdessen sprintete sie los, begleitet von Estelle und Émile, die aufgeregt bellten, und verfolgte den Mann, der nach Norden flüchtete. Ein SEK-Polizist und Louis folgten ihr. Mélanie und Frédéric verfolgten den zweiten Mann, der in einem Wäldchen verschwand.

Ein weiterer Polizist hörte ein Stöhnen, das aus einem Ginsterbusch drang, und sah nach seinem Kollegen.

Dominic winkte zwei Polizisten zu sich. »Helfen Sie mir! Wir müssen die Pferde aus dem Stall holen und das Feuer löschen!«

Zu allem entschlossen, stürzte er in den Stall und riss die Türen zu den Boxen auf. Freya erhob sich hysterisch wiehernd und hätte ihn mit ihrem Huf beinahe am Kopf erwischt. Er konnte gerade noch ausweichen und gab ihr einen Klaps: »Raus hier!«, schrie er.

Die Stute stürmte davon. Thor, der sich in die Ecke seiner Box gedrückt hatte und dessen Augen einen panischen Ausdruck zeigten, folgte ihr. Dabei hätte er Dominic beinahe umgerannt. Die Pferde galoppierten über ein Feld und verschwanden in der Dunkelheit. Der Winzer griff nach einem Feuerlöscher und rannte zu den Polizisten, die bereits zwei weitere Geräte im Einsatz hatten. Gemeinsam konnten sie verhindern, dass das Feuer sich weiter ausbreitete. In der

Ferne waren Sirenen zu hören. Die Feuerwehr von Romagne würde in Kürze eintreffen.

Pauline holte den Mann rasch ein, der über eine Wiese rannte. Als sie kurz hinter ihm war, hörte sie seinen keuchenden Atem. Sie pfiff die Hunde zurück und stürzte sich auf ihn. Zusammen prallten sie auf den Boden. Als sie sich auf ihn kniete, trafen Louis und der Polizist ein. Sie drückte ein Knie auf seinen Kehlkopf. Die Augen des Mannes starrten sie hasserfüllt an.

»Wer ist Ihr Auftraggeber?«, fragte sie.

»Von mir erfährst du nichts, Polizeischlampe.«

Sie drückte fester zu, so dass er zu röcheln begann.

»Wer?«

»Hör auf, du bringst mich um.«

»Ich höre nicht auf, ich will eine Antwort.«

Louis beobachtete die Szene, bereit einzugreifen. So wütend hatte er seine Chefin noch nie gesehen.

»Ich drücke Ihnen die Luft ab«, drohte sie. »Also?«

»Raphaël Le Maître.«

»Wie lautet der Auftrag?«

»Das Château abfackeln und dich erschießen.«

Sie stand auf und wandte sich an Louis und den Mann der Spezialeinheit. »Fesseln und mitnehmen.«

Die beiden Männer zerrten ihn hoch, legten ihm Handschellen an und schleiften ihn davon. Der Auftragskiller wehrte sich heftig und stieß Flüche aus.

Mélanie und Frédéric erreichten den zweiten Flüchtigen, als er gerade über einen Bachlauf springen wollte. Sie rissen ihn um und landeten im Wasser. Mélanie hielt ihm den Lauf ihrer Waffe an die Schläfe. »Wer hat euch geschickt?«

»Le Maître.« Der Mann wirkte verunsichert. Offenbar war der Abend nicht so gelaufen, wie man es ihm angekündigt hatte.

»Wie viel hat er euch bezahlt?«

»Fünfzigtausend für jeden.«

Ein SEK-Polizist kam ihnen zu Hilfe, und Sekunden später hatten sie ihm Handschellen angelegt und führten ihn ab. Er leistete keinen Widerstand.

Als sie sich vor dem Château versammelten, hatte ein Polizist den Bus des SEK geholt, und die Angreifer wurden darin verfrachtet. Pauline bedankte sich bei der Truppe und sie fuhren los.

Der verletzte Polizist wurde gerade auf einer Trage in den Rettungswagen geschoben. Die Notärztin berichtete, dass seine Nase gebrochen war, die Verletzung aber rasch verheilen würde. Die Feuerwehr brauchte nicht lange, um den Brand zu löschen und weitere Brandnester zu eliminieren. Die Holzwand war abgebrannt, sonst war kein größerer Schaden entstanden. Dominic hatte die Pferde auf der Koppel unweit des Gebäudes eingefangen und brachte sie vorläufig in der Werkstatt unter.

Pauline rief Marcel an und gab Entwarnung.

»Du hast dich nicht in Gefahr begeben?«, fragte er.

»Nein. Alles okay.« Das nahm er ihr nicht ab, sagte aber nichts.

»Weißt du, wer der Auftraggeber ist?«

»Le Maître.«

»Ich schicke auf der Stelle die *police nationale* los, sie sollen ihn festnehmen und auf die Krankenstation des Untersuchungsgefängnisses von Bordeaux bringen.«

»Ist seine Immunität bereits aufgehoben?«

»Das ist mir egal. Er wollte dich töten lassen.«

Als sie ihr Telefonat beendet hatte, gingen sie gemeinsam ins Haus zurück.

»Eine Runde Calvados?«, fragte Dominic.

Alle nickten nur schweigend. Der Schreck war ihnen noch anzusehen. Dann stießen sie auf ihren erfolgreichen Einsatz an.

Jérémy und Pierre hatten bei strahlendem Sonnenschein eine Wanderung durch die Weinberge des Médoc unternommen und fuhren jetzt mit der Fähre von Lamarque nach Blaye zurück. Jérémy blickte traurig auf die erhabene Zitadelle auf der Anhöhe, zwischen deren Mauern er so glückliche Momente erlebt hatte. Durch den Tod von Christophe war der Zauber verflogen. Die Zitadelle wirkte düster und abweisend. Pierre stand neben ihm an der Reling und trank aus einem Pappbecher Kaffee. Als hätte er die Gedanken seines Freundes erraten, sagte er: »Nach dem, was passiert ist, werden wir wohl nie mehr hierher zurückkehren.«

Jérémy sah ihn von der Seite an. »Das glaube ich auch. Die Erinnerungen sind zu schmerzlich.«

Im Hafen von Blaye verließen sie mit den anderen Passagieren das Schiff und beschlossen, ihr Abendessen auf dem Festivalgelände zu sich zu nehmen. Nach dem langen Marsch waren sie hungrig. Gemächlich stiegen sie den Hügel hinauf und suchten sich einen Platz auf der Holzbank einer Biergarnitur in der Nähe eines Standes, an dem gegrillte Kapaunen und Lammhaxen angeboten wurden. Pierre holte zwei Portionen Haxe, Jérémy besorgte das Bier. Während sie aßen, sprachen sie über Christophe.

»Samira hat mich angerufen«, erzählte Pierre. »Christophe ist von der Rechtsmedizin freigegeben worden. Die Beerdigung findet in drei Tagen in Solignac statt.«

Jérémy wirkte nachdenklich. »Was hältst du davon, wenn wir morgen aufbrechen? Ich finde die Atmosphäre hier bedrückend. Wir könnten zwei Tage auf der Île d'Oléron verbringen und angeln. Danach fahren wir zurück nach Solignac und beerdigen Christophe.«

»Das ist eine gute Idee. Ich muss hier weg.«

»Ich auch.«

»Aber was ist mit Christine, sie wartet bestimmt schon auf dich?«

Jérémy rollte die Augen. »Bei unserem letzten Telefonat haben wir uns wieder gestritten. Sie versteht mich einfach nicht. Ich überlege ernsthaft, ob ich mit ihr Schluss machen soll. Sie nervt nur noch.«

Pierre sah ihn erschrocken an. »Ich denke, sie ist deine große Liebe?«

»Das war sie mal. Jetzt will sie endlich heiraten und

Kinder auf die Welt bringen, mindestens drei. Wenn ich nur daran denke, bekomme ich keine Luft mehr. Was für eine langweilige Zukunftsperspektive ist das: arbeiten, eine Familie ernähren, keine Abenteuer mehr erleben?« Er grinste. »Gemma und ich tauschen ständig Textnachrichten aus. Sie ist eine tolle Frau. Vielleicht besuche ich sie bald in Nantes.«

Pierre trank einen Schluck Bier. »Nicole hat nichts mehr von sich hören lassen. Ich habe einfach kein Glück bei den Frauen, vermutlich werde ich ewig Single bleiben.«

Sein Freund schlug ihm aufmunternd auf die Schulter. »Das wird schon noch. Kopf hoch! Ich werde Gemma fragen, warum sich Nicole nicht bei dir meldet. Wir könnten zusammen nach Nantes fahren.«

Pierre wechselte das Thema. Seine Erfolglosigkeit bei Frauen frustrierte ihn. »Die Polizei hat den Mörder von Christophe noch immer nicht gefunden.«

»Nein, die Sache scheint kompliziert zu sein. Sie werden ihn bald haben, du wirst sehen.«

»Hoffentlich.«

Nachdem sie weitere Krüge Bier geleert und Kräuterschnäpse dazu gekippt hatten, machten sie sich am späten Abend auf zu ihrer Pension.

Mit zwei anderen Gästen spielten sie einige Runden Dart, dann hatten sie keine Lust mehr. Nachdem sie mit dem Wirt am Tresen einen Calvados getrunken hatten, stiegen sie in den zweiten Stock. Vor Jérémys Zimmer wünschten sie sich eine gute Nacht. Sie wollten früh aufstehen und abreisen.

Pierre betrat sein Zimmer und fühlte sich einsam. Er schenkte sich ein Glas Rotwein ein und trat durch die geöffnete Glastür auf den Balkon. Seufzend zündete er sich eine Zigarette an und dachte über sein Leben nach. Er brauchte dringend eine neue Perspektive, beruflich und privat. Gedankenverloren lauschte er auf das Rauschen des mächtigen Stromes und blickte den Mond an, als wüsste der eine Antwort auf sein Dilemma. Er drückte die Zigarette aus, stellte sein Glas ab, lehnte sich an die Balkonbrüstung und atmete tief durch. Alles würde gut werden.

Zunächst nahm er das Knacken des Geländers gar nicht wahr, und als er begriff, dass es sich zum Abhang hin neigte, war es schon zu spät. Mit einem Krachen lösten sich die Querstreben, die Brüstung brach weg, und er stürzte vom Balkon in die Tiefe. Der Schrei, den er ausstieß, fuhr einem durch Mark und Bein und hallte weit über die Gironde.

Unten auf der Gasse eilten zwei Hexen Arm in Arm vorbei.

3. SEPTEMBER

Stéphane Mercier ging in aller Frühe mit seinem Hund Doudou, einem braungelockten Airedale Terrier, am Ufer der Gironde spazieren. Auf der Anhöhe lag die Zitadelle im pastellfarbenen Morgenlicht. Der korpulente Witwer mit den freundlichen wasserblauen Augen hatte ein hochwertiges Fernglas um seinen Hals hängen, in der Hand trug er eine Leica mit einem leistungsstarken Teleobjektiv. Er war Hobby-Ornithologe und beobachtete am liebsten Watvögel wie Austernfischer oder Regenpfeifer und Möwen. Besonders gut gefielen ihm die Sturmmöwen mit ihren grünlichgelben Beinen. Am Fluss gab es eine Vielzahl davon. Mit seinem Fernglas suchte er den Himmel ab und entdeckte eine Dreizehenmöwe, die er fotografierte.

Normalerweise faszinierte ihn diese Beschäftigung, doch heute war er nicht ganz bei der Sache. Er hatte vor einigen Wochen im Trauercafé in Blaye, das der Abbé ins Leben gerufen hatte, eine Frau kennengelernt, die ebenfalls Witwe war. Lisette war ihm sehr sympathisch, und er fand sie mit ihren Grübchen, dem flotten Haarschnitt und der weiblichen Figur außerordentlich hübsch. Seine Frau Élodie war vor einem Jahr gestorben, und er fragte sich, ob sie ihm für eine neue Partnerschaft Glück wünschen würde. Beim letzten Treffen vor einer Woche hatte er all seinen Mut zusammengenommen und Lisette zum Essen eingeladen. Zu seiner großen Freude hatte sie zugesagt, und morgen war der große Tag. Es war nur so, dass seine Frau den Haushalt geführt und gekocht hatte, und er sich nach ihrem Tod hauptsächlich von Brotzeiten, Spiegeleiern und Tütensuppen ernährte. Was sollte er kochen? Er ließ sich auf einem Baumstamm nieder und dachte nach. Sein Hund setzte sich neben ihn und sah ihn fragend an.

»Gleich geht es weiter«, sagte der Rentner und kraulte Doudou am Hals.

Die Schreie eines Krähenschwarms rissen ihn aus seinen Gedanken, und er sah sich um. Sie umkreisten eine Seekiefer, die knorrig am Abhang wuchs und sich in Felsspalten festgekrallt hatte, flatterten auf und nieder und machten einen aufgeregten Eindruck. Offenbar hatten sie etwas Interessantes entdeckt, Aas vermutlich. Es könnte sich dabei um einen toten Fisch handeln, den die Flut an Land gespült hatte und der dort verendet war.

Mühsam erhob er sich und ging auf den Baum zu. Je näher er ihm kam, desto unruhiger wurde Doudou. Plötzlich fing er an zu bellen, und die Krähen erhoben sich unter Protestgeschrei in die Lüfte.

Als Stéphane den Anstieg erreicht hatte, sah er, was die Vögel gefunden hatten, und sein altersschwaches Herz begann zu rasen. Panisch legte er die Hand auf seine Brust und versuchte, ruhig zu atmen. In den Ästen der Kiefer hatte sich ein Mann verfangen, den Kopf nach unten. Schlaff hingen seine Arme herab. Sein Gesicht war auf Nadelfächern gebettet, und die leblosen Augen starrten Stéphane an. Der Anblick war entsetzlich, und er verharrte sekundenlang wie angewurzelt auf dem Sand. Doudous Heulen holte ihn in die Gegenwart zurück. Ihm war klar, dass er etwas unternehmen musste, deshalb suchte er in den Jackentaschen nach seinem Seniorenhandy mit der Notruftaste. Aus den Augenwinkeln sah er, dass ein Mann den Abhang herunterkletterte. Geschickt überwand er Geröllhalden, stieg über Steine und umrundete Felsen. Auf einer von Macchia überwachsenen Fläche rutschte er aus, stürzte, rappelte sich auf und hastete weiter. Die letzten zwei Meter sprang er. Er rannte über das sandige Ufer und hatte Stéphane in wenigen Sekunden erreicht. Kurz vor ihm kam er zum Stehen. Sein Gesicht war schweißüberströmt, die Wangen rot. Er keuchte.

»Er muss abgestürzt sein«, murmelte er fassungslos, blickte sich fahrig um und starrte den Rentner an. »Der Balkon …« Es verschlug ihm die Sprache. Dann deutete er hinauf auf ein zweistöckiges, sandfarbenes Fachwerkhaus, das sich auf dem etwa fünfundvierzig Meter hohen Felsen erhob und dessen Fassade teilweise von Baumkronen verdeckt war. »Ich kann meinen Freund Pierre nirgends finden. Er muss hier irgendwo sein.«

Der Witwer deutete wortlos auf die Seekiefer. Jérémy folgte seinem Blick und reagierte zeitverzögert. Er wollte nicht glauben, was er da sah. Als sein Gehirn das verstörende Bild aufgenommen hatte, schlug er die Hände vor sein Gesicht und sank auf die Erde.

»Nein, bitte nein!«, schrie er. »Nicht auch noch Pierre.«

Stéphane hatte endlich sein Handy gefunden und drückte den roten Notfallknopf.

Die Kommissare und Dominic saßen auf der Terrasse des Weingutes und frühstückten. Der Winzer hatte Crêpes gebacken und sie mit frischen Brombeeren und Crème fraîche serviert. Vor ihnen lagen die Weinberge friedlich in der Morgensonne, die Vögel zwitscherten, und in der dunstigen Ferne erahnte man den Ozean. Außer einem leichten Brandgeruch deutete nichts auf die dramatischen Ereignisse der letzten Nacht hin. Der Schreck saß ihnen aber noch in den Knochen, und sie waren erleichtert, dass sich der Schaden in Grenzen hielt. Dominic wollte nach dem Frühstück mit seinen Arbeitern eine neue Wand bauen, damit die Pferde so bald wie möglich in ihren Stall zurückgebracht werden konnten.

Pauline trank einen Schluck Orangensaft und nahm sich die zweite Crêpe. »Sie schmecken köstlich«, lobte sie Dominic und schenkte ihm ein liebevolles Lächeln. Er grummelte etwas vor sich hin, das sie nicht richtig verstand. Offenbar war er immer noch verärgert, dass sie bei dem Angriff nicht im Haus geblieben war. Heute Nacht, nachdem sie endlich ins Bett gekommen waren, hatten sie sich gestritten. Er fand ihren Beruf zu gefährlich und wollte, dass sie auf seinem Weingut mitarbeitete. Doch das konnte sie sich einfach nicht vorstellen, sie liebte ihren Beruf. Es war mittlerweile ein leidiges Thema zwischen ihnen. Sie nahm sich vor, noch einmal in Ruhe unter vier Augen mit ihm zu reden.

Louis spürte die Verstimmung und schloss sich ihrem Lob an. »Toll, Dominic.«

Mélanie und Frédéric tauschten einen kurzen Blick und begriffen, dass sie um das heikle Thema einen großen Bogen machen sollten. Mélanie bestrich eine Baguettescheibe mit Butter und Honig. »Wollen wir nach dem Frühstück ins Büro zurückfahren?«

»Ich möchte gerne Sarah aus Bergerac abholen«, antwortete Pauline. »Macht es euch etwas aus, wenn ich später nachkomme?«

»Aber nein«, meinte Louis. »Wir werden unsere Notizen noch einmal sorgfältig durcharbeiten und auf dich warten.«

»Gut, danke.« Sie griff nach einem Apfel und schnitt ihn auf, als ihr Smartphone klingelte. Sie nahm das Gespräch an. Es war die Gendarmerie von Blaye. Sie schaltete den Lautsprecher ein. »Was gibt es, Kollegin?«

»Wir haben einen toten Mann am Ufer der Gironde, ein Rentner hat ihn gefunden. Sie müssen sich das selbst ansehen.«

»Wissen Sie, um wen es sich handelt?«

»Er heißt Pierre Fernand. Ein gewisser Jérémy Martelli hat nach ihm gesucht und ihn identifiziert.«

Pauline warf den anderen einen überraschten Blick zu.

»Was ist passiert?«

»So, wie Monsieur Martelli es schildert, ist er vom Balkon seiner Pension gefallen.«

»Ein Unfall?«

»Das wissen wir nicht. Es wäre gut, wenn Sie so schnell wie möglich kommen. Wir befinden uns in der Nähe der Stelle, wo auch Christophe du Plessis' Leiche gefunden wurde. Bringen Sie bitte Techniker von der Spurensicherung mit. Der tote Mann hängt in einem Baum, er muss da heruntergeholt werden.«

»Alles klar. Wir beeilen uns.«

»Das Polizeiboot steht für Sie im Hafen von Blaye bereit.«

»*Merci*!«

Sprachlos sahen sie sich an. Frédéric fuhr sich durch

die Haare. »Das war kein Unfall. Eine zweite Leiche innerhalb von sechs Tagen?«

Mélanie schüttelte den Kopf. »Das glaube ich auch nicht. Brechen wir auf.«

Pauline wandte sich an Dominic. »Kannst du bitte Sarah abholen?«

»Klar, kein Problem.«

Zum Abschied gab er ihr einen Kuss und flüsterte »Alles gut« in ihr Ohr.

Als sie Romagne hinter sich gelassen hatten, klingelte Paulines Handy erneut. Marcel Castelot hatte einige interessante Neuigkeiten für sie.

»Die *police nationale* hat Raphaël Le Maître am frühen Morgen im Krankenhaus von La Rochelle vorläufig festgenommen und nach Bordeaux gebracht. Es gab bereits einen Haftprüfungstermin, der Richter hat ihn am Krankenbett aufgesucht. Dabei hat der Staatssekretär ein umfassendes Geständnis, was den Betrug, die Brandstiftung und den Anschlag auf eine Polizistin betrifft, abgelegt. Er sagte jedoch aus, dass er mich keinesfalls töten lassen wollte. Das hätten seine Handlanger falsch verstanden. Sie sollten mir einen Schrecken einjagen, weiter nichts, schließlich hätte ich seine Karriere ruiniert. Des Weiteren bestreitet er, Christophe du Plessis getötet zu haben. Bis zu seiner Gerichtsverhandlung bleibt er in Untersuchungshaft.«

Das Polizeiboot brachte die Kommissare zu der Stelle am Gironde-Ufer, die die Polizistin beschrieben hatte. Begleitet wurden sie von einem Team der Spurensicherung und einem Bestatter. Die beiden Gendarmen, die sie bereits kennengelernt hatten, als Christophe du Plessis nicht weit von hier entdeckt worden war, begrüßten sie.

»Wer hat den Toten gefunden?«, wollte Castelot wissen.

Die Gendarmin wies auf einen älteren Herrn, der sich auf einem Stein niedergelassen hatte und völlig erschöpft aussah. Zu seinen Füßen lag ein Hund. Neben dem Mann saß Jérémy Martelli, der kalkweiß im Gesicht war und fahrig die Nadeln von einem Kiefernzweig abzupfte.

Pauline nickte Martelli kurz zu und stellte sich dem älteren Herrn vor. »*Bonjour*, Monsieur. Wie heißen Sie?«

»Stéphane Mercier.«

»Was haben Sie hier gemacht?«

»Ich bin mit meinem Hund spazieren gegangen

und habe Vögel beobachtet. Das mache ich fast jeden Morgen. Dabei habe ich ihn gefunden.«

»Ist Ihnen etwas Ungewöhnliches aufgefallen?«

»Nein, ich war ganz alleine hier. Bis der Herr angerannt kam.« Er zeigte auf Jérémy.

»Gut, die Kollegin wird Ihre Personalien aufnehmen, dann können Sie gehen.«

»In Ordnung.« Er stand unbeholfen auf.

Castelot setzte sich zu Martelli. »Was ist passiert?«

»Es ist so schrecklich, Madame le Commissaire, ich habe meine beiden besten Freunde verloren. Das kann doch alles nicht wahr sein.«

»Ja, ich kann es nachvollziehen, wie es Ihnen geht. Bitte erzählen Sie.«

»Pierre und ich wollten heute Morgen abreisen. Um sieben Uhr klopfte ich an seine Tür, doch er antwortete nicht. Ich wollte sie öffnen, aber sie war verschlossen. Deshalb habe ich im Frühstücksraum nachgesehen, da war er auch nicht. Daraufhin habe ich den Wirt informiert, der mit mir in den zweiten Stock stieg. Den Ersatzschlüssel hatte er dabei. Doch er nützte uns nichts, weil der Schlüssel von innen steckte. Paul rief beim Schlüsseldienst an und erfuhr, dass der Angestellte frühestens in zwei Stunden kommen könne. Das dauerte mir zu lange, deshalb vereinbarte ich mit dem Wirt, dass ich die Tür eintrete und den Schaden später reparieren würde. Wir betraten das Zimmer und riefen seinen Namen. Dann sah ich durch die offene Balkontür, dass das Geländer weggebrochen war. Der Anblick war entsetzlich, Bilder tauchten in meinem Kopf auf, wie er dort hinabgestürzt war. Ich wollte mir Gewissheit verschaffen. Deshalb kletterte ich zum Ufer hinunter und traf auf den Mann, der ihn gefunden hatte.«

»Glauben Sie, es war ein Unfall?«

Er sah sie verblüfft an. »Was soll es sonst gewesen sein? Vielleicht waren die Bretter morsch?«

»Wir werden das überprüfen. Sie können jetzt gehen. Bitte warten Sie aber in der Herberge auf uns. Wir wollen mit Ihnen sprechen, wenn wir uns den Balkon angesehen haben.«

Er erhob sich. »Gut. Bis später.«

»Wie kommen Sie zurück?«

»Es führt ein Pfad zur Zitadelle.«

In der Zwischenzeit hatten die Kollegen der Spurensicherung den Leichnam aus allen Perspektiven fotografiert. Jetzt waren sie dabei, ihn aus den Kiefernästen zu befreien. Zwei Männer waren auf den Baum gestiegen und lösten ihn vorsichtig aus seinem

Gefängnis. Dann ließen sie ihn langsam hinab, und zwei weitere Polizisten nahmen ihn in Empfang.

Er wurde in den Leichensack gelegt, und Castelot drehte behutsam seinen Kopf auf die Seite.

»Er hat eine tiefe Wunde am Hinterkopf«, informierte sie die Kollegen. »Sie könnte die Todesursache gewesen sein. Genaueres werden wir in der Rechtsmedizin erfahren.«

Daraufhin zog der Bestatter den Reißverschluss zu. Als der Leichnam an Bord gebracht worden war, besprachen sie sich.

»Zwei Techniker bleiben hier und suchen das Gelände ab«, entschied Castelot. »Die anderen kommen mit, wir müssen den Balkon und das Zimmer auf Spuren hin untersuchen.«

Der Leiter der Spurensicherung teilte seine Leute ein. Anschließend brachte sie das Boot zurück zum Hafen. Die Nachricht, dass ein weiterer Toter gefunden worden war, verbreitete sich im Dorf wie ein Lauffeuer.

Die Kommissare und die beiden Techniker der Spurensicherung, Alain und Charles, betraten den Eingangsbereich der Auberge La Citadelle. Im Gastraum waren fast alle Tische besetzt, der Wirt war nirgends zu sehen. Sie stiegen in den zweiten Stock und liefen den Korridor entlang zum Zimmer von Pierre Fernand, dessen Nummer sie von Monsieur Martelli erfahren hatten. Die Tür war notdürftig angelehnt. Alain drückte sie auf, und sie traten ein. Durch die geöffnete Glastür und ein Fenster war deutlich zu sehen, dass die Brüstung fehlte. Charles pfiff durch die Zähne. »Wenn das ein Unfall war, hat ein Schreiner gewaltig gepfuscht.«

Sein Kollege stimmte ihm zu. »Das ist eine unglaubliche Schlamperei.«

Die beiden Männer gingen auf den Balkon und sahen ihn sich genau an. Der Boden bestand aus unversehrten Eichendielen. Die Geländer an den Seiten waren ebenfalls noch vorhanden. Die vier Querbalken an der Frontseite waren herausgebrochen. Insgesamt acht Stümpfe ragten aus dem linken und rechten Pfosten. Am äußeren Rand des Bodens zum Abhang hin sah man die Überreste zweier senkrechter Streben, die innerhalb der Pfosten zur zusätzlichen Stabilisierung angebracht und offenbar ebenso herausgebrochen waren. Alain studierte die Stümpfe und die Holzreste der Streben und winkte die Kommissare heran. »Seht euch das an.«

Pauline und Louis traten zu ihm hinaus, für Mélanie und Frédéric war kein Platz mehr. Pauline schauderte, als sie vom zweiten Stock des Hauses in die Tiefe blickte. Unterhalb des Balkons erstreckte sich ein etwa fünfzig Meter langer Abhang mit Felsen, Geröll, Dornengestrüpp und Bäumen. Wer da hinunterstürzte, hatte keine Chance.

»Ihr müsst euch das so vorstellen: An der Frontseite befanden sich vier Querdielen, die fest mit den Pfosten verbunden waren. Zur weiteren Sicherung gab es die beiden senkrechten Verstrebungen. Jemand muss die Querbalken zwischen den Pfosten und den Streben angesägt haben sowie oberhalb des Bodens die Verstrebungen. Dadurch würde das gesamte Frontgeländer herausbrechen, sobald sich jemand dagegenlehnte. Ein leichter Druck war völlig ausreichend.«

Pauline sah Alain entsetzt an. »Die Balken waren angesägt?«

»Ja, sieh dir die Stümpfe an. Sie sind an der Schnittstelle glatt und im unteren Fünftel gebrochen. Bei den Überresten der Streben ist es genau das Gleiche, nur dass horizontal gesägt wurde.«

Sie sah genau, was er meinte. »*Mon Dieu*, ist das perfide.«

Louis schüttelte nachdenklich den Kopf. »Perfide

und grausam, als hätte der Täter ein persönliches Motiv oder unbändigen Hass.«

»Es war also kein Unfall, sondern Mord«, stellte seine Chefin fest.

Alain und Charles sahen das genauso, die Spuren waren eindeutig.

»Könnt ihr sagen, wann die Balken angesägt wurden?«, wollte Mélanie wissen.

»Die Schnitte sind relativ frisch«, entgegnete Alain. »Obwohl es heiß und trocken war. Sie sind höchstens ein paar Tage alt, würde ich sagen.«

»Genauer lässt sich der Zeitrahmen nicht eingrenzen?«

»Leider nein.«

Pauline dachte an die Alibis, die möglicherweise überprüft werden mussten. Das war bei einer derartigen Zeitspanne schwierig bis unmöglich. Die vergangene Nacht hatte Le Maître im Krankenhaus verbracht, wo er sich jedoch die Tage davor aufgehalten hatte, war kaum lückenlos zu überprüfen. Hamid Massour würde von seiner Mutter Leila jedes Alibi bekommen. Außerdem beschäftigte sie die Frage, aus welchem Grund Le Maître oder Massour Pierre Fernand hätten töten sollen. Kannten sie sich überhaupt? Sie musste das dringend mit ihren Kollegen diskutieren.

»Was könnte das für eine Säge gewesen sein?«, fragte Frédéric.

»Eine einfache Handsäge, zum Beispiel ein Fuchsschwanz«, meinte Charles. »Man kann ihn in jedem Heimwerkermarkt für zwanzig Euro kaufen und in einem Rucksack transportieren.«

Während die Techniker Fotos vom Tatort machten, nahmen sich Mélanie und Louis das Bad vor, einen winzigen Raum mit einem Oberlicht. Pauline und Frédéric durchsuchten das Zimmer, das einfach, aber gemütlich eingerichtet war.

Auf der Ablage über dem Waschbecken fanden sie die üblichen Utensilien, die ein Mann dabei hatte, wenn er verreiste: Zahnbürste, Zahncreme, Rasierapparat, Aftershave. Am Rand des Duschbeckens stand ein Showergel. In einer Seitentasche des Kulturbeutels fand Louis ein durchsichtiges Päckchen. Er machte es auf und roch am Inhalt. »Gras«, stellte er fest und zeigte es seiner Kollegin. Sie schnupperte. »Ja. Von der Menge her scheint es für den Eigenbedarf zu sein.«

»Er hat wohl ab und zu gekifft«, meinte Louis.

Die Durchsuchung des Badezimmers war schnell beendet. Sie hatten nichts entdeckt, was ihnen weiterhelfen könnte. Pauline besah sich den Inhalt des

Schranks: Hemden, Hosen, Unterwäsche, Socken, ein Paar Schuhe und eine Regenjacke. Alles war exakt eingeräumt. Fernand war ein ordnungsliebender Mann gewesen. Der Koffer, den sie vom Schrank holte, war leer.

Frédéric nahm ein Buch vom Nachttisch. Es war ein Kriminalroman einer bekannten französischen Autorin, der in der Gegend spielte und bei dem es um Wein ging. Er drehte es um und schüttelte es. Nichts war darin verborgen. In der Schublade lagen einige Sportmagazine, die er rasch durchblätterte. Darunter fand er einen Flyer mit dem Programm des Theaterfestivals. Das Stück *La Mission de Bernadette*, das jeden Abend aufgeführt wurde und in dem Nora Delavigne die Hauptrolle spielte, war mit einem Kugelschreiber eingekreist. Er zeigte das Programmheft Pauline. »Sieh mal, anscheinend plante er einen Theaterbesuch.«

»Hilft uns das weiter?«

»Ich weiß es nicht. Samira du Plessis hat in einem Gespräch erwähnt, dass ihr verstorbener Mann sehr stolz darauf war, Nora Delavigne zu kennen. Womöglich kannte Pierre Fernand sie ebenfalls?«

»Das kann durchaus sein.«

Frédéric fand einen Schlüsselbund in der Schublade. Offenbar handelte es sich um die privaten

Schlüssel von Fernand, ein Motorradschlüssel und drei weitere. Haustür, Garage, Keller? Er steckte ihn ein und drückte die Schublade zu.

»Wir sind durch«, stellte er fest und wandte sich an Mélanie und Louis. »Habt ihr etwas?«

»Nein«, entgegnete der junge Kommissar. »Außer ein bisschen Gras für den Eigenbedarf.«

»Dann schlage ich vor, dass wir mit Jérémy Martelli reden.«

Sie verließen das Hotelzimmer.

Sie fanden Jérémy in seinem Zimmer, das sich schräg gegenüber von Pierres befand. Martelli lag auf dem Bett, die Hände hinter dem Kopf verschränkt, und starrte an die Decke. Die Klappläden hatte er verschlossen, so dass nur wenig Licht in den Raum drang. Als die Kommissare eintraten, stand er auf und bot ihnen an, in einer Sitzecke Platz zu nehmen. Sie bestand aus einem plüschigen Sofa und zwei Sesseln sowie einem flachen runden Tisch. Die Kommissare setzten sich, er zog sich den Schreibtischstuhl heran. Selbst im abgedunkelten Zimmer war nicht zu übersehen, dass er geweint hatte. Seine blonden Haare standen störrisch in alle Richtungen vom Kopf ab.

»Haben Sie etwas herausgefunden?«, erkundigte er sich.

Castelot sah ihn ernst an. »Ihr Freund Pierre Fernand wurde getötet, ebenso wie Christophe du Plessis.«

Jérémy reagierte entsetzt. »Woher wissen Sie das?«

»Die Balken der Frontbrüstung waren angesägt, deshalb ist sie herausgebrochen. Es gibt eindeutige Hinweise.«

»Jemand hat sie angesägt?«

»Zweifelsfrei.«

»Aber warum? Wer tut so etwas?«

»Das wissen wir noch nicht, aber wir werden es herausfinden. Was haben Sie und Ihr Freund gestern gemacht?«

»Wir haben eine Wanderung unternommen, auf der anderen Flussseite. Anschließend haben wir den Mittelaltermarkt besucht, etwas gegessen und ein paar Bier getrunken. Dann sind wir zurück in die Pension und haben uns noch einige Zeit im Gastraum aufgehalten. Gegen Mitternacht sind wir auf unsere Zimmer gegangen. Wir waren müde von der langen Wanderung.«

»Was war an den Tagen vorher?«, wollte Leroy wissen.

»Sie sind ähnlich verlaufen. Wir haben etwas unternommen, am Abend sind wir auf das Fest und danach in die Gaststätte. Dabei haben wir viel über Christophe geredet. Wir haben versucht, uns gegenseitig Halt zu geben und zu trösten.«

»Also hätte jeder unbeobachtet in das Zimmer von Monsieur Fernand gehen können?«

»Ja, sicher. Hier hält sich kaum jemand auf, außer um zu schlafen. Die Leute sind zum Feiern hergekommen und um sich Theaterstücke anzusehen.«

»Ist Ihnen etwas aufgefallen?«, fragte Rocard. »Haben Sie jemanden gesehen, der sich verdächtig verhalten hat?«

»Nein.«

»Wo befand sich der Zimmerschlüssel, wenn Sie unterwegs waren?«

»Im Schlüsselkasten neben der Theke. Wir haben unsere Schlüssel nie mitgenommen, um sie nicht zu verlieren.«

Castelot änderte die Richtung. »Kann es sein, dass Sie in Streit gerieten?«

»Aber nein. Worüber hätten wir uns streiten sollen?«

»Sie hatten also keinen Grund, ihn zu töten?«

Wütend fuhr er hoch. Seine stahlblauen Augen

funkelten. »Selbstverständlich nicht! Das ist eine bösartige Anschuldigung.«

»Bitte beruhigen Sie sich, das ist eine reine Routinefrage.«

Er strich über seinen wirren Schopf. »Die Bretter waren angesägt, folglich war es ein Zimmermann oder ein Schreiner.« Aus seiner Stimme klang Hohn.

»So einfach machen wir es uns nicht, glauben Sie mir.«

»Hoffentlich.«

»Hat Monsieur Fernand Ihnen gegenüber etwas erwähnt, dass er Probleme hatte, Stress mit anderen Leuten, oder dass er sich bedroht fühlte?«

»Er hat nichts dergleichen erwähnt.«

»Kann es sein, dass es jemand auf Sie drei abgesehen hat?

Gab es hier während Ihrer Aufenthalte Ärger? Haben Sie sich Feinde gemacht?«

Er stutzte für einen Moment. »Nein, wir haben in Blaye keine Feinde, nur Freunde.«

»Im Moment habe ich keine weiteren Fragen mehr.«

»Wann reisen Sie ab?«, erkundigte sich Pierrot.

»Ich denke, ich bleibe noch ein, zwei Tage. Eher zwei. Eigentlich wollten Pierre und ich zum Angeln.

Alleine habe ich dazu keine Lust, schon gar nicht unter diesen Umständen. Danach werde ich nach Hause fahren und auf die Beerdigung von Christophe gehen.«

Rocard fiel noch etwas ein. »Samira du Plessis und auch Sie selbst haben ausgesagt, dass Sie und Ihre Freunde letztes Jahr nicht nach Blaye gekommen sind, so wie sonst immer. Ich möchte den Grund dafür erfahren.«

Jérémy sah ihn irritiert an. »Dafür gibt es keinen speziellen Grund. Wir hatten viel Arbeit in der Zimmerei, es hat sich einfach nicht ergeben.«

»Aha.«

»Was spielt das für eine Rolle?«

»Es war nur eine Frage.« Rocard spürte instinktiv, dass Jérémy log. Es gab sehr wohl einen Grund. Da er ihn nicht nennen wollte, mussten sie ihn eben selbst herausfinden.

Der Wirt Paul Benoît stand hinter dem Tresen und zapfte Bier, als die Kommissare in den Gastraum kamen. Die Hocker davor waren nicht besetzt.

»Mich trifft keine Schuld! Ich habe alle Balkone erst letztes Jahr überprüfen und renovieren lassen«, sagte der Mann sofort und ohne Umschweife.

Castelot beruhigte ihn. »Niemand will Ihnen einen Vorwurf machen, Monsieur Benoît. Könnten wir bitte einen Kaffee bekommen?«

»Selbstverständlich. Entschuldigen Sie bitte meine Unaufmerksamkeit. Aber ich bin immer noch aufgeregt und total schockiert. Pierre ist tot, er ist in meinem Hotel vom Balkon gestürzt. Bisher ist noch nie einem Gast etwas in meiner Pension zugestoßen. Es tut mir so leid um ihn, er war ein ganz sympathischer Mann.«

Er füllte Kaffee in Tassen und servierte ihn mit einem Glas Wasser für jeden. »Der geht aufs Haus.« Die Kommissare bedankten sich.

Castelot vergewisserte sich, dass sich niemand in ihrer Nähe befand, und wandte sich an den Wirt. »Es war kein Unfall, Monsieur Benoît. Jemand hat die Balken des Balkons angesägt. Wir gehen davon aus, dass Pierre Fernand sich dagegen lehnte, die Brüstung wegbrach und er hinabgestürzt ist.«

Der Mann schlug entsetzt die Hände vor sein Gesicht und riss die Augen auf. »*Mon Dieu*! Wie abscheulich!«

»Wer hatte außer Monsieur Fernand noch Zugang zu seinem Zimmer?«

»Das Zimmermädchen, sonst niemand. Sie putzt die

Räume jeden Morgen und macht die Betten, wenn die Gäste beim Frühstück oder unterwegs sind.«

»Können wir mit ihr sprechen?«

»Das geht leider nicht, sie hat heute frei.«

»Wie ist der Täter in das Zimmer gekommen?« Rocard zeigte auf den Schlüsselkasten, der zwischen der Theke und der Eingangstür an der Wand hing. Die Haken waren durchnummeriert, an einigen hingen Schlüssel. »Werden dort alle Schlüssel für die Gästezimmer aufbewahrt?«

»Ja, und in meinem Safe befinden sich die Zweitschlüssel.«

»Man betritt den Gastraum, nimmt sich unbeobachtet einen Schlüssel und hängt ihn später wieder zurück.«

»Sie haben schon recht, aber so etwas ist noch nie passiert. Im Grunde hätte jeder den Schlüssel nehmen können bei dem Trubel, der hier während des Festivals herrscht. Selbst wenn ich hinter dem Tresen gestanden hätte, hätte ich es nicht unbedingt bemerken müssen, so beschäftigt wie ich immer bin.«

Die Kommissare bedankten sich für die Auskünfte und den Kaffee und verabschiedeten sich.

Auf dem Weg zu ihrem Dienstfahrzeug besprachen sie ihr weiteres Vorgehen. Sie waren sich einig, dass das Haus des zweiten Opfers so schnell wie möglich durchsucht werden musste. Von Samira du Plessis wussten sie, dass Pierre Fernand in einem Bauernhaus außerhalb von Solignac gelebt hatte, die Adresse herauszufinden, war keine große Sache. Mélanie fand sie mithilfe ihres Smartphones im örtlichen Telefonbuch: Pont Vieux 13.

Während der Fahrt diskutierten sie ihren Fall, der immer verworrener wurde.

»Haben Hamid Massour oder Raphaël Le Maître tatsächlich Christophe du Plessis getötet?«, warf Louis die Frage in den Raum.

»Ist einer der beiden auch der Mörder von Pierre Fernand?«, überlegte Pauline. »Bisher erschließt sich mir kein Motiv.«

»Wurden beide von der gleichen Person ermordet?«, dachte Frédéric laut nach. »Oder gibt es zwei Täter? Hat der erste Mord mit dem zweiten überhaupt etwas zu tun?«

Mélanie griff Paulines Gedankengang von vorhin noch mal auf: »Hat jemand es auf die drei Zimmerleute abgesehen, die vor vielen Jahren auf der Walz waren und jedes Jahr im August nach Blaye reisen?«

»Nur letztes Jahr nicht«, ergänzte Frédéric. »Ich glaube, er hat uns angelogen. Es muss einen Grund geben.«

Es gab Fragen über Fragen, auf die sie noch keine Antwort wussten. Sie hofften, auf dem Bauernhof einen Hinweis zu finden, der Licht ins Dunkel brachte.

Das Anwesen lag nahe dem Fluss Briance, der sich durch eine naturbelassene grüne Landschaft schlängelte und pfauenblau schimmernd unter einer dreibogigen Brücke hindurchfloss. Am Ufer lagen Kähne unter Trauerweidenästen. In einer weitläufigen Koppel grasten Pferde. Der Bauernhof setzte sich aus drei ockerfarbenen, mit roten Ziegeln gedeckten Gebäuden zusammen. Im Hof stellte Louis den Wagen ab, sie stiegen aus und sahen sich um. Hühner liefen frei herum, pickten auf der Erde nach Krumen und ignorierten die Ankömmlinge. Hin und wieder flatterte ein Tier gackernd auf. An der Fassade wuchsen dicht an dicht Stockrosen in Purpurrot, Rosa und Weiß. Neben einem überdachten Außensitz stand ein gemauerter Kamin, auf dem ein Hahn aus Ton thronte. Einer der drei Schlüssel passte, und Frédéric schloss die Haustür auf.

Im Haus roch die Luft frisch, jemand schien regelmäßig zu lüften. Die Kommissare gingen durch den Korridor, an dessen grob verputzten Wänden Aquarelle mit Motiven aus der Gegend hingen. Sie waren mit *P.F.* signiert, und sie fragten sich, ob Fernand selbst gemalt hatte. Dann teilten sie sich auf. Pauline und Louis wollten sich das Erdgeschoss vornehmen, Mélanie und Frédéric den ersten Stock.

Die Chefin und der junge Kommissar betraten die Wohnküche, in der der Kochbereich von der Essecke durch eine Frühstückstheke abgetrennt war. Die königsblaue Küchenzeile schien ziemlich neu zu sein. Pauline zog einige Schubladen auf und öffnete Schranktüren. Auf der Arbeitsplatte stand eine hochwertige Kaffeemaschine. Der Kühlschrank war bis auf eine Butterdose, abgepackten Käse und ein Marmeladenglas leer. Auf dem Fenstersims blühten Orchideen in Tontöpfen. Der rustikale Essplatz bestand aus einem massiven Holztisch und einer Eckbank, die mit einem geblümten Stoff überzogen war. Auf einem Regal reihten sich Kochbücher und Rezeptsammlungen. Alles war sauber und ordentlich. Den Mittelpunkt des Salons bildete ein alter ornamentierter Kaminofen mit flaschengrünen Fliesen. Weiter gab es zwei braune Ledersofas, einen Couchtisch aus Holz und einen antiken Sekretär. Auf dem Parkettboden lagen geknüpfte Teppiche in kräftigen Farben. Im Regal standen Kriminalromane, Belletristik und einige Gedichtbände.

Pauline zog einige Bücher heraus und sah sie sich an. Offenbar hatte Fernand Marcel Proust geliebt. Das Buch *A la recherche du temps perdu* war gespickt mit Eselsohren und Anmerkungen.

Mélanie und Frédéric durchsuchten das Schlafzimmer, das mit einem französischen Bett, einem Schrank und einem riesigen abstrakten Gemälde in Blau- und Grüntönen minimalistisch eingerichtet war. Daran schlossen sich das Badezimmer und ein Atelier mit einem großen Dachfenster an. Auf der Staffelei stand ein Ölgemälde, das die Zitadelle von Blaye im Nebel zeigte. Sie wirkte düster und unheimlich. Mélanie fand es wunderschön. Pierre Fernand war talentiert gewesen. Im letzten Zimmer hatte er einen Fitnessraum eingerichtet, in dessen Mitte ein Hometrainer vor einem Fernseher stand. Die beiden Polizisten konnten nichts finden, was für ihre Ermittlungen von Interesse wäre, deshalb kehrten sie ins Erdgeschoss zurück. Ihre Kollegen waren gerade dabei, die Papiere und Unterlagen im Sekretär durchzusehen. In einer Seitenschublade fand Pauline einen handgeschriebenen Brief. Er war auf den zweiten März 2018 datiert. Sie machte die Kollegen darauf aufmerksam und las den Inhalt vor:

»Lieber Pierre,
angesichts dessen, was letzten August passiert ist, bitte ich dich von ganzem Herzen, dich bei Juliette zu melden und mit ihr zu reden. Sie ist verzweifelt und braucht deine Hilfe. Sei nicht kaltherzig, es ist sehr wichtig. Ich verlasse mich auf dich, du scheinst mir der Vernünftigste zu sein.

Herzlichst
Nora«

Sie sahen sich an.

»Wer ist Nora?«, fragte Louis.

»Nora Delavigne, die Schauspielerin?«, überlegte Pauline. »Christophe du Plessis kannte sie, womöglich auch Pierre Fernand. Denkt an das Programmheft mit den Theateraufführungen.«

»Mir ist nicht klar, was der Inhalt des Briefes bedeuten soll«, rätselte Frédéric. »Wer ist Juliette, und warum ist sie verzweifelt und braucht Hilfe?«

»Fragen wir Madame Delavigne«, antwortete Pauline. »Sie hält sich doch noch in Blaye auf?«

»Ja«, bestätigte Frédéric. »Sie steht jeden Abend im Theater ›Le Chat Jaune‹ auf der Bühne.«

»Sie wohnt in der Auberge Aquitaine, wusste Louis.

»Dann fahren wir jetzt hin«, entschied Pauline.

Sie verließen das Haus, und Frédéric verschloss die Tür. Daraufhin machten sie noch einen kurzen Rundgang durch die Nebengebäude. In der Garage stand ein Renault, und im Anbau hatte Fernand sich eine Werkstatt eingerichtet, außerdem befanden sich darin der Hühnerstall und ein Holzlager. Gerade als sie in ihr Fahrzeug steigen wollten, kam eine junge Frau auf den Hof geradelt, die ihr helles Haar zu einem hohen Dutt frisiert hatte. Sie stieg ab und schob ihr Fahrrad einige Meter auf sie zu. Die schwarzen Leggins und das weiße T-Shirt betonten ihre Figur. Als sie vor ihnen stehen blieb, fiel Castelot auf, dass ihre Augen gerötet waren. Sie war ungeschminkt, und an ihren Ohrläppchen funkelten goldene Kreolen. Mit gerunzelter Stirn sah sie sie an.

»Was machen Sie hier? Das ist ein Privatgrundstück.«

Castelot zückte ihren Ausweis und stellte sich vor. »Wir sind Kommissare aus Bordeaux und ermitteln in zwei Mordfällen.«

Sie ließ ihre Schultern sinken. »Pierre ist tot. Jérémy hat mich vorhin angerufen und es mir erzählt. Ich stehe immer noch unter Schock, ich habe ihn sehr gern gehabt. Jérémy sagt, dass er ermordet wurde, genauso wie Christophe. Es ist entsetzlich.«

»Meinen Sie Jérémy Martelli?«, fragte Pierrot.

»Er ist mein Verlobter.«

»Wie heißen Sie?«

»Entschuldigung, ich habe mich noch gar nicht vorgestellt. Mein Name ist Christine Giscard.«

»Was machen Sie hier?«, wollte Leroy wissen.

»Ich habe Pierre versprochen, während seiner Abwesenheit die Hühner zu füttern und seine Orchideen zu gießen. Ich dachte außerdem, mich um seine Tiere und Pflanzen zu kümmern, würde mich ein wenig beruhigen.«

»Hat es Sie nicht geärgert, dass Ihr Verlobter immer ohne Sie gefahren ist?«

Sie zögerte. »Ich will ehrlich zu Ihnen sein. Es hat mich nicht nur geärgert, ich war wütend und verletzt. Aber Jérémy bestand auf seinen Männerurlaub, da war nichts zu machen.«

Castelot ergriff das Wort. »Die drei Freunde waren jedes Jahr auf der Zitadelle, letztes Jahr jedoch nicht. Wissen Sie, warum?«

»Nein, nicht wirklich. Dieser Urlaub war ihnen sehr wichtig. Ich hatte immer den Verdacht, dass sie auf dem Fest auch Kontakt zu Frauen suchten. Auf jeden Fall habe ich letztes Jahr meinen Verlobten darauf angesprochen und gefragt, weshalb sie nicht fahren. Er hat nur gesagt, sie hätten ihre Gründe.«

»Weiter nichts?«

»Nein.«

»Haben Sie eine Vermutung?«

Sie schüttelte den Kopf. »Ich habe keine Erklärung dafür.«

»Sagt Ihnen der Name Nora etwas?«, fragte Frédéric.

»Vielleicht handelt es sich um Nora Delavigne, die Schauspielerin? Christophe hat öfter damit geprahlt, dass er sie einmal kennengelernt hat.«

»Wissen Sie, wo?«

»Keine Ahnung.«

»Kannten die beiden anderen Männer sie auch?«

»Das weiß ich nicht.«

»Haben die drei Freunde einmal eine Juliette erwähnt?«

»Lassen Sie mich nachdenken. Ich meine, da war mal etwas. Ach, jetzt fällt es mir wieder ein! Wir waren auf einer Grillparty bei Samira. Da habe ich zufällig gehört, dass die drei über eine gewisse Julie redeten, es kann auch der Name Juliette gewesen sein, so genau kann ich mich nicht mehr erinnern.«

»Worum ging es bei diesem Gespräch?«

»Ich glaube, Jérémy hat etwas von ›Ärger mit Julie‹ gesagt.«

»Sonst noch etwas?«

»Nein, als sie bemerkten, dass ich neben ihnen stand, haben sie das Thema gewechselt.«

»Haben Sie Ihren Verlobten darauf angesprochen?«

»Ja, aber er sagte, das gehe mich nichts an.«

»Ist Ihnen sonst noch etwas aufgefallen?«, fragte Castelot.

»Nein.«

»*Merci*, Mademoiselle Giscard. Hier ist meine Visitenkarte, rufen Sie mich jederzeit an, wenn Ihnen noch etwas einfällt.«

»Das mache ich.«

Nachdem die Kommissare den Hof verlassen hatten, begann sie die Hühner zu füttern. Das lustige Durcheinander dabei bereitete ihr diesmal keine Freude.

Sie fanden Nora Delavigne auf der Terrasse der Auberge Aquitaine. Sie trug ein blaues Sommerkleid, und die blonden Haare fielen weich auf ihre Schultern. Die Sonnenbrille hatte sie auf die Stirn geschoben. Sie sah noch schöner aus als auf den Fotografien der Hochglanzmagazine und im Fernsehen. Mit ihr am Tisch saßen zwei Frauen und ein Mann. Eine Frau trug einen sonnengelben Overall, hatte dunkle Haare und auffällig grüne Augen. Die andere Frau und den Mann schätzte Leroy auf Anfang zwanzig, die beiden waren sich wie aus dem Gesicht geschnitten. Sie hatten blasse ovale Gesichter, volle Lippen und ebenholzschwarze Haare. Ihr Gesichtsausdruck war ernst. Die Haare der Frau fielen lockig über ihren Rücken, der Mann trug sie schulterlang. Beide waren mit schwarzen Jeans und Hemden sowie mit Schnürstiefeln bekleidet. Vor ihnen standen riesige Eisbecher mit frischen Erdbeeren.

Pauline trat an den Tisch und zeigte ihren Dienstausweis. »Wir möchten gerne mit Ihnen reden, Madame Delavigne.«

Die Schauspielerin sah sie überrascht an. »Polizei? Ja, selbstverständlich.« Sie sah sich um. »Rücken wir doch den freien Tisch und die Stühle heran, dann haben alle Platz.«

Bei einer Kellnerin, die sofort herbeigeeilt war, bestellten sie Orangina. Nora Delavigne zeigte auf die Frau in Gelb.

»Das ist Diana von Sternberg, meine beste Freundin. Sie kommt aus Nürnberg und arbeitet dort als Psychotherapeutin. Für ein paar Tage ist sie hier zu Besuch und will sich erholen.«

Madame von Sternberg nickte ihnen höflich zu.

»Die beiden«, Nora Delavigne wies auf die schwarz gekleideten jungen Leute, »sind meine Geschwister Vivianne und Victor Vassal. Sie sind Zwillinge.«

»Die Ähnlichkeit ist wirklich verblüffend«, meinte Pierrot. »Warum haben Sie einen anderen Nachnamen?«

»Delavigne ist mein Künstlername.«

»Ach so, das war mir nicht bekannt.«

Die Zwillinge hatten ihr Eis aufgegessen und verabschiedeten sich. Eng nebeneinander gingen sie über die Terrasse auf die Straße zu. Pierrot sah ihnen nach. Die junge Frau hakte sich bei ihrem Bruder unter. Kurz darauf bogen sie um eine Ecke und waren verschwunden.

Nora Delavigne wandte sich an Pauline. »Ist es für Sie in Ordnung, wenn meine Freundin bei dem Gespräch dabei ist? Wissen Sie, wir kennen uns schon viele Jahre. Sie kam als Teenager bei einem Schüleraustausch zu uns, so haben wir uns kennengelernt. Immer wieder kehrte sie zurück, weil sie die Gegend hier so liebt und sich in meiner Familie wohlfühlte.

Ich war in den Ferien oft bei ihr in Nürnberg. Seitdem sind wir eng befreundet.«

»Ich habe nichts dagegen«, meinte Castelot.

»Worum geht es überhaupt?«

»Wir ermitteln im Mordfall Christophe du Plessis. Sie haben sicher gehört, was passiert ist?«

»Natürlich. Das hier ist ein Dorf, alles spricht sich schnell herum. Es tut mir sehr leid, was ihm zugestoßen ist.«

»Kannten Sie ihn?«

»Flüchtig. Wir haben uns mal kennengelernt, hier auf dem Festival.«

»Wissen Sie noch, wann das war?«

»Vor zwei Jahren.«

»Pierre Fernand ist ebenfalls tot.«

»Ich weiß, die Nachricht hat schnell die Runde gemacht. Was für ein tragischer Unfall.«

»Es war kein Unfall. Jemand hat ihn getötet.«

Nora Delavigne sah sie schockiert an. »Ihn auch? Das ist ja furchtbar! Haben Sie schon eine Spur?«

»Über laufende Ermittlungen dürfen wir nicht sprechen.«

»Ich verstehe.«

»Sie kannten ihn?«

»Sehr oberflächlich.«

»Und Jérémy Martelli?«

Diana von Sternberg und sie tauschten einen kurzen Blick.

»Ja, aber auch nicht näher.«

Castelot wandte sich an die Psychotherapeutin. »Und Sie?«

»Ich kannte die beiden vom Sehen. Monsieur Martelli bin ich ein paarmal begegnet.«

Die Hauptkommissarin zog ein Blatt aus ihrer Mappe und legte es vor Nora Delavigne auf den Tisch. »Haben Sie diesen Brief geschrieben?«

Sie überflog den Text mit ausdrucksloser Miene. »Das habe ich.«

»Können Sie uns bitte erklären, worum es dabei geht?«

Unsicher sah sie ihre Freundin an, die ihr aufmunternd zunickte.

»Erzähl die Geschichte, Nora. Wir haben nichts zu verbergen, und vielleicht hilft sie den Kommissaren weiter.«

Noras Gesicht schien blasser geworden zu sein. Sie räusperte sich. »Diana, Julie und ich haben Christophe, Pierre und Jérémy vor zwei Jahren Ende August während eines Konzerts auf dem Festivalgelände von Blaye kennengelernt.«

»Ist Julie Juliette?«, erkundigte sich Leroy.

»Ja, das war ihr Kosename.«

»War?«

»Sie ist tot.«

»Was ist passiert?«

»Meine Schwester Juliettte ist am siebenundzwanzigsten April 2018 gestorben.« Nora sah ihre Freundin hilfesuchend an. Ihre Augen füllten sich mit Tränen. »Ich kann es nicht sagen, Diana.«

Madame von Sternberg ergriff das Wort. »Julie hat sich das Leben genommen, auf dem Dachboden im Haus ihrer Familie.« Sie zögerte einen Moment. »Sie hat sich an einem Balken erhängt. Da war sie im achten Monat schwanger. Vivianne und Victor haben sie gefunden.«

Pauline schwieg einen Moment und ließ den Frauen etwas Zeit, sich zu sammeln. »Mein aufrichtiges Beileid.«

Sie wandte sich wieder an die Schauspielerin, die inzwischen einen aufgelösten Eindruck machte. »Sie haben die Männer also kennengelernt. Was passierte dann?«

»Wir verbrachten einen schönen Abend zusammen. Sie waren lustig und nett, wir haben uns großartig amüsiert und viel gelacht. Ausgelassen getanzt haben wir auch.« Kurz hielt sie die gefalteten Hände vor den Mund. »Als wir uns nach dem Fest trennten, verabredeten wir uns für den nächsten Abend. Christophe schlug vor, uns bei Einbruch der Dämmerung am Ufer der Gironde zu treffen. So haben wir es dann auch gemacht. Pierre und Jérémy entzündeten am Strand ein Treibholzfeuer, um das wir uns setzten. Christophe hat Gitarre gespielt, und wir haben gesungen und uns unterhalten. Dabei haben wir Champagner und Wodka getrunken. Sehr viel. Wir waren ziemlich betrunken und haben angefangen, uns zu küssen. Irgendwie ist dann alles aus dem Ruder gelaufen, es ist mir peinlich, darüber zu reden.«

»Bitte erzählen Sie dennoch weiter.«

»Wir hatten Sex, jeder mit jedem. Irgendwann sind wir eingeschlafen und erst am frühen Morgen nach Hause gegangen.« Sie versank in Schweigen.

Rocard musterte sie nachdenklich. »Hat der Suizid Ihrer Schwester etwas mit diesem Abend zu tun?«

»Ja, nach ein paar Wochen stellte sie fest, dass sie schwanger war. Sie war völlig verzweifelt, weil sie nicht wusste, wer der Vater war. Christophe, Pierre, Jérémy oder Maurice.«

»Wer ist Maurice?«

»Maurice Benoît, er war ihr Verlobter.«

»Hat er etwas mit Paul Benoît, dem Inhaber der Auberge La Citadelle zu tun?«

»Ja, Paul ist Maurice' Vater.«

»Wie ging es dann weiter?«, hakte Castelot nach.

»Ihrem Verlobten hat sie nichts von der Schwangerschaft erzählt. Sie wollte zunächst herausfinden, wer der leibliche Vater war. Deshalb hat sie die drei Männer angeschrieben und sie gebeten, einen Vaterschaftstest machen zu lassen, um für alle Beteiligten Klarheit zu schaffen.«

Es fiel ihr schwer weiterzusprechen. Diana von Sternberg half ihr.

»Wenn ein Vaterschaftstest vor der Geburt erforderlich ist, nimmt man von der Mutter eine Blutprobe und einen Wangenabstrich des potenziellen Vaters. Aus dem Blut der Mutter wird die DNA des Kindes isoliert. Dieses Verfahren ist nicht aufwendig, und das ungeborene Leben wird nicht durch einen Eingriff gefährdet.«

»Wurden die Tests durchgeführt?«

»Nein, die Männer haben sich schlichtweg geweigert. Sie wollten damit nichts zu tun haben und vertraten die Ansicht, es sei Julies Problem, sie hätte schließlich verhüten können. Die Mutter kann zwar durch einen Gerichtsbeschluss erwirken, dass die Väter einen Test machen müssen. Notfalls bringt die Polizei sie zum Labortermin.«

Nora Delavigne erzählte weiter: »Aber Julie wollte das nicht, sie hoffte lange, dass sie doch noch zustimmen würden, aber das taten sie nicht. Sie war von der ganzen Situation völlig überfordert. Inzwischen war ihre Schwangerschaft nicht mehr zu übersehen. Maurice ging die ganze Zeit davon aus, er sei der Vater. Dann hat ihm wohl jemand verraten, was am Ufer der Gironde geschehen ist. Wer das war, wissen wir nicht. Woher derjenige es wusste, haben wir auch nie herausgefunden. Maurice war außer sich. Es war nicht mit ihm zu reden. Sogar einen Vaterschaftstest verweigerte er. Er beschimpfte Julie als Hure und verließ sie. Wenn er betrunken in der Kneipe saß, hat er herumerzählt, was passiert war. Julie war am Boden zerstört. Sie schämte sich. Unser Vater hat gedroht, sie hinauszuwerfen. Deshalb habe ich Pierre den Brief geschrieben und ihn um Hilfe gebeten. Er hat mir nicht einmal geantwortet.« Sie begann zu weinen.

»Julie war völlig überfordert und wusste nicht mehr ein noch aus«, erzählte Diana von Sternberg und griff liebevoll nach der Hand ihrer Freundin.

»Nora und ich taten alles, um ihr zu helfen. Nora wollte sie bei sich aufnehmen, ich wollte sie nach Nürnberg holen, doch das alles hat sie abgelehnt. Ihre Seele verdunkelte sich und hat den Weg ins Licht nicht mehr gefunden. Es war unerträglich, das mit anzusehen. Sie hat sich jeder Unterstützung entzogen. Am Ende wurden die Schatten für sie zu groß. Sie hat sich getötet.«

»Vivianne und Victor haben so sehr darunter gelitten, unter dem Verlust einerseits und darunter, dass ausgerechnet sie Julie finden mussten. Die beiden lachen seitdem nicht mehr«, flüsterte die Schauspielerin.

Castelot war berührt. »Das ist eine schreckliche Geschichte. Es tut mir sehr leid um Ihre Schwester.«

»Waren die drei Männer deshalb letztes Jahr nicht da?«, fragte Leroy.

»Wir vermuten es. Dann tauchen sie ein Jahr später unbeschwert wieder auf, als wäre nichts geschehen. Dabei haben sie sich absolut verantwortungslos verhalten.«

Pauline musste die Frage stellen. »Wo waren Sie in der Nacht vom neunundzwanzigsten auf den dreißigsten August zwischen zwei Uhr und drei Uhr?«

Die beiden Frauen sahen sie fassungslos an. »Das ist jetzt nicht Ihr Ernst!«, sagte Diana von Sternberg mit eisiger Stimme.

Leroy insistierte. »Wir müssen das fragen.«

»Ich war in meinem Hotelzimmer in der Auberge Aquitaine.«

»Kann das jemand bezeugen?«

»Nein.«

»Ich hatte Generalprobe im Theater«, sagte Nora Delavigne aus. »Danach war ich mit den anderen Schauspielern im Blauen Kakadu. Wir haben etwas getrunken und auf die gelungene Probe angestoßen. Um ein Uhr lag ich im Bett. Ich musste am nächsten Tag fit für die Premiere sein.«

Die Kommissarin konnte das Alibi der beiden Frauen in Bezug auf Pierre Fernand nicht überprüfen, weil der Zeitrahmen zu ungenau war. »*Merci*.«

»Wo finden wir Maurice Benoît?«, erkundigte sich Pierrot.

»Sein Vater besitzt ein Grundstück einige Kilometer nördlich von hier«, antwortete die Schauspielerin. »Dort steht ein Wohnwagen, in dem er sich eingerichtet hat. Nach Juliettes Tod hat er sich völlig zurückgezogen.« Sie beschrieb den Weg.

Die Kommissare bedankten sich für die Auskünfte,

bezahlten die Limonade und verabschiedeten sich. Auf der Fahrt zu der Wohnstätte von Maurice Benoît diskutierten sie über die Informationen, die sie von den beiden Frauen erhalten hatten.

»Sie haben ein starkes Motiv«, bekräftigte Pierrot. »Nora Delavigne hat ihre Schwester verloren, und Diana von Sternberg eine Freundin. Sie haben für die Tatzeit kein Alibi.«

Sie fuhren über eine gewundene Landstraße in Richtung Anglade und bogen kurz vor dem kleinen Dorf rechts ab. Ihr Weg führte sie durch einen Buchenwald und vorbei an Wiesen und Ackerland. An einer Kapelle, auf deren Spitzdach sich ein schlichtes Holzkreuz erhob, bogen sie links ab. Daraufhin folgten sie einem Schotterweg, der von knorrigen Kiefern gesäumt war, zwischen deren Stämmen sich Heidelbeersträucher ausbreiteten. Schließlich erreichten sie eine Hecke, die über einen Durchbruch verfügte. Das war der Zugang zu dem Grundstück. Leroy passierte die Stelle, und sie gelangten auf eine Wiese, auf der Birnbäume wuchsen. An der Rückwand einer alten Scheune stand auf Steinplatten ein heruntergekommener Wohnwagen, auf dessen Dach eine Satellitenschüssel montiert war. Das Mauerwerk des Gebäudes war rußgeschwärzt. Daneben erhob sich ein Ziehbrunnen. Oberhalb der Behausung gab es einen von Schilfgräsern umwachsenen Fischweiher, einen Sitzplatz und eine Feuerstelle.

Mélanie stellte den Wagen ab, sie stiegen aus und sahen sich um. Die Tür des Wohnwagens stand offen, und aus dem Inneren war die laute Stimme eines Mannes zu hören, der offenbar ein Rugbyspiel kommentierte, sowie das Geschrei und der Jubel der Zuschauer. Sie traten näher und entdeckten einen Mann, der auf einer Matratze saß und gebannt auf den Bildschirm blickte. Er war so sehr in den sportlichen Wettkampf vertieft, dass er die Besucher nicht bemerkte. In der einen Hand hielt er eine qualmende Zigarette, in der anderen eine Flasche Bier. Auf dem blanken Boden des Wohnwagens lagen und standen zwischen verstreuten Kleidungstücken Bierflaschen sowie weitere Alkoholika. Der Aschenbecher quoll über. Castelot sprach ihn mit energischer Stimme an. »Monsieur Maurice Benoît?«

Erschrocken fuhr er herum, sprang auf, schwankte und blieb schließlich im Türrahmen stehen. Seine fleckige Hose, die von Trägern gehalten wurde, rutschte über die Hüften. Das offene karierte Hemd gab den Blick auf seine behaarte Brust und den gewaltigen Bauch frei. Er ließ die Kippe fallen, trat sie mit dem Stiefel aus und stellte mühsam die Flasche ab. Dann verschwand seine Hand blitzschnell hinter der Wohnwagenwand und kam mit einer Schrotflinte wieder hervor. Mit einer Geschwindigkeit, die Castelot ihm nicht zugetraut hätte, legte er an und zielte auf sie.

»Haut ab!«, brüllte er mit sich überschlagender Stimme. »Sonst schieße ich.«

Pauline reagierte blitzschnell und trat ihm die Schrotflinte mit dem Fuß aus der Hand. Der Mann schrie vor Schmerz auf und rieb sich die Finger. Seine Waffe flog in hohem Bogen durch die Luft. Das bleiche, von Furchen durchzogene Gesicht des Mannes verwandelte sich in Sekundenschnelle in eine wütende Fratze. Drohend hob er die Faust und holte Luft. Castelot schnitt ihm das Wort ab. »Wir wollen mit Ihnen reden.« Sie zückte ihren Dienstausweis und hielt ihn hoch. »Wenn Sie nicht kooperieren, nehmen wir Sie mit auf die Polizeiwache.«

Irritiert sah er sie an und fuhr sich durch die strähnigen graubraunen Haare, die sich am Hinterkopf zu einem Nest verfilzt hatten. »Polizeiwache? Was wollen Sie von mir?«

»Wir ermitteln in den Mordfällen Christophe du Plessis und Pierre Fernand.«

»Sie haben es nicht besser verdient, diese Schweinehunde.«

»Sie wissen davon?«

»Mein Vater hat es mir erzählt. Wenn ich dem Mörder einmal begegnen sollte, gebe ich ihm einen Schnaps aus. Was sage ich – einen doppelten!«

»Wir wollen von Ihnen wissen, was damals passiert ist?«

»Was passiert ist? Sie haben Julie und unser Baby in den Tod getrieben. Die beiden und dieser Jérémy.«

Pauline zeigte auf die Bank und die Stühle. »Wollen wir uns dort hinsetzen, und Sie erzählen uns alles in Ruhe?«

»Okay, ich hole mir nur noch schnell ein Bier.«

»Nein, wir wollen Ihre Aussage in einigermaßen nüchternem Zustand.«

Widerwillig kletterte er über die zwei Stufen aus dem Wohnwagen. Sie setzten sich um die Feuerstelle.

»Wie lange wohnen Sie schon hier?«, erkundigte sich Rocard.

»Seit Julies Tod.«

»Wovon leben Sie?«

»Mein Vater steckt mir ab und zu ein paar Scheine zu. Ich brauche nicht viel.«

»Erzählen Sie«, forderte er den Mann auf und betrachtete ihn genau. Nora Delavigne hatte erwähnt, er sei Mitte dreißig. Offenbar war er nach dem tragischen Verlust um Jahre gealtert. Rocard fragte sich, ob er in naher Zukunft genauso aussehen würde, wenn er seine Tochter Emma nicht bald fand.

Maurice Benoît rieb sich das stoppelige Kinn und erzählte die Geschichte. »Julie war schwanger, und ich habe mich so darüber gefreut. Ich wollte sie heiraten. Sie wollte noch warten. Das habe ich nicht verstanden, doch ich habe nachgegeben und beschlossen, ihr Zeit zu lassen. Eines Tages kam mein Kumpel Simon zu mir und zeigte mir ein Video, das er mit seinem Handy aufgenommen hatte. Es zeigte Julie am Ufer der Gironde. Im Schein eines Lagerfeuers hatte sie Sex mit Pierre, dann mit Christophe und mit Jérémy. Die anderen beiden Frauen waren ebenfalls dabei.«

»Sie haben die Männer gekannt?«, wollte Pierrot wissen.

»Zu diesem Zeitpunkt noch nicht. Simon hat den Film auf mein Smartphone überspielt, und ich zeigte ihn später Julie, um sie damit zu konfrontieren. Dabei hat sie mir die Namen genannt. Sie kannte das Video bereits, Simon hatte versucht, die Frauen damit zu erpressen. Nora Delavigne hat ihm mit ihrem Anwalt gedroht. Julie hatte nicht so viel Geld. Sie appellierte an seinen Anstand, und er versicherte ihr, mir den Film nicht zu zeigen, doch er brach sein Versprechen. Damit hatte sie nicht gerechnet.« Verzweifelt starrte er auf die angebrannten Holzreste in der Feuerstelle.

»Nachdem ich das Video gesehen hatte, trennte ich mich von Julie und wollte nichts mehr mit ihr zu tun haben. Deshalb mache ich mir Tag und Nacht Vorwürfe. Ich leide unter Alpträumen. Wenn ich zu ihr gestanden hätte, wäre sie noch am Leben, und das Baby auch. Nach ihrem Tod habe ich die zuständigen Stellen darum gebeten, einen DNA-Vergleich durchzuführen. Dabei stellte sich heraus, dass ich der leibliche Vater war. Wahrscheinlich war Julie schon von mir schwanger, als sie mit den drei Männern geschlafen hat. Seit sie Selbstmord begangen hat, ist mein Leben zerstört. Ich muss ständig an sie und die Kleine denken. Es war ein Mädchen. Ich spreche in Gedanken oft mit ihr und nenne sie Noëmi. So hieß meine Großmutter.« Er verstummte und wischte sich eine Träne aus dem Augenwinkel.

»Wo waren Sie vom neunundzwanzigsten auf den

dreißigsten August zwischen zwei und drei Uhr?«, fragte Pierrot.

»Sie verdächtigen mich? Ich war es nicht, dafür habe ich keine Kraft mehr. Ich war hier. Ich bin immer hier. Nur manchmal besuche ich das Grab von Julie und Noëmi in Blaye. Es zerreißt mir das Herz.«

»Kann das jemand bezeugen?«

»Nein.«

Pauline fiel noch etwas ein. »Ist in den letzten Monaten irgendetwas passiert, das Sie beunruhigt hat, das sonderbar war, anders als sonst?«

Er zupfte an seinem Haarnest. »Jetzt, wo Sie mich fragen … Es hat einen Vorfall gegeben. Das war am siebenundzwanzigsten April dieses Jahres.«

»Der erste Todestag von Juliette und Noëmi.«

»Genau. Ich bin in der Nacht aufgewacht und konnte nicht mehr einschlafen. Deshalb habe ich einen Spaziergang gemacht. Als ich zurückkam, brannte ein Holzstapel, der an der Scheunenwand geschlichtet war, und direkt daneben die Verkleidung des Wohnwagens über der Achse. Vielleicht haben Sie das angekokelte Mauerwerk bei Ihrer Ankunft bemerkt. Zum Glück war der Brunnen voll mit Wasser, und es ist mir gelungen, das Feuer zu löschen.«

»Wissen Sie, was die Brandursache war?«

»Die von mir herbeigerufenen Gendarmen haben mich zunächst verdächtigt, mit brennender Zigarette eingeschlafen zu sein. Doch bei der Brandschau hat sich schnell herausgestellt, dass das Feuer außerhalb des Wohnwagens ausgebrochen ist. Spezialisten haben bei ihren Untersuchungen festgestellt, dass Benzin benutzt wurde.«

»Also war es Brandstiftung?«

»Zweifellos.«

»Hat man den Täter gefunden?«

»Nein.«

Castelot erhob sich. »Danke für Ihre Aussage, Monsieur Benoît. Bitte halten Sie sich zu unserer Verfügung und verreisen Sie nicht.«

Traurig sah er sie an. »Wo soll ich denn hin?«

Nachdem die Kommissare das Grundstück verlassen hatten, holte er sich aus dem Wohnwagen eine Flasche Schnaps und zündete sich eine Zigarette an.

Das Team fuhr nach Bordeaux zurück, es war spät geworden. Während der Fahrt überlegten sie, ob Maurice Benoît als Täter infrage kam.

»Der Mann ist völlig fertig«, meinte Leroy. »Ich frage mich, ob er in der Lage ist, zwei Morde zu begehen?«

»Hass ist ein mächtiger Antrieb«, erwiderte Rocard.

»Womöglich hat sein Vater ihm geholfen?«, spekulierte Castelot. »Schließlich hat er seine zukünftige Schwiegertochter und seine Enkelin verloren.«

»Für Paul Benoît wäre es überhaupt kein Problem gewesen, die Querbalken anzusägen«, stellte Pierrot fest. »Schließlich ist er der Eigentümer der Pension.«

»Da ist was dran«, stimmte Castelot ihm zu. »Was mich beschäftigt, ist der Ausbruch des Feuers ausgerechnet am Todestag von Juliette.«

Rocard stimmte ihr zu. »Das war kein Zufall.«

Bei ihrer Rückkehr sagte Frédéric, er sei müde. Das bedeutete, dass er im Internet weiter nach Emma suchen und neuen Hinweisen nachgehen wollte. Mélanie war mit Claude zum Abendessen im angesagten Stadtteil La Bastide verabredet. Louis hatte Romy ins Kino eingeladen. Sie liebte alte französische Filme, und er hatte zwei Karten für ein kleines Programmkino in der Innenstadt besorgt. Es lief *Le boucher* von Claude Chabrol. Pauline hatte Sehnsucht nach Sarah und wollte sie ins Bett bringen und noch ein bisschen mit ihr plaudern.

4. SEPTEMBER

Der Fischer Didier war im Morgengrauen auf den Fluss hinausgefahren und hatte seine Netze ausgeworfen. Nach drei Stunden hatte er seine Arbeit beendet und die Marina von Blaye angesteuert. Nachdem er seinen Fang an Restaurants verkauft hatte, zählte er die Geldscheine und war sehr zufrieden mit seinen Geschäften.

Daraufhin suchte er das Café de France am Fischereihafen auf, um sich zu stärken. Seine beiden Freunde Jean-Luc und Bertrand saßen bereits an einem Bistrotisch auf der Terrasse und warteten auf ihn. Sie begrüßten sich herzlich, und er setzte sich dazu. Dann bestellte er einen *café au lait* und einen Croque-Monsieur mit Salat.

»Hast du einen guten Fang gemacht?«, erkundigte sich Jean-Luc.

»In der Höhe von Anglade gab es reichlich Zander und Meeräschen.«

»Die Touristen mögen Zander.«

»Er wird gut bezahlt. Wie war es bei euch?«

»Ich bin zufrieden mit meiner Ausbeute«, sagte Bertrand. »Meine kleine Tochter wünscht sich ein Fahrrad zum Geburtstag. Ich werde es später kaufen.« Er lächelte. »Es muss knallrot sein.«

»Bei mir ist es leider nicht so gut gelaufen«, erzählte Jean-Luc. »Aber morgen ist schließlich auch noch ein Tag. Ich gebe einen aus. Was wollt ihr? Einen *petit jaune*?«

Seine Freunde nickten. »Gerne.«

Nachdem die Kellnerin den Pastis serviert hatte, fragte Jean-Luc: »Habt ihr schon gehört? Gestern Morgen ist noch eine Leiche am Ufer der Gironde gefunden worden. Es handelt sich um einen Mann namens Pierre Fernand.«

»Ja, ich weiß«, entgegnete Bertrand. »Er ist von einem Balkon gestürzt.«

Auch Didier wusste bereits davon. »Ein schlimmer Unfall.«

»Es war kein Unfall«, entgegnete Jean-Luc. »Er ist ermordet worden.«

»Woher weißt du das?«

»Der Koch vom Restaurant La Citadelle hat es mir erzählt.«

Bertrand war entsetzt. »*Mon Dieu*, das gibt es doch nicht!«

Didier zupfte nachdenklich an seinem Vollbart und orakelte: »Womöglich haben die beiden Morde etwas mit dem Fluch von Blaye zu tun?«

Seine Freunde sahen ihn verständnislos an. »Wie meinst du das?«, wollte Jean-Luc wissen.

»Kennt ihr die Legende von Geoffroy, dem Troubadour?«

»Aber klar«, meinte Bertrand. »Das ist doch der, der sich unsterblich in Melisande von Tripolis verliebt hat, obwohl er sie noch nie gesehen hatte. Das muss man sich mal vorstellen.«

Jean-Luc nickte, er wollte sich keine Blöße geben. In Wirklichkeit hatte er keine Ahnung, wovon die beiden redeten.

»Genau der«, bestätigte Didier. »Als sie sich endlich in den Armen lagen, verließ er diese Welt. Wer eine Frau liebt, der stirbt, sagt der Fluch. Das finde ich wirklich tragisch.«

»Welche Frau haben Christophe du Plessis und Pierre Fernand geliebt?« fragte Jean-Luc. Offenbar hatte er die schöne Metapher nicht verstanden.

»Woher soll ich das wissen?«, polterte Didier und nahm einen kräftigen Schluck Pastis.

Die Kommissare hatten sich im Besprechungszimmer der Wache versammelt und tauschten sich aus. Louis und Mélanie waren seit dem frühen Morgen damit beschäftigt, Hintergrundrecherchen über die Personen anzustellen, die im Laufe ihrer jüngsten Ermittlungen unter Verdacht geraten waren. Pauline und Frédéric hatten die Aussagen aller befragten Personen noch einmal durchgearbeitet, verglichen und auf Widersprüche hin überprüft. Zwischendurch hatten sie Kaffee gekocht und Croissants vom Bäcker geholt, da Michelle außer Haus zu tun hatte.

Mélanie trank einen Schluck Kaffee und griff nach ihren Notizen.

»Kollegen der Polizeidienststelle von Nürnberg haben im Rahmen der Amtshilfe Nachforschungen angestellt und mir mitgeteilt, dass Diana von Sternberg strafrechtlich noch nie aufgefallen ist. Nicht einmal eine Ordnungswidrigkeit im Straßenverkehr liegt vor.« Sie blätterte eine Seite um. »Bei Nora Delavigne ist es genauso. Sie ist ein unbeschriebenes Blatt. Vor Kurzem jedoch hat ihr makelloser Ruf einen kleinen Kratzer abbekommen. Bei Dreharbeiten zu ihrem neuesten Film hat sie den Schauspieler Marc Gaspard kennengelernt, und die beiden sind ein Liebespaar geworden. Die Ehefrau von Gaspard hat es herausgefunden und einen Riesenwirbel veranstaltet. Scheidung, kein Kontakt mehr zu den Kindern, Geldhahn zu, das Übliche eben. Es gibt keine Zeitung in ganz Frankreich, die nicht über diese Affäre berichtet hat. Das ist alles, was ich herausgefunden habe, und ich gehe davon aus, dass es für unsere Ermittlungsarbeit nicht relevant ist.«

»Das sehe ich genauso«, meinte Pauline und sah Louis erwartungsvoll an. »Hast du etwas für uns?«

»Zunächst zu Paul Benoît. Vor ein paar Jahren hat er Ärger mit dem Finanzamt bekommen, weil er Steuern in nicht unerheblichem Umfang hinterzogen hat, indem er die Abrechnung der Speisen und Getränke nicht immer über die Kasse hat laufen lassen. Er wurde von einem Gast angezeigt und musste sie nachzahlen. Außerdem war eine Geldbuße fällig. Die Aussage von Maurice Benoît bezüglich der Brandstiftung habe ich überprüft. In der Gendarmerie von Blaye existiert ein Protokoll über diesen Vorfall. Er hat die Wahrheit gesagt. Vor drei

Jahren war er in eine Schlägerei verwickelt. Er besuchte mit Freunden ein Weinfest in Anglade und ist mit den einheimischen Burschen in Streit geraten. Dabei hat er einem Kontrahenten einen Krug über den Schädel geschlagen, der dadurch eine Gehirnerschütterung erlitt und ins Krankenhaus eingeliefert werden musste. Benoît wurde wegen Körperverletzung zu einer Bewährungsstrafe von einem Jahr verurteilt.«

»Hilft uns das weiter?«

»Nein, aber ich habe noch etwas herausgefunden. Die Zwillinge Vivianne und Victor wurden als Jugendliche strafrechtlich auffällig. Als sie siebzehn Jahre alt waren, gingen sie mit ihrem Hund spazieren, der nicht angeleint war. Dabei kam es zu einem unglücklichen Vorfall: Eine Bäuerin hat ihn überfahren. Er ist ihr direkt vor den Traktor gelaufen, und sie konnte nicht mehr rechtzeitig bremsen. Die Frau konnte nichts dafür. Kurz darauf haben die beiden versucht, den Ziegenstall der Unfallverursacherin abzufackeln. Dabei hat sie ein Nachbar der Frau beobachtet und die Polizei alarmiert. Die Folge war, dass die Zwillinge für ein zwei Monate in die Kinder- und Jugendpsychiatrie von Bordeaux eingewiesen wurden.«

»Sie spielen offenbar gerne mit dem Feuer«, stellte Mélanie fest. »Ob sie auch den Wohnwagen von Maurice Benoît anzünden wollten?«

»Als Rache für ihre Schwester Juliette und deren Tochter?«, warf Frédéric in die Runde.

»Möglich wäre es«, meinte Pauline. Eine Idee formte sich in ihrem Kopf. »Pierre Fernand hat bei seiner Aussage ein Detail bezüglich der Hexe mit den grünen Haaren erwähnt, die sich in der Nähe des Imbissstandes aufhielt. Was war das genau?«

Louis durchforstete seine Notizen. »Hier habe ich es. Sie hatte Schwierigkeiten beim Laufen, sagte er aus, er hatte jedoch nicht den Eindruck, dass sie betrunken war.«

»Schwierigkeiten beim Laufen?«

Sie sahen sich an.

»Erinnert ihr euch, wie Vivianne sich bei ihrem Bruder untergehakt hat?«, erinnerte sich Pauline. »Ich spreche noch mal mit Nora Delavigne.«

Sie griff zum Telefon, wählte Noras Nummer und fragte nach deren Schwester.

»Ja, Vivianne hat seit ihrer Geburt einen Klumpfuß, sie wurde schon achtmal ohne großen Erfolg operiert. Wir hoffen sehr, dass sie ihn nicht verlieren wird. Aber warum fragen Sie danach?«

»Das kann ich Ihnen im Moment nicht sagen. Vielen Dank für die Auskunft.«

Pauline legte auf und sah die Kollegen an. »Wir besorgen uns einen richterlichen Durchsuchungsbeschluss, dann fahren wir nach Blaye.«

Das Haus der Familie Vassal lag in der Altstadt von Blaye in der Avenue Haussmann. Es war ein zweistöckiges rosa verputztes Gebäude. Durch ein Gittertor konnte man in den Garten sehen, in dem ein Springbrunnen stand, auf dessen Rand ein Froschkönig aus Ton saß. Seine goldene Krone glänzte in der Sonne. An der Fassade rankten sich Bougainvilleen. Rechts davon in einem vorgelagerten Bau befand sich das Eingangsportal, zu dem einige steinerne Stufen führten. In einer Seitengasse, wenige Meter davon entfernt, fand Pierrot einen Parkplatz.

Als sie den Eingang erreicht hatten, klingelte Castelot. Kurz darauf wurde die Tür von einem älteren Mann mit rundem Gesicht und dunklen Haaren geöffnet. Er musterte sie misstrauisch. »Was wollen Sie?«, fragte er mit barscher Stimme.

Die Chefin zeigt ihm ihren Dienstausweis. »Wir möchten mit Vivianne und Victor Vassal sprechen.«

»Sie sind nicht zu Hause.« Er machte Anstalten, das Portal zu schließen. Rasch schob Castelot den Fuß zwischen Tür und Rahmen. »Davon möchten wir uns gerne selbst überzeugen. Wer sind Sie, bitte?«

»George Vassal, ihr Vater.«

Sie zeigte ihm den Durchsuchungsbeschluss. »Lassen Sie uns bitte ins Haus. Wie Sie sehen können, sind wir dazu befugt.«

Breitbeinig, mit verschränkten Armen, baute er sich vor ihr auf.

»Nein.«

Castelot hatte genug und drängte sich an ihm vorbei. »Sie behindern unsere Ermittlungen. Wenn Sie nicht kooperieren, lassen wir Sie abführen. Ich schlage vor, wir gehen ins Haus und reden in Ruhe.«

Verärgert sah er sie an. »Wenn es unbedingt sein muss, kommen Sie rein.«

Er führte sie durch den Korridor in eine lichtdurchflutete Küche. Am Tisch saß eine Frau, die Chicorée in dünne Streifen schnitt und aussah wie Nora Delavigne, nur älter.

Der Mann wies auf sie. »Das ist meine Frau. Marianne, das sind Kommissare aus Bordeaux. Sie wollen mit den Zwillingen reden.«

Das Ehepaar tauschte einen raschen Blick. Besorgnis war darin zu erkennen.

»Sie sind nicht da«, sagte Madame Vassal.

»Wissen Sie, wo sie sind?«

»Nein, ich habe keine Ahnung. Sie haben nichts gesagt.« Nervös strich sie sich eine helle Strähne aus dem Gesicht. »Sie haben doch hoffentlich nichts angestellt?«

Darauf ging Castelot nicht ein. »Versuchen Sie bitte, die beiden auf ihren Handys zu erreichen.«

»Das habe ich schon vor einer halben Stunde probiert. Die Geräte sind abgeschaltet.«

»Wir ermitteln in den Mordfällen Christophe du Plessis und Pierre Fernand und haben einen richterlichen Durchsuchungsbeschluss. Wir werden uns jetzt im Haus umsehen.« Eine Kopie davon legte sie auf den Tisch. »Sie beide bleiben bitte hier.«

Madame Vassal sah sie entsetzt an. »Sie glauben doch nicht, dass Vivianne und Victor etwas damit zu tun haben?«

»Das habe ich nicht gesagt. Wo sind die Zimmer der Zwillinge?«

»Im ersten Stock auf der linken Seite.«

»Ich werde meinen Anwalt anrufen«, verkündete Monsieur Vassal mit empörter Stimme. »Ich bin

Stadtrat und Weinbauer mit einer großen Domaine, das lasse ich mir nicht bieten.«

»Das ist Ihr gutes Recht«, entgegnete Rocard.

Sie ließen das Ehepaar in der Küche zurück, gingen zusammen in den ersten Stock und teilten sich auf. Castelot und Leroy nahmen sich Victors Zimmer vor. Es war spärlich eingerichtet, die Möbel hell und freundlich. Alles war ordentlich aufgeräumt. Im Schrank befand sich seine Kleidung, gestapelt und auf Kleiderbügeln. Auf dem Schreibtisch lag ein Handy neben einem hochwertigen Laptop und Informatikfachbüchern sowie ein Bildband von Argentinien. Leroy schaltete den PC ein und ließ ihn hochfahren.

»Passwortgeschützt«, stellte sie fest.

Pierrot und Rocard durchsuchten Viviannes Zimmer, in dem wesentlich mehr Unordnung herrschte. Auf dem Boden waren Kleidungsstücke verstreut, auf dem Bett lagen Zeitschriften und Bücher. Rocard sah sie sich an. Es waren Modehefte und Liebesromane. In dem Durcheinander entdeckte er ein Smartphone, eine Tüte Gummibärchen und einen Reiseführer von Argentinien. Im Schrank herrschte Chaos. Auffällig war, dass die meisten Kleidungstücke schwarz waren. Auf dem Flur trafen sie wieder zusammen.

»Wir konnten keine Hexenkostüme finden«, berichtete Castelot.

»Wir auch nicht«, erwiderte Rocard. »Wo könnten sie sie noch versteckt haben?«

Castelot wies auf eine dritte Tür. »Sehen wir da mal nach.«

Es war unverschlossen, und sie traten ein. Es roch nach Zitronenreiniger, der Raum wirkte steril und unbewohnt. Das Bett war mit einer bunten Tagesdecke bedeckt, der Schreibtisch leer. Auf dem Fensterbrett stand zwischen einer brennenden Kerze und einer Vase mit weißen Rosen eine goldgerahmte Porträtfotografie einer Frau, die Nora Delavigne wie aus dem Gesicht geschnitten war. »Das muss das Zimmer von Juliette sein.« Castelot war sich sicher.

Rocard öffnete die Schranktür. Er war leer. Aufmerksam untersuchte er jedes Fach und tastete den Boden ab. Dort lag etwas, es fühlte sich an wie Fasern. Rasch zog er sich Handschuhe über und hob sie auf. Es handelte sich um Polyesterfasern, ungefähr zwölf Zentimeter lang. Vier Kunsthaare waren grün, zwei hatten eine blaue Farbe. Er zeigte den Kollegen, was er gefunden hatte.

»Die Mittelalterkostüme werden in diesem Schrank aufbewahrt. Jetzt sind sie weg. Ich gehe davon aus, dass zwei Personen sie jetzt tragen und irgendwo auf dem Festungsgelände unterwegs sind.«

»Wollen sie sich ins Festivalgetümmel stürzen, oder haben sie etwas anderes vor?«, stellte Leroy die Frage in den Raum.

»Wann wollte Jérémy Martelli abreisen?«, fragte Castelot alarmiert.

»Wahrscheinlich morgen«, erinnerte sich Rocard.

»Er ist das dritte Opfer. Sein Leben ist in höchster Gefahr. Wir müssen ihn finden, sofort!

So schnell sie konnte, steuerte Mélanie den Dienstwagen durch die Altstadt und über das Festungsgelände. Die Kopfsteinpflastergasse, in der die Herberge La Citadelle lag, war als Fußgängerzone ausgewiesen, und sie kam nur noch im Schneckentempo vorwärts. Sie hatten auf Blaulicht und Sirene verzichtet, um kein Aufsehen zu erregen.

Mélanie parkte in der Hofeinfahrt der Pension hinter dem Pritschenwagen des Wirts. Sie stiegen aus und suchten mit schnellen Schritten den Schankraum auf. Paul Benoît stand hinter dem Tresen, trank einen Mokka, blätterte in der Zeitung und sah ein wenig mitgenommen aus. In der Gaststätte war wenig los. Es war der letzte Tag des Festivals, und viele Besucher waren bereits abgereist. Als der Wirt die Schritte hörte, blickte er auf und begrüßte sie höflich. Pauline hielt sich nicht mit Floskeln auf. Sie nickte ihm kurz zu und fragte: »Ist Monsieur Martelli auf seinem Zimmer?«

»Nein, wir haben vorhin einen Kaffee zusammen getrunken, dann ist er weggegangen.«

»Wissen Sie, wohin er wollte?«

»Er sagte, er wolle einen Spaziergang machen und sich anschließend den mittelalterlichen Glockenturm ansehen. Er hat damals mit seinen Freunden das morsche Gebälk des Turmes restauriert.«

»Wo befindet sich dieser Turm?«

»Sie folgen der Gasse in Richtung Norden, nach etwa zweihundert Metern steht er auf der linken Seite in der Nähe der Stadtmauer. Sie können ihn nicht verfehlen.«

»Kann man mit dem Auto hinfahren?«

»Nein, die Straße ist für Kraftfahrzeuge gesperrt, da kommen Sie nur zu Fuß durch. Was ist denn los?«

»Wir haben jetzt keine Zeit für Erklärungen.«

Die Kommissare liefen eilig auf den Ausgang zu.

»Mein Maurice ist kein Mörder!«, rief er ihnen nach. »Er ist ein guter Junge.«

Mélanie drehte sich zu ihm um. »Das wissen wir, Monsieur Benoît.« Dann war sie aus der Tür.

Der Wirt sah ihnen erstaunt hinterher und schüttelte den Kopf. »Das verstehe ich nicht.«

Die Kommissare folgten der Straße mit eiligen Schritten und erreichten nach wenigen Minuten den Glockenturm. Imposant erhob er sich im gleißenden Sonnenlicht. Darüber wölbte sich ein wolkenloser lichtblauer Himmel. Das Bauwerk aus grauen Feldsteinen verfügte über einen quadratischen einstöckigen Unterbau, darauf saß der etwa zehn Meter hohe runde Turm. Das Dach bestand aus roten Ziegelsteinen und verjüngte sich bis zum First. Auf der Spitze thronte ein Wetterhahn, der sich nicht regte. Der Turm wirkte finster und abweisend. Einst hatte das Glockengeläut mehrere Funktionen erfüllt: Es sollte die Bürger für den Krieg zusammenrufen, es diente als Feueralarm, warnte vor Hochwasser und erklang, um Todesfälle zu verkünden.

Pauline beschirmte die Augen mit der Hand und sah zum Turm hoch. »Ob Martelli sich da oben befindet?«

»Sehen wir nach«, meinte Louis.

Jérémy Martelli stieg die hölzerne Wendeltreppe hinauf. Einmal hielt er inne und blickte aus einem der Bogenfenster. Unter ihm erstreckten sich hügelige Weinberge, Ackerland und der mächtige blaugraue Strom. Wehmütig dachte er an eine längst vergangene Zeit, als er hier im Turm mit seinen Freunden die Balken restauriert hatte. Sie hatten so viel Begeisterung und Engagement für ihre Arbeit empfunden, und jetzt hatte er beide verloren. Tiefe Trauer überfiel ihn. Dann machte er sich entschlossen daran, den letzten Teil des Aufstiegs zu überwinden. Dabei meinte er ein Geräusch zu hören. Eine Stufe weit unter ihm knackte. Angestrengt lauschte er. Doch es war nichts mehr zu hören.

»Du weißt, dass Holz arbeitet, da ist nichts«, sagte er sich leise. Er war sich sicher, dass er sich alleine im Turm aufhielt. Als er die oberste Plattform erreicht hatte, betrachtete er das Gebälk. Es hatte die Form einer Pyramide. Die schrägen Balken verliefen bis zum First der Turmspitze und wurden durch waagrechte Verstrebungen stabilisiert. Inmitten der Pyramide hing die eiserne Glocke mit der Winde und den Seilen. Er kletterte auf eine Querstrebe, dann auf die nächste. Jetzt befand er sich direkt neben der Glocke. Würde sie jetzt läuten, würde ihm das Trommelfell platzen. Er griff an die Spitze des Gebälks und überprüfte seine Beschaffenheit. Es fühlte sich fest, trocken und stabil an, ein Modergeruch war nicht festzustellen. Er konnte keine Mängel entdecken. Christophe, Pierre und er hatten gute Arbeit geleistet.

Gerade als die Kommissare außer Atem die oberste Plattform erreichten, sahen sie, wie sich plötzlich eine bizarre Gestalt mit einer blauen Perücke aus dem Schatten der Turmspitze löste und auf Martelli zu schlich. Dicht hinter ihr bewegte sich jemand mit grünen Haaren und einer roten Maske, aus der eine schauerliche Hakennase ragte.

Die Kommissare zogen ihre Waffen und zielten auf sie. »Stehen bleiben!«, rief Pauline. »Hände hoch, sonst schieße ich.«

Die bizarre Gestalt fuhr herum und starrte sie an. Dann sprang sie unvermittelt nach vorne und versetzte Martelli einen heftigen Stoß. Mit einem Schrei stürzte er vom Balken und drohte in die Tiefe zu fallen. Geistesgegenwärtig griff er nach einem Seil und klammerte sich daran fest. Er pendelte über dem Abgrund hin und her und sah entsetzt nach unten. Kein Laut kam mehr über seine Lippen.

Pauline und Frédéric stürzten sich auf die Hexen und stießen sie zu Boden. Dann drehten sie sie auf den Bauch und legten ihnen Handschellen an. Gleichzeitig kletterten Mélanie und Louis auf die untere Strebe und griffen nach dem Seil. Doch in diesem Moment schwang es zurück, und sie griffen ins Leere. Als es sich wieder näherte, gelang es ihnen, es zu packen. Mélanie umklammerte das Seil mit beiden Händen. Louis beugte sich so weit wie möglich vor und legte seine Hände fest um die Handgelenke von Martelli.

»Ich habe Sie!«, rief er. »Lassen Sie los, ich ziehe Sie hoch!«

Der Mann keuchte auf.

Frédéric überzeugte sich mit einem raschen Blick, dass Pauline mit ihrer Pistole die Hexen in Schach hielt, und kam Louis zu Hilfe. Gemeinsam zogen sie Martelli nach oben und über den Querbalken. Als das Gewicht nachließ, krachten sie zu dritt auf den Boden. Die beiden Polizisten rappelten sich auf und zogen den Mann auf die Füße. »Alles in Ordnung?«, fragte Louis.

Er nickte und war kreidebleich. »Alles klar. Danke.«

Während Pauline noch immer ihre Waffe auf die Hexen richtete, trat Mélanie zu ihnen und riss ihnen unsanft die Masken vom Gesicht. Zwei dunkle

Augenpaare starrten sie hasserfüllt an. Es waren die Zwillinge Vivianne und Victor.

»Aufstehen!«, herrschte sie die beiden an. »Sie sind vorläufig festgenommen. Gendarmen werden Sie ins Untersuchungsgefängnis von Bordeaux bringen, wo wir Sie vernehmen werden.«

Victor trat nach ihr, und sie versetzte ihm mit dem Fuß einen Stoß in die Seite. »Los jetzt.«

Die Kommissare besuchten vor ihrer Rückfahrt nach Bordeaux das Grab von Juliette. Vivianne und Victor Vassal würden nach ihrem Eintreffen im Untersuchungsgefängnis zunächst erkennungsdienstlich behandelt werden, so dass ihnen noch etwas Zeit blieb. Der Friedhof befand sich neben der Kirche und war von einer moosüberwachsenen Steinmauer umfriedet. Sie gingen durch ein geöffnetes Gittertor und folgten dem bekiesten Hauptweg, der von Linden gesäumt wurde. In den Laubkronen tanzten Sonnenpunkte. Das Grab befand sich an einem der verzweigten Nebenwege und wurde von einer Pinie beschattet. Der Duft von Rosen und Lavendel lag in der Luft. Das kleine namenlose Kreuz glänzte in der Sonne. Davor, halb verdeckt von einem Lavendelstrauch, lag ein glatter rosafarbener Granitstein mit silbrigen Einlassungen, in den der Name *Noëmi* eingeritzt war. Louis ging in die Hocke, hob ihn behutsam hoch und drehte ihn um. Dort stand: *In Liebe, dein Papa.*

Währenddessen packte Jérémy seinen Rucksack, bezahlte die Rechnung und verließ die Pension. Auf dem Weg zu seinem Motorrad beschloss er, nie mehr nach Blaye zurückzukehren. Er sehnte sich nach Christine.

Im Vernehmungsraum saßen Vivianne und Victor an einem Tisch, dessen Beine im Boden verankert waren. Ihre Hände waren vor dem Bauch mit Handschellen gefesselt. Durch das grelle Licht der Neonröhren und die kahlen Wände wirkte das Zimmer kalt. Hinter ihnen standen zwei Polizisten. Pauline und Louis nahmen auf der anderen Seite Platz. Pauline schaltete das Aufnahmegerät ein und nannte die erforderlichen Daten.

»Wie haben Sie es geschafft, Christophe du Plessis auf diese Felsnase zu locken, von der aus er in den Tod gestürzt ist?«

»Wir haben ihn eingeladen, dort oben mit uns einen Schnaps zu trinken«, erklärte Vivianne mit samtweicher Stimme. »Er war alleine und wollte noch nicht ins Hotel zurück.«

»Dabei ist er über den Draht gestolpert?«

»Ja.«

»Sie konnten nicht sicher sein, dass Ihr Plan funktioniert.«

»Aber er hat funktioniert. Wir waren mit der Umsetzung sehr zufrieden.« Liebevoll lächelte sie ihren Bruder an. »Victor und ich sind das perfekte Team.«

»Wie konnten Sie unbemerkt in die Pension La Citadelle und in das Zimmer von Pierre Fernand gelangen?«

»Das war ganz einfach. Wir sind in den Gastraum gegangen, haben uns in einem unbeobachteten Moment den Schlüssel genommen und sind in sein Zimmer. Wir wussten, dass er auf dem Fest war. Die Balken anzusägen, war ein Kinderspiel. Es war schon dämmrig, so dass uns von der Straße aus niemand sehen konnte.«

»Wie konnten Sie sicher sein, dass er auf den Balkon geht?«

»Er ging häufig raus zum Rauchen. Das hatten wir beobachtet.«

»Im Glockenturm sind Sie mit Ihrem Plan gescheitert. Sie sind offenbar doch kein perfektes Team.«

Verärgert runzelte Vivianne die Stirn. Ihre kohlschwarzen Augen funkelten zornig.

»Wenn Sie nur ein paar Minuten später gekommen wären, wäre Jérémy auch tot.« Ihre Stimme klang jetzt kalt. »Sie sind schuld, dass wir unser Vorhaben nicht vollenden konnten.«

Louis richtete den Blick auf Victor. »Können Sie auch sprechen?«

»Selbstverständlich. Aber die Verhandlungen führt immer meine Schwester.«

»Das sind keine Verhandlungen, das ist eine Vernehmung. Sie werden sich für zwei Morde und einen Mordversuch verantworten müssen.«

Er zuckte gleichgültig die Schultern. »Lesen Sie den Bericht der Kinder- und Jugendpsychiatrie in Bordeaux. Wir sind psychisch labil, uns kann nichts passieren.«

»Da wäre ich mir an Ihrer Stelle nicht so sicher. Erklären Sie uns Ihr Motiv«, forderte Pauline.

»Das liegt doch auf der Hand«, entgegnete Vivianne. »Die drei Männer haben unsere Schwester Julie im Stich gelassen. Sie waren nicht bereit, Verantwortung zu übernehmen. Deshalb sind sie schuld am

Tod unserer Schwester und unserer Nichte. Wir haben sie gerächt.«

Louis bekam angesichts dieser Kälte und Gefühllosigkeit eine Gänsehaut.

»Hat Ihre Schwester Nora Sie zu den Taten angestiftet?«, wollte Pauline wissen.

»Nein, natürlich nicht.«

»Diana von Sternberg?«

»Nein.«

»Beide?«

»Sie langweilen mich.«

Pauline ließ nicht locker. »Ihre Schwester ist durch den schauspielerischen Erfolg reich geworden. Hat sie Ihnen Geld geboten?«

»Sie reden Unsinn.«

»In Ihren Zimmern haben wir einen Bildband und einen Reiseführer über Argentinien gefunden. Hat sie Ihnen eine tolle Reise versprochen?«

»Nein! Was sollen wir in Argentinien? Wir werden Winzer wie unser Vater, und irgendwann übernehmen wir die Bewirtschaftung der Weinberge.«

Sie waren mit ihren Fragen durch, und Pauline schaltete das Aufnahmegerät aus.

»Das war es vorerst. Ich gehe davon aus, dass der Richter zu dem Schluss kommt, Sie bis zu Ihrem

Prozess in Untersuchungshaft zu lassen.« Sie wandte sich an die Polizisten. »Bitte führen Sie die beiden ab.«

5. SEPTEMBER

Die Kommissare trafen sich am späten Nachmittag auf dem Grundstück von Mélanie am Ufer der Dordogne. Pauline brachte Sarah mit. Sie wollten grillen und die Aufklärung ihres Falles feiern. Marcel Castelot hatten sie ebenfalls eingeladen. Er traf ein wenig später ein, und seine Tochter fiel ihm um den Hals.

»Papa!«, jubelte sie. »Ich habe den Salat zubereitet, du wirst staunen.«

»Da bin ich gespannt, *ma chérie.*« Er drückte ihr einen dicken Kuss auf die Wange.

Als sie zusammen vor der Hütte um den alten Holztisch saßen und die Steaks genossen, griff Marcel zum Weinglas. »Lasst uns auf euren Erfolg anstoßen. Ich bin sehr stolz auf euch.«

Nachdem sie einen Schluck getrunken hatten, meinte Louis: »Wir haben keine Beweise dafür gefunden, dass Nora Delavigne oder Diana von Sternberg die Zwillinge angestiftet haben. Geld ist auf jeden Fall keines geflossen, das habe ich überprüft.«

»Vielleicht hat ihre Schwester ihnen doch eine Reise nach Argentinien versprochen«, meinte Mélanie.

»Das ist reine Spekulation«, entgegnete Pauline. »Selbst wenn, sie werden diese Reise nicht antreten, sondern wegen Mordes und Mordversuchs angeklagt werden.«

»Ihr Anwalt wird auf Unzurechnungsfähigkeit plädieren«, vermutete Frédéric.

Pauline stimmte ihm zu. »Dann werden sie auf Jahre in der Forensik untergebracht.«

Sarah fand das Gespräch der Erwachsenen langweilig. Sie hüpfte zum Ufer, schlüpfte in die Schwimmweste, die immer in Mélanies Kajak lag, und zerrte es ins Wasser.

»Komm Louis!«, rief sie. »Wir fahren eine Runde. Ich sitze vorne. Wir werden den anderen zeigen, wie schnell wir sind.«

Er lachte und rieb sich den vollen Bauch. »*Mon Dieu*, jetzt muss ich auch noch Kajak fahren.«

»Los, komm schon!«

»Ja, ich bin unterwegs.«

Sie setzten sich ins Boot und paddelten los. Hin und her schwankend, steuerten sie die Flussmitte an.

»An der Koordination müssen sie noch arbeiten«, stellte Marcel grinsend fest.

Als sie die Mitte der Dordogne erreicht hatten, kippte das Kajak auf die Seite. Sie kenterten und fielen ins Wasser. Lachend und prustend tauchten ihre Köpfe wieder auf. Immer, wenn Sarah sich am Rumpf festhalten wollte, schubste Louis das Boot weg. Sie tauchte unter und kam prustend wieder hoch. Es sah so drollig aus, dass alle in Gelächter ausbrachen. Sarah lachte am lautesten.

LESEPROBE

Ein kaum wahrnehmbarer Höhenkamm zwischen der Pointe de Grave und Bordeaux teilte zwischen dem Atlantik und der Gironde die Halbinsel Médoc. Im Westen erstreckten sich Pinienwälder bis zu den traumhaften Stränden, im Osten gab es Weinfelder, die bis in das Stadtbild von Bordeaux hinein zur Gironde hin abfielen.

Das Weingut Château Cheval Noir lag in der Nähe von Pauillac auf einem Hügel inmitten von Weinbergen. Im Licht der bleichen Mondsichel waren die Konturen des Gebäudes scherenschnittartig zu erkennen. Es gab ein Haupthaus in der Mitte und zwei Seitenflügel, die jeweils von einem runden Turm flankiert wurden. Das Schieferdach mit seinen vier Kaminen glänzte matt im Mondlicht. Das stattliche Anwesen war von einer hohen Mauer umgeben, die mit Efeu überwachsen war und auf der der Name des Weingutes in großen roten Lettern stand.

Gegen zwei Uhr näherte sich ein Lieferwagen und fuhr langsam, mit ausgeschalteten Scheinwerfern, über die gewundene Straße auf den Hof des Weingutes. Im Schritttempo rollte er zu den Eingängen des weitläufigen Höhlensystems, das noch immer als Weinlager diente. Vor dem ersten Tor stellte der Fahrer den Motor ab, und er und sein Beifahrer stiegen aus. Die Türen ließen sie leise einklinken. Aufmerksam schauten sich die dunkel gekleideten Männer um, doch es war niemand zu sehen, und bis auf das sanfte Rauschen des Windes in den Laubbäumen war es still. Der Zugang zu den Weinkellern war durch zwei bogenförmige Eichentore versperrt, die mit massiven Schlössern gesichert waren.

Die Männer wussten, dass die Stahlverriegelungen nicht mit einer Alarmanlage verbunden waren. Die Eigentümer des Châteaus verließen sich auf einen Sicherheitsdienst, der das Gelände zu unterschiedlichen Zeiten kontrollierte. Die nächste Kontrollfahrt würde in einer Stunde erfolgen, so dass sie genügend Zeit hatten, um ihren Auftrag zu erledigen. Der Sicherungskasten war neben dem linken Tor angebracht und mit einem Schloss gesichert, das einer der Männer problemlos aushebelte. Anschließend unterbrach er die Stromversorgung für das gesamte Kellergewölbe, indem er alle Sicherungen ausschaltete und einen Kabelstrang mit einer isolierten Zange durchschnitt. Jetzt funktionierte auch die Videoüberwachung nicht mehr. Der andere Mann brach mithilfe eines Stemmeisens das Schloss am Tor auf. Sein Partner zog das schwere Tor auf, und sie betraten den dunklen Gang.

Als sie es hinter sich zugezogen hatten, schalteten sie die Taschenlampen ein und ließen die Lichtkegel über das feuchte Mauerwerk gleiten. Ein modriger Geruch lag in der Luft, irgendwo tropfte Wasser. Durch einen schmalen, aus Stein gehauenen Gang kamen sie in den ersten Gewölbekeller, in dessen Ecken Spinnweben hingen. Dort waren Weinfässer aus Holz gelagert. Daneben befand sich der für die Gäste dekorierte Probierraum.

Die Männer bewegten sich zielsicher durch den nächsten Gang, der Lageplan des unterirdischen Labyrinths war ihnen bekannt. Sie passierten drei Höhlen, in denen Bordeauxweine der Klassen Grands Crus Classés fünf bis zwei lagerten. Im letzten Keller wurden die wertvollsten Weine aufbewahrt, die Grands Crus Classés mit der Klassifizierung eins. Die Flaschen lagerten in einfachen Holzregalen, an denen kleine Tafeln die Weine benannten. Dutzende Flaschen waren bereits etikettiert.

Es dauerte nicht lange, und sie hatten den Wein gefunden, den sie suchten: einen Château Cheval Noir Grand Cru Classé, Jahrgang 2011. Der Wert einer Flasche betrug dreitausend Euro. Ihr Auftrag lautete, zwölf Kisten à sechs Flaschen zu stehlen. In jedem der Gewölbe stapelten sich leere Weinkisten, und es gab eine Sackkarre. Auch darüber hatte ihr Informant sie aufgeklärt. Sie begannen die Weinflaschen vom Regal zu nehmen und in die Kisten zu stellen und diese dann auf der Karre zu stapeln. Als sie fertig waren, schob einer der Männer sie durch die Gänge, der andere leuchtete ihnen den Weg zurück zum Kellerausgang.

Schnell stellten sie die Kisten neben dem Lieferwagen ab und zogen das schwere Tor leise zu. Als die letzte Kiste im Wagen verstaut war, drangen durch die Stille der Nacht Motorengeräusche. Die Männer verharrten reglos, sahen einander an und warteten darauf, dass sich das Fahrzeug auf der Landstraße entfernte. Der Sicherheitsdienst konnte es nicht sein, er würde erst in zwanzig Minuten die nächste Kontrollrunde fahren. Doch das Geräusch näherte sich schnell und wurde lauter. Und dann bog der weiße SUV der Sicherheitsfirma mit der Aufschrift Sécurité Aquitaine in den Hof ein, fuhr mit aufgeblendeten Scheinwerfern auf den Lieferwagen zu und tauchte den Bereich vor den Weinkellern in weißes, grelles Licht. Die Männer erstarrten für einen Augenblick und blinzelten geblendet.

Aus dem SUV sprang ein Mann heraus und zielte mit einer Pistole auf die Einbrecher.

»Hände hoch!«, brüllte er. »Auf den Boden knien!«

Einer der Einbrecher hob langsam die Hände, während der andere blitzschnell eine Waffe zog und schoss. Der Sicherheitsmann schrie auf, seine Pistole fiel ihm aus der Hand, und er sackte auf die Erde. Dort krümmte er sich vor Schmerz zusammen. Jetzt zielte der Einbrecher auf die Windschutzscheibe des

Securityfahrzeuges und gab mehrere Schüsse ab. Die Scheibe zerbarst in tausend Teile, und die Frau, die hinter dem Lenkrad sitzen geblieben war, warf sich geistesgegenwärtig auf den Beifahrersitz und hielt die Hände schützend über ihren Kopf. Glassplitter regneten auf ihren Körper. Währenddessen warfen die Weindiebe die Flügeltüren ihres Lieferwagens zu, dann stiegen sie ein und rasten mit aufheulendem Motor davon. Im Weingut gingen die Lichter an.

Sophie richtete sich vorsichtig im SUV auf und sah durch die Rückscheibe gerade noch, wie ein dunkler Lieferwagen auf die Hofausfahrt zupreschte, mit quietschenden Reifen um die Ecke bog und aus ihrem Sichtfeld verschwand. Es war unmöglich, das Kennzeichen zu entziffern, aber wahrscheinlich war es ohnehin gestohlen. Hastig schüttelte sie die Glasscherben ab, stürzte aus dem Auto, lief zu ihrem Kollegen und kniete sich neben ihn. »Bist du verletzt, Alain?«

»Der Mistkerl hat mich am Arm erwischt. Es tut höllisch weh. Ruf die Polizei und einen Krankenwagen!« Er stöhnte.

Während Sophie einen Notruf absetzte und kurz schilderte, was passiert war, wurde die Eingangstür des Châteaus aufgerissen, und ein Mann im Morgenmantel lief auf den Hof. Er hatte ein Gewehr in der Hand und wurde von einem Dobermann begleitet, der aufgeregt bellte und die Zähne fletschte. »Was ist hier los?«, schrie er.

Sophie klärte ihn auf. »Jemand ist in den Keller eingebrochen, und mein Kollege wurde angeschossen. Polizei und Krankenwagen sind unterwegs.«

»Mon Dieu, das ist ja furchtbar!«

Der Mann blieb wie angewurzelt stehen, pfiff den Hund zurück und packte ihn am Halsband.

Sophie holte den Verbandskasten aus dem Kofferraum des SUV. Sie begann Alains Oberarm über der Wunde abzubinden, um den Blutfluss zu stoppen. Der Besitzer des Weingutes sah ihr hilflos zu.

»Kann ich Ihnen irgendwie helfen?«

»Non merci, es geht schon.«

Als sie fertig war und beruhigend auf ihren Kollegen einredete und ihm den Schweiß von der Stirn tupfte, hörten sie in der Ferne eine Polizeisirene.